世间行走录

童丛 —— 著

云南美术出版社

图书在版编目（CIP）数据

世间行走录 / 童丛著 . —— 昆明：云南美术出版社，2024.1

ISBN 978-7-5489-5498-9

Ⅰ．①世… Ⅱ．①童… Ⅲ．①中国文学－当代文学－作品综合集 Ⅳ．① I217.2

中国国家版本馆 CIP 数据核字 (2023) 第 210087 号

责任编辑：赵异宝
责任校对：温德辉　方　帆
装帧设计：书点文化

世间行走录

童　丛　著

出版发行：云南美术出版社（昆明市环城西路 609 号）
印　　装：四川科德彩色数码科技有限公司
开　　本：880mm×1230mm　1/32
印　　张：7.75
版　　次：2024 年 1 月第 1 版
印　　次：2024 年 1 月第 1 次印刷
书　　号：ISBN 978-7-5489-5498-9
定　　价：88.00 元

《世间行走录》序

赤日炎炎,蝉鸣声声。三伏天,长沙高温超过40℃,而我的茶子山庄小楼,位于海拔1360米的石柱峰半山腰,室内温度才30℃,早晚凉风习习,如沐春风。

"绿树村边合,青山郭外斜""明月松间照,清泉石上流",是我山庄的外景。古人有"闲坐小窗读周易,不知春去几多时"的慨叹,而我呢:"闲坐小楼读'童'书,不知苦夏几时休!"

众多文学门类我都有涉足,唯独没有写过诗和剧本;不想写的是评论和序言。写序是最吃力不讨好的。

然而,亦生亦友的童丛发来散文集《世间行走录》全文,请我写序,这就有点赶着鸭子上架了,明知这是苦差事,但我满口答应:写!

童丛原名童继祜,我和他相识几近半个世纪了,由此我浮想联翩,思绪回到半世纪之前。

1968—1973年,我在汉寿省清水坝五七干校待了五年,战友们纷纷回到新的工作岗位,而我无人问津,成了名副其实的"弃儿"。

1974年,我成了《湘江文艺》的责任编辑,分管几个地区的小说散文稿件。编辑部办了一期"工农兵业余作者学习班",有韩少功、孙南雄、童继祜,还有长沙工人肖建国、贺梦凡、张新奇,株洲的叶子蓁、王友生等人。人生苦短,四十八年过去了，这批学员今何在？

称我"永远是我的老师"的韩少功，成为学者型的名家，与莫言、王安忆、铁凝齐名；肖建国成为编辑家、作家，从花城出版社社长、总编任上退休；贺梦凡、张新奇成为湖南动漫界的翘楚……那一届学习班，堪称是湖南文学界的"黄埔军校第一期"，真乃"将星灿烂""人才荟萃"。

而童丛，我当初对他的第一印象是个山里伢子，朴实厚道，当年在《湘江文艺》发表处女作《红岭风云》，然后一发不可收拾，儿童文学、中长篇佳作，不断问世。为了培养他，我让他来《湘江文学》《小溪流》担任见习编辑，每年一届的南岳儿童文学笔会及世界华文儿童文学笔会都请他参与，让他以编辑兼作者的身份到名山大川体验生活，采访名家如成仿吾、贺绿汀、田原、包雷、叶君健、峻青、陈琮英、张子意、钱希钧、李淑一等，并与海内外众多作家建立了友谊。

童丛仍是童丛，虽然没有韩少功等"黄埔"同届的声名和官运，但他五十年来，仍是一头在青山踱步，悠闲吃草而默默奉献的老黄牛。

童丛的老家是世界锑都锡矿山，20世纪70年代我曾去锑都采访，并和杨尊开老矿长一同到了地层深处，杨矿长采撷了许多晶莹剔透的结晶锑赠我，我一直保存到当下。

结晶锑，纯洁，透亮，坚直，闪闪发出银光，内含无价之宝而不露声色，这，不就是我的学生兼挚友童丛吗？

是为序。

金振林（八五老叟）
2022年8月15日

目 录

《世间行走录》序 / 金振林　　　　　　　　　　/1

有识之士说梅山　　　　　　　　　　　　　　/001
出远门　　　　　　　　　　　　　　　　　　/006
逃　学　　　　　　　　　　　　　　　　　　/020
打摆子　　　　　　　　　　　　　　　　　　/027
绝处逢生记　　　　　　　　　　　　　　　　/035
险闯老窑洞　　　　　　　　　　　　　　　　/042
外乡擒大盗　　　　　　　　　　　　　　　　/048
老外婆和她的水碾屋　　　　　　　　　　　　/055
油菜花开的时候　　　　　　　　　　　　　　/059
《西游记》电视剧拍摄在波月洞　　　　　　　/065
一枝花　　　　　　　　　　　　　　　　　　/075
七修族谱序　　　　　　　　　　　　　　　　/081
复修碑记　　　　　　　　　　　　　　　　　/083
贺老印象　　　　　　　　　　　　　　　　　/084
莫应丰游大乘山　　　　　　　　　　　　　　/088
康老与《小溪流》　　　　　　　　　　　　　/091
话说田原　　　　　　　　　　　　　　　　　/094
琴师野史　　　　　　　　　　　　　　　　　/097

奶奶讲的故事 /109
 巧云择夫 /109
 恩恩相报 /112
 鸱鹠传说 /114
 哭雕呷娘 /117
 紫燕亮翅 /118
 三个同年 /120
 兄弟买宝 /122
 飞龙宝珠 /125
 先生做贼 /130
 母猫传艺 /135
贻伯娘 /137
远山古树 /141
晋祠踏雪 /145
夜过草原 /149
司机两记 /154
 在家门口 /154
 在草原上 /156
风雪夜 /158
破冰取羊 /162
母亲的乳汁 /164
第一次走夜路 /166
龙故事 /170
谁不说俺家乡好 /174
太阳城里两颗星 /177
 "小博士"之歌 /177
 讲"塑料普通话"的伢子 /181

难得有心人　　　　　　　　　　　/185
话说《老子、儿子、刀子》的作者　/189
野趣十题　　　　　　　　　　　　/193
  捉石蟆　　　　　　　　　　/193
  扳螃蟹　　　　　　　　　　/194
  捞蟆虾　　　　　　　　　　/195
  刮田猪　　　　　　　　　　/197
  金樱子　　　　　　　　　　/198
  捉黄鳝　　　　　　　　　　/199
  龙船苞　　　　　　　　　　/201
  三月苞　　　　　　　　　　/202
  山茶苞　　　　　　　　　　/203
  胭脂菌　　　　　　　　　　/207
祠堂捉鬼　　　　　　　　　　　　/209
飞来石　　　　　　　　　　　　　/214
在闹市的岔路口　　　　　　　　　/220
贪财之心不可有　　　　　　　　　/223
美丽的白鹤　　　　　　　　　　　/227

感　谢　　　　　　　　　　　　　/234
后　记　　　　　　　　　　　　　/235

有识之士说梅山

有人说梅山,带有几分贬义,揣有几分神秘。有人说梅山,持有几分褒奖,怀有几分神气。总之,梅山有人说,因为梅山有太多太多不解之谜。小时候,村里人选择良辰吉日庆菩萨,我不仅喜欢看热闹,还常常被主人家选作童子去接送过菩萨,甚至还替拿只牛角吹不响的小师公吹响过弯弯牛角。庆菩萨是梅山地方的一种习俗,普遍庆的家主菩萨和地主菩萨,但有的师公和有的家庭还庆一个梅山公公。梅山公公属哪路神灵没有考究,正宗的说法是梅山一带的老祖宗,也就是梅山地域的统治者或梅山峒主和梅山大王。梅山的山民是不是梅山公公发派的缘故而立的菩萨或梅山公公是不是移民带来的神主不敢安定,反正新化安化好些地方这么庆。除此之外,还有庆娘娘,娘娘也叫梅山娘娘。对梅山娘娘的真实背景无从考察,可民间把惹是生非的女人唤作梅山娘娘,其名声并不太好。还有和檀神,讲究一个和字,显然对鬼神也不是一味地惩罚。唱傩戏倒有特色,结束时往往要举行冲傩驱鬼除邪消灾的仪式,俗话说,穷看八字富烧香,背时倒霉庆娘娘,因此,兴隆之家庆菩萨,消灾避祸庆娘娘,安抚小鬼和檀神,驱邪除恶闹冲傩。凡此种种,迷信色彩极浓,而且与梅山风俗有关。就是三教九流也渗透着梅山公公的影子。有言道:

上路梅山高山垴上吼狗公(挽弩打猎之人)。

中路梅山街亭路边拉胡琴(看相算命之人)。

下路梅山江湖溪涧捞虾公(捞鱼摸虾之人)。

老辈人出去赶山打猎捞鱼摸虾,他们中为首的长者怀里都要揣一个红布包裹的木菩萨,出门进山都要拜谒烧香念咒,意愿是祈盼满载而归,平平安安。耳濡目染,梅山公公在百姓的脑际中也成了神灵。随着酒文化、茶文化、饮食文化、婚嫁文化、丧葬文化和形形色色地域文化的宣传介绍,众多民间习俗也与文化挂上了钩。梅山文化是其中之一。过去说梅山,仿佛就是落后和封建迷信,如今冠上文化二字,即刻就显得高雅文明进步了,历史也变得悠久和灿烂辉煌了。其实人类从远古走过来,老百姓已经创造出了灿烂的文化,梅山也应该如此。只是有些人视为宝,有些人视为草。当然,其间也有精华和糟粕之分,迷信就不宜提倡。当地百姓说梅山,是常有的事,名人说梅山,我比较早地听到的是李淑一和成仿吾先生。

这是1977年夏天。那时唐山地震的余波还没有消逝,北京城里到处都有地震棚。6月28日和7月11日上午,我随省文艺工作室副主任王剑清,湘江文艺编辑部小说散文组组长刘云,以及韩少功等同志,先后两次采访了李淑一女士。她教书出身,学识渊博,既是革命先烈柳直荀的遗孀,又有毛主席《蝶恋花》"我失骄杨君失柳"的著名诗篇挂在客厅间,可说是紫阳高照,人气旺旺。我们进门不久,作完介绍,她首先就给我出了一道难题:"听口音你是新化人,我问你,你知道新化县名的来历吗?"我虽没有考究,有关新化安化的一些传说没有少听,准与不准也略知一二,便顺口哼了几句梅山的歌。

"嗯。"李淑一说,"新化安化,重归王法,这些地方的山民过去是不服天不服地管的,到宋神宗年间才被征服,归顺朝廷。"

李淑一说梅山,是一家之言,只有印象,没有定论。

7月14日下午,我们一行又采访了成仿吾先生。一走进大院,他和夫人正好在散步,见我们一行去了,连忙返回家,热情地接待我们。带队的王剑清自我介绍在延安时是成老的学生,常听他的课,接着一一介绍后指着我说:"他是新化人,参加省里组织的采访团来北京采访革命老前辈。"

没等王剑清的话说完,成仿吾先生问我:"新化哪里人?"

"过去和新化一个县,如今是冷水江市,老家是锡矿山的。"我忙作介绍。

"锡矿山是世界锑都,储量占世界第一,是座宝山。如今怎么样?"他深情地问。

"很好!"我回答。我说:"成老多年没回老家了吗?"

"家乡没什么亲人了,房子也被柘溪水库淹了。"说到这里,成老仿佛有点情绪,没再往下说,淡淡地皱了皱眉就转换到了我们要采访的话题,"你们来采访革命家的革命活动很好啊,至于我自己的革命活动,正在整理,有时间我准备自己写一写,不劳烦你们了。"接着他又说起了家乡,"新化是上梅,安化是下梅。梅山人喜欢练武,出过不少武把式,但也爱读书,好多宗族祠堂拥有公田公山,专供族里的子弟读书,文化教育算发达,陈天华就是族里供他读的书。陈天华你知道吗?他留学日本,写过《警世钟》《猛回头》,是我的同乡,为了反帝反封建在日本蹈海而死。他比我激进,用自己的生命唤醒国民起来革命,是条梅山汉子。还有陈正湘将军,也是同乡,他也了不得!梅山的好汉多哩,苏鹏,大同镇人。"

我插话:"如今是冷水江市毛易公社。"

"他也是个反封建的英雄,显示出了新化梅山蛮子的胆识和勇气。梅山人哟,英文雄武哩,你是基层文化工作者,不一定要到上边来采访大人物,下边许多东西值得写,值得研究,梅山的山,梅山的水,梅山的人,以及梅山的文化习俗是座宝库……"

成仿吾先生说梅山，有别于李淑一，也许他是新化梅山人的缘故，总是褒奖有余，情思缕缕，神气十足，对梅山充满了深深的爱。

回家后，我给不少朋友谈过这几次的采访。农民诗人周少尧先生就非常感兴趣。1980年4月，我与他一同出席湖南省文艺工作者第四次代表大会，关于梅山文化的话题没有少说，走到一起就说。记得有一个晚上自由活动，他邀我去找省群众艺术馆（也叫工农兵文艺工作室）的邬朝祝先生。邬老是新化人，早年写过《鸡叫岩》和锡矿山的传说故事。那一夜谈了很久有关梅山的事，回到省军区招待所，已是深夜十二点钟了。在部队，每次看到《湖南文学》上登载农民诗人周少尧的诗，我激动不已，十分钦敬他。可眼下的周少尧，短短的平头，乌黑的脸庞，身着黑色中山装，脚穿解放鞋，没有半点诗人的潇洒气派。此行之后，他对梅山文化充满了信心，下决心要写梅山的故事，唱梅山的歌谣。好几次在涟源、娄底等地开创作笔会，他邀我和他组织梅山文化研究会，首推我当会长，办一张梅山文化报或梅山文化会刊。我说梅山文化还是以新化为主，我支持他，会长由他当，至于办刊办报，经费是个大问题，要得到领导支持才好办。经过多次交换看法，周少尧研究梅山文化的决心下定了，也愿意以新化为主，他挑大梁，并邀我当他的荣誉理事。有意思的是在1985年收集民间文学三大集成，他和我都收集到了船工号子《资江滩歌》，在娄底开会时，他求我帮他一个忙，我问他要帮什么忙，他说："你是搞小说散文的，我是搞诗歌的，那篇《资江滩歌》你就莫收进三大集成了，让给我吧！"说真的，收集《资江滩歌》，我也付出了代价，找航运公司的人找了十几个，没有一个唱得完整的，用钱也买不到收藏有本子的船工的唱本，最后通过各种关系找到了一位姓郭的老船工唱了一天，照相数张，支付稿酬一百元，并答应他的照片连同《资江滩歌》一并登载他才交出了唱本，随意让出来也舍不得。但周少尧态度十分诚恳，碍于情面，我答应了他，并把收集到的资料也交到了他的手上。三大集成出版时，《资江滩歌》收进了新化的三大集成，印上了周少尧的名字，应该说也印进了文人相亲的友情。一首《资江滩歌》事小，可梅山文化又多了一朵奇葩。对此少尧先生极为感激我，每次见面都要说到此事，常常弄得我都不好意思了。他是有追求的，所以他研究梅山文化的痴情也到了忘我的地步。记得他去武汉宣读研究梅山文化那篇论文，多次征求过我的意见，曾两次专程来到冷水江找我，我对梅山文化的兴趣没有他那样浓，甚至观点也不太相似，出于友情，为使他的论文成为佳作，我尽力支持他，甚至我还答应帮助他去厂矿企业搞赞助，以保证他在以后的研究活动能正常运转。不幸的是研究梅山文化的步子刚刚挪动，他却匆匆走了。我以为到此止步，后继无人，对梅山文化的研究至少要推迟好多年。

然而值得庆幸的是李新吾先生举起了这个火炬，领跑在湘中大地上，他比周少尧先生更痴狂，简直是全身心投入，几乎把微薄的工资都添了进去，可以说他的精神越丰富，家庭就越贫穷，成果越丰硕，身体就越苗条。也好，功夫不负有心人，在他的努力下，研究梅山文化的队伍扩大了，成果增多了，影响也扩大到了广东、北京，甚至漂洋过海到了法兰西共和国。

梅山文化渊源有多远，地域有多宽，意义有多深，价值有多大，目前可能还无人能下定论。但可以这么说，研究梅山文化就像开掘神工鬼斧造就的"波月洞天"和"梅山龙宫"一样，越往里钻就越觉得神奇无比，价值无边。

因为有辉煌的中华文化之光的照耀，梅山文化就会永远灿烂。

出远门

走出家门多少里才称得上出远门？十里百里还是千万里？恐怕从古至今无定论。我首次出门是爬山越岭六十里，随同恒兄带领的联盟大队业余剧团去新化县城参加农村文艺汇演。来回七八天，浏览了青石街、东正街、北正街的市容，才印入了县城繁华景象的影子；乘船过渡资江方知道有百舸争流的大码头和长码头。时隔两年后的1959年初冬时节，一天清晨，我正在潭坝洞修水库，刚到工地一会儿，大队秘书晏祚长来叫我回去做准备，说公社指名调我去修湘黔铁路。我从公社解散的文工团回来才一个多月，又要我走出门，不知是坏事还是好运，我心中很忐忑。在晏秘书的催促下，我丢下刚刚拿起的簸箕扁担，与他一同离开了工地，沿着青丰河旁边的崎岖羊肠小道，大步前行。晏秘书边走边对我说："这是公社李世荣同志亲自点名调你去的，赶快回家做准备，我专程送你去。"这是晏秘书在暗示我，钟爱我的贵人是李世荣，同时也表明了他专程送我去的深刻含义。

此次出门不知究竟去干什么，也不知道去的地方有多远，更不清楚多久才能回来，心里打鼓似的不踏实。走到祠堂边，他说先去办公室交代一下，叫我赶快回家去准备衣服被子。走到家门口，立刻涌上了不乐意去的念头，想给奶奶表白，企盼她找个什么理由拦阻，让我不要去。话一出口，不料奶奶连连说："好事，好事！人不出门身不贵，去吧。"一反常态的奶奶，把以往生怕我走远了的担心抛至九霄云外，高兴地唠叨着："出门饭一定吃得饱,留在家里天晴落雨修水库,担土抬石腰都压弯了,多苦呀!十几岁的年纪,正是长个子的时候,苦了累了长不高的,出去好,出去好!"奶奶仿佛觉得我出去是享福似的,满脸露出喜悦。但从她那迫切希望我离开家乡的话语间,又觉得她预感到了什么不祥之兆,只有出远门才能避灾除祸,以保平安。此时,她移动三年前负伤的双腿,一拐一拐走进睡房,打开柜子盖,用力搬出妈妈去世前留下的那床客人来了才用的红花包心被,放在床上捆好,然后又把我的几件衣服叠折整齐,装进一个蓝布袋子里,双手递给我。

这时晏秘书站在屋门前公路上呼叫着,催我快一点,生怕今天走不到目的地。他也头一次去那地方,而且路途不熟悉,不知道要走多久。

我抱着棉被袋子往外一迈步,奶奶又唤道:"等等。"我以为她还要交代什么话,返身望去,只见她皱巴巴的左手将一件黑棉袄揣在怀里,右手从柜子边抓把剪刀,小心翼翼地剪开棉袄的线缝,伸手在棉袄中的棉花间来回摸着什么。我催道:"奶奶,晏秘书在门外等,你还有什么话要说吗?"

"有。"奶奶将手从棉袄中抽出来,像抓了个宝贝似的来到我身边,"你拿着路上做盘缠。在家千日好,出门时也难,有时候一分钱逼死英雄汉,钱是壮胆的,有钱人胆大……"

我接过一看,是两张票子,一张三元的,一张两元的,一共五元钱。我手一推:"我不要。"我深知奶奶积攒这五元钱不容易,这是她省下公共食堂的饭菜票指标和代金券,求三拜四讲好话,请元支书批准才到食堂会计那里兑换来的,她老人家留着有大用,我便拒绝了。

"一定要带上。"奶奶嘴巴一噘,硬是把钱塞进了我的口袋里。

我一把掏出来，想丢下就跑，但又怕身无分文出门更让奶奶放心不下，于是留下两元钱，把那张三元的票子往火桌上一放，转身快步出了门。

"快走啊！"晏秘书又催开了。

"奶奶，你自己保重！"我大步跨出厅堂门槛，小跑着来到屋门前的马路上，扭头朝奶奶挥了挥手。看得出，倚在门边的奶奶已经敛去了脸上欣喜的笑靥，眼眶间涌出了难舍和牵挂的泪花。从奶奶用衣袖不停地搓揉双眼的动作间，就知道她此时此刻的心情。

爷爷在水圫垴上修水库，弟弟上学没回来，我没有时间和机会与他们道一声别就匆匆上了路。

一路上，晏秘书给我背着棉被，我拎着蓝布袋子，沿着新修的晏锡公路，上锡矿山，过穿风坳，下黄光村，从飞水岩街上到达株木山，太阳已经落山了。当走到冷水江资江岸边，天已断了黑，离我们去的金竹山沙塘湾目的地还有二三十里路。然而资江的船班已经开走了，完全要靠两条腿走路，非常疲劳了，顿时一股畏难情绪涌上了心头。这时晏秘书领我进了工农饭店，每人吃了一碗面，又继续赶路程。山间小路，凸凹不平，幸好天空洒下一丝淡淡的月光，路面才影影绰绰在眼前展现。路途生疏，我们见人便问，有时也走进路边的人家打听远近。半夜里，我俩到达了沙塘湾仁山冲的涵洞边。好有运气，遇上了出夜班回去的民工，还是矿山人民公社的人，中间不少人也认识，便跟着他们直接来到了大队部，少绕了几个之字弯。大队部的人都睡了，只有一位年长的炊事员起床准备做早饭，见我们来了，就安排我俩暂时睡在他的床上。这老人叫宋德福，老实敦厚，头发花白，是锡矿山陶塘街上开面馆的老厨子，出来修铁路已经半年多了。见我们来自洞下，就自报姓名，主动和我们打招呼，话虽不多,但显得亲热,自然给了我们一丝丝温暖和慰藉。

第二天清早,吃过早饭,送我来的晏秘书要回家了,我便早早地来到屋门前的小溪畔,伫立在一株伸向溪涧的驼背柳树旁送别他,心里自然而然地涌起了一股不舍之情。目送他过了小溪石坝,踏上了拐弯的田间石板路,我才转身眺望周边的环境。这是一个美丽的山村,如果没有修铁路的民工到来,也许是一方清净之土,此时却是人来人往,熙熙攘攘。

眼过留影,映入眼帘的绿水青山间,飘落了层层枯草黄叶。眼前的大队部,灰砖青瓦,沿江而立,庄严气派,说不定过去是一位地主土豪的庄园,也许立过学校,墙上留下的各种涂鸦字画,肯定来自小学生好奇稚嫩的手笔,可能是腾出来入住修铁路的民工,学校才挪了位子。房屋坐北朝南,一条小溪绕过门前,犹如一条丝绸飘带,曲曲弯弯地飘向柳溪方向,又活生生的像一条蠕动的蟒蛇,使山村增添了几分灵动的生气。屋后山势不高,耸立着苍劲的枞树,古老的红枫,挺拔的椆树和盘根错节的老栗树,显得环境十分幽静,可说是前有活水添彩,后有靠山撑腰,不知房主发达与否,风水倒有几分讲究。此时从大队部出来了几位小伙子,他们来到我面前,一位叫姜维佑,在办公室工作;一位叫曾国贤,大队部秘书,腋下还夹本书,没问我喜不喜欢,便顺手将书递给我:"没事,看看。"这就是我第一次完整地阅读的长篇小说《雁宿崖》。他俩自我介绍后,便以老铁路民工的身份告诉我,这些铁路民工队伍是由娄邵铁路转过来的,到了湘黔铁路工地后又增加大部分民工。按新化县铁路指挥部的顺序排列,矿山人民公社为民工三大队,下辖四个中队,大队长是李世荣,教导员为罗教求,下设财务、供销、粮食、保卫、武装部、办公室,对应地方人民公社的机构设置,一应俱全,不同的是这里还有驻军,常驻大队的一位铁道兵,常德人，上士班长，军人气质很足，雄赳赳，气昂昂，很神气，非常令人羡慕。三大队共有一千二百多人，分布在田垄对面，社员家家户户住了民工，猪栏牛圈都住了人。大概民工出工了，田垄间石板路上，排起了长长的队伍，浩浩荡荡朝山坡上行进。

"打打嘀，打打嘀……"好嘹亮的军号声，震撼着山村每一个人的神经。看得见，站在路边村口青石上吹号的是个小个子，名叫刘明协，坝塘山人，我早就认识。他在旧社会当过号兵，来到这里修铁路，又有了用武之地，一技之长得到了充分发挥。因修铁路的民工实行军事化管理，大队为营，中队为连，连以下分排和班，出工收工起床吃饭统一行动，号声一响就是命令，故而使这位士气低落了好多年的刘明协由此而振作起了精神，威风得有点像模像样了。

李世荣从大队部走出来了。他读过私塾，有点老学底子，不少古文倒背如流，四六句子出口成章，毛笔字也写得潇潇洒洒，因而十几岁就参加土地改革，在乡政府当文书，不久就转了干。问题是他爱酒如命，组织上不敢重用他。公社这次安排他出来修铁路，带民工，安了个大队长职务，可见用心良苦。不知是他的运气还是才气成就了他，他真真实实地把千多人带活了，任务完成得有声有色，被评上了全县的先进单位，威信挺高的，到处传经送宝，风头出到了邵阳地区铁路指挥部，名字全铁路上都知晓了。他大步走到我面前，笑了笑："我把你要来就是要你帮我来唱那个地方花鼓戏，鼓民工的干劲。你那曲'牛打架、角对角；马打架，脚踢脚；细伢子打架揪耳朵，姑娘们打架踩小脚'的戏我喜欢看。我还想排演《两个党员》，你给我演那个'叫鸡公'的角色蛮适合。过几天就到坪塘县铁路指挥部去演，还要去沙塘湾慰问铁道兵。比你先来的演员住在楼上，你和画家杨尊忠住一起，明天开始排练节目，有戏演就演戏，没演戏就去工地搞宣传，贴标语。"没想到身为大队长的他，竟亲自为我安排了工作，我的心里一下踏实了。他说完，拍拍我的肩膀，转身走进了大队部，旋即又和武装部部长刘道元一同去了工地。

我演的这个小戏，得益于两年多前参加县里文艺汇演，得了张奖状，使我受益匪浅。文工团有我的份，这曲小戏演遍全公社几十个大队村寨，工农联欢还登上了锡矿山矿务局工人文化宫的舞台。今天来到湘黔铁路工地文艺宣传队，又是这个小戏赐的福。我正沉浸在梦幻般的思绪中，教导员罗教求来到了我的身边。我在公社文工团期间就认识了他。因他分管行政业务，很少去工地，只是露着两颗镶了白银的板牙朝我笑笑，打个招呼就和其他几位干部去沙塘湾办事去了。随即和我扯淡的几位也各归其位，各干各的事去了。

修建湘黔铁路的民工是极其辛苦的。他们战天斗地，夜以继日地拼命干，风里来，雨里去，没有酷暑寒冬，在完全没有机械化的年代里，全凭肩扛背驮，将一座座大山搬走，把一个个隧道凿通，让条条沟壑变成坦途。劳动时间无规定，常常加班加点，通宵达旦。他们极缺营养，毫无肉食，但饭还基本吃得饱，从而人人都有"愚公移山"的精神。

住了三五天，基本情况了解了。我便跟着负责宣传队的杨笃慰一伙去了工地贴标语、挂横幅。

地县铁路指挥部的领导又要来工地召开现场会了。这是家常便饭一样的。施工进度现场会、安全质量检查会、先进单位传经送宝会等等，名目繁多，一个月无数次，有时前边的会议还没散，后头的某个检查团又到了。这次现场会是上个星期通知的，准备了好几天，工地上挂满了红色标语口号，插满了五色彩旗，战前动员会开了好几次，个个中队小队召开誓师会表决心，做好了打擂台大干拼命干的架势。

地县领导一行百余人，走进了填方工地。这里原是个大水库，铁路要从中通过，标高三四十米，基宽一百三十多米，全长约两公里，填土有几百万立方。担负该标段的三中队和四中队，民工来自车田江、石桥边、兴隆坳、眼花岭、祠堂边，都是些吃得苦霸得蛮的农民好汉和烈性妇女。干起来都舍得出力和舍得卖命的。

令大队领导担心的是昨晚下了一场大雪，山山岭岭铺上了银丝被，寒气袭人。好在天亮时节又转了晴，眼下阳光灿烂，暖气上升，给民工带来了丝丝福音。

"热烈欢迎地县铁路指挥部领导莅临工地指导工作。"

从大幅标语下穿过的地县领导一行，徐徐走进了热血沸腾的填方工地。

"啊嗬，啊嗬……"顿时，推着鸡公车，也叫独轮车的民工，装着从对门山坡上取来的黄土，一排一排按顺序将满满的黄土倒出来，他们从左边进，右边出，跑步向前，你追我赶。刹那间，鸡公车的"吱嘎吱嘎"声，伴和着民工的"啊嗬啊嗬"尖叫声，犹如乱套的乐队，奏出了一支混浊的曲调，震耳欲聋。

拖滚子的民工，二十来人一组，拖着轻则几吨，重则十几吨的水泥浇注的滚子和青石打的大滚子，边喊口号边运劲，拖着滚子一去一来地滚着，把松软的黄土碾平，压紧。

"同志们呀，要齐心呀，苦干实干加巧干呀！保质保量莫偷工呀！嘿！"

夯歌来自打夯的民工，他们有男有女，四人一组，抬起青石凿的夯砣，抬起放下，吼着夯歌口号，有时举过头顶，抛上空中，让石夯重重地砸下，将滚子碾压过的填土砸紧，井然有序，有如女人扎鞋底，夯印一排排整整齐齐。他们男的从右边夯过去，女的从左边夯过来，互相展开竞赛，号子大同小异，结尾却往往各自表述,那就是妇女的口号吼的是赛过穆桂英,男子汉吼的是要做老愚公。

默默无声的是手执木夯的民工,他们双手紧紧地抓着木夯的扶手,沿着滚子碾不到,石夯打不到的边缝接口,像扎袜底一样沿着缝隙砸紧夯实,不留死角,质量是不敢马虎的。

前方的石山工地是重点,那里更加热火朝天。逢山开路,遇水架桥,火车经过的这座大山,一破两开,使天堑变通途。担任开凿大石山工程标段的是一中队和二中队。这些民工来自玄山官家谭家洞下合心马颈大队,还有来自矿山陶塘飞水岩的居民。这些人过去开过锑矿,挖过煤炭,打炮凿石有着丰富的经验。尽管任务艰巨,工程进度顺利,在全县各施工标段中,进度是最快的,质量也是最好的。

"向上级领导致敬!"

"热烈欢迎兄弟单位前来传经送宝!"

"立下愚公移山志,早日修通湘黔路!"

"斗天天低头,斗地地让路!"

……

标语口号嵌在半山腰,立在路基旁,气势恢宏,遍地开花,让人眼花缭乱。

地县领导从大宣传栏前穿过,一踏入石山工地,顿时人声鼎沸了。宣传队和中队长们个个手拿白铁皮喇叭筒,撕破嗓门大声吼:"加油!加油!"

高坡乱石之间,刘明协在吹着冲锋号:"打打嘀,打打嘀——"他左手叉腰,右脚踩在一个树桩上,运足全身力气,吹得泡沫飞溅,细细的脖子涨得通红,一根根青筋暴突如蚯蚓,瘦瘦的脸巴子鼓得像长了个大肉坨坨。

"啊嗬,啊嗬——"打着赤膊的民工,声嘶力竭地号吼,汗如泉涌，好似人人怀有驱寒逐冻的神功魔力，让革命的士气压住了寒冬岁月的威风。

"叮叮当，叮叮当！"打炮眼的民工，站着前弓后箭的姿势，甩开膀子，双手抡着大锤，准确而有力地打着钢钎的顶帽，仿佛要把地球钻穿似的卖着大力。抡锤的民工，一锤一锤接连地打，从不失误，盘脚席地而坐的掌钎民工，双手握着钢钎，有节奏地转动，上下配合得十分默契，有如艺术家在表演，不仅让人钦佩之极，而且看得目瞪口呆，赞叹连连。

抬石头的民工大汉多，两人抬得快些，绳索一套，弓腰立直就走；四人抬的石头大，要套四牛，上起坡来很吃力，坡陡路窄，雪一化，路很滑，上起坡来气喘吁吁，前头的弓着腰脊往上拖，后头的用力往上顶，好容易才把一块石头抬上山。要不是每人手中抓根木棍顶扛歇肩，当扶手支把力，往往会扭了腰，崴了脚，甚至让石头滚落山去砸伤人。这是特别辛苦的一桩活。

推鸡公车的民工，车头上插着小红旗，真如雄鸡公头上的红冠子，雄气十足。他们推着满满的土坯石块，绕着乱石堆积的弯弯小径，驼着背脊，双手紧紧地抓着鸡公车的扶手，两脚蹬得直直的，"叽嘎叽嘎"恸哭似的沿着小路往上爬，恰似毛驴驮着沉沉的货物，只能进不能退。一旦陡坡上不去了，安排在旁边救急帮忙的民工会冲过来，将手中带钩的绳子钩上车头，帮忙把鸡公车拖上山。空车返回，走的是另一条道，避免互相干扰，让人流上下来去畅通无阻。有意思的是上山的鸡公车好似乌龟爬，下山的鸡公车犹如兔子跑，一慢一快，层层叠叠挂在石壁间，既惊心动魄，又激动人心。值得补述的是民工都有任务，完不成任务是要扣口粮的，生怕少了半斤八两要挨饿的民工，更怕失面子，自然包含有几分无可奈何。

撬松石的民工在另一侧，安全起见，有松石的地方下边是不许站人施工的，人人都怕死，大伙都自觉，谁都不轻易越过警戒线去送命。刚刚放完炮的残壁间，手执钢钎的民工，腰系麻绳子，头戴安全帽，犹如猴子跳跃在山间，蹦上蹦下，飞来飞去，来回撬着松石，在十分危险中用生命换来更多人的安全，实在让人钦佩。一旦拴在山顶树上的绳索松开或磨断，撬松石的民工滚落下去很难保住性命，不死也要伤筋断骨。只是莫忽视安全，要尽量避免出事故。

当地县领导一行步入工地中央时，宣传队的土喇叭叫得更加凶火了，站在小路中间的宣传队员，挥舞着手中的小红旗："加油！加油！""欢迎！欢迎！热烈欢迎！"

擂台比武进入了高潮，工地上响起了八音锣鼓，间或还传来笛子声，二胡声，唢呐声，此起彼伏，还有那《刘海砍樵》的花鼓戏调调也回荡在工地上空。

打八音锣鼓的人叫李尧光，他受了叫花子正月里打龙船卦的启发，发明了多功能自动锣鼓机，一个人手脚口全用上，独自一人敲打一套八音锣鼓，还要吹笛子，拉二胡，吹唢呐，口里还要唱着花鼓戏，一人顶了过去宣传队十几个人。李尧光，祖籍湘乡，早年随父来锡矿山开矿经商，后来一直放在民工中肩扛手拉干重活。两个月前，他发明了这架锣鼓机，一人顶了一个乐队。

绕过一条小道，地县领导来到了树林间山坡上的道碴工地，锤道碴的民工有男人，但更多的是女民工，也有不少年纪不大的少年，他们右手握把小锤子，左手夹着小石块，用力地锤砸成鸡蛋大小的块块。这就是道碴，用来垫铁轨枕木。按分工负责，有的民工从废石间捡来块石，一担一担送到锤道碴的人面前。锤道碴民工屁股下垫块石头或一截木板一个树蔸，上面垫把茅草，双脚叉开，一坐就是大半天。这是铁路上最轻松最安全的工作，大多数是老弱病残和妇女小孩子，属照顾一族，来自各个中队。然而他们也有任务，每人一天要锤两立方道砟，大多完不成任务，常常要加班加点，风雨无阻，因此锤道砟的人没有一双好手，每个人的手都开了皲，虎口裂了缝，血糊糊的。他们天天坐在石板上，腰腿受了凉，得了风湿病，变了形，有的腿也浮肿得通亮通亮，走路一拐一瘸的。典型经验介绍李世荣早已胸有成竹，而且秘书写好了讲稿，开会发言效果一定很好。他们一行穿过道砟工地，又看了大队干部在坟山中间搭的工棚床铺。他们十分满意，拐弯下了山，走进大队部食堂，听汇报去了。临走时个个神采飞扬，极受鼓舞似的交口称赞。现场会圆满成功。

大约两个多月后，大队通信员小刘陷入了一宗牵涉到大队干部参与的粮票贪污案，因粮票是他从粮站领回来的，自然成了某些人的替罪羊，被开除回家了，于是我便接上了通信员一职，从此多了一个任务，三头两日要跑渣洋滩、接龙桥、新化城关去接文件，送材料，传通知，送报表，常常深更半夜提着马灯，独自一人走夜路，少则几里几十里，多则上百里。在这些日子里，淋过雨，挨过饿；夜里远行，害过怕，受过惊，崴过脚，摔过跤。不过偶尔也请同床的杨尊忠给我做伴，但大多是独自一人穿梭在湘黔铁路新化标段的毛坯黄泥路上，自然沿途踩下了不少脚印，留下了我少年的身影。

1960年3月的一天夜里，我连连做噩梦，伤心地哭啼着，眼泪把枕头都浸湿了，被子顶头也浸湿了一大截。同床的凤姐夫大声喊我，用脚踹我，我依然哭声不止，十分朦胧。早晨爬起来，眼皮都哭肿了。不知是为什么，我仿佛预感到这不是一件好事。刚吃过饭，正准备去工地插红旗挂横幅欢迎各兄弟民工大队领导参观团之际，同学绍书兄来了。他是来报丧的，说奶奶病故了,叫我赶快回家去处理后事。因爷爷住在滴水岩敬老院,相隔好几里,年事已高,而且得了水肿病,无能为力。留在奶奶身边的弟弟才满十一岁,还是个孩子。

没想到来修铁路之时,奶奶劝我出远门,可出来才几个月,她就撒手人寰,离我而去。伤心之余,我不敢相信是真的。想起昨晚在梦里的号啕大哭,必定是奶奶临死前催我回家的缘故,想必她老人家还有话要交代嘱托。也许这就是心灵感应啊!

那时候,想给死去的亲人安排些寄托哀思的丧事活动是不敢奢望的,能派几个劳动力送上山埋葬就算满足了。入土为安,在生产队安排下,由应嫂子简单装殓后,将奶奶草草地安葬了。为了悼念我的奶奶,我将她给我做盘缠的两元钱买了点五色纸,折叠成几串纸钱,在她的坟头烧了一扎,在坟上挂了几串,深情地跪在坟前叩了几拜,就算孙儿尽孝了。九泉之下的奶奶是否满意?不得而知。孙儿年幼,在外修铁路也只管吃饭,无分文薪水,也只能如此而已了。

回到仁山冲不久,三大队的铁路民工转战郭家桥渣洋滩,去开凿搬移另一座大石山。我随大队一起去,住进了老屋场的祠堂里。在这些日子里,弟弟两次到此,每次住了十来天,省下家里的口粮添补了一下。没过多久,邻近的太平里铁厂没再冒青烟。起始湖南株洲至贵州贵阳的湘黔铁路,于1958年4月复修,因兴建柘溪水电站改变了线路走向,1960年3月被迫停建。这是第二次停建。第一次是日本侵华。1936年,当时国民政府与德国签署修建湘黔铁路借款协议,并进行了初测。1938年新化段开始修建,轨道铺到了金竹山太平里。1939年6月为抵御日寇入侵,国民政府毁路抗敌,路基毁坏,一台蒸汽机火车头,20世纪60年代末期还摆在金竹山乙午塘,日晒雨淋风蚀,最终成了一堆废铁,但它见证了那段历史。好在这次铁路从株洲通到了金竹山，也是冷水江破天荒的大事件，无疑值得骄傲和自豪。我们矿山人民公社三大队的铁路民工，大部分打道回府了，留下一部分民工去冷水江铁厂支援钢铁生产。我又幸运地来到了冷铁加工车间洗矿砂。因我有文艺宣传工作的经历，厂工会又把我抽去搞宣传。时值八月，我正在排练节目，玖叔来厂报信，说爷爷病故了，叫我回家给爷爷办后事。临走时，厂工会姜维南带我去工会领了三十元钱，这使我终生难忘。

3月奶奶匆匆走了，8月爷爷又离开人世，令我伤心不已。爷爷五大三粗，饭量极大，年轻时一餐能吃一升米，三斤肉，是有名的大肚汉，大力士。自住进滴水岩敬老院后，缺营养，得了水肿病，肚子胀得鼓鼓的，两只脚也浮肿溃烂流黄水。虽在一个月前我给他找关系批了半斤卤肉和供肝炎病人专用的四两红糖，可他已经咽不下喉咙，便送给别的老人享用了。论体质，他极少生病，十分健康，1959年春天还上山修水库，下田抹田坎，腰杆子比年轻人挺得还直。他终年八十岁。安葬时，是临时请陈家冲善木匠和黄花山方木匠赶夜做的棺材，连漆都没有涂。好在他老人家有福，不少人后来说爷爷葬了块风水宝地，护佑后辈兴旺发达，令人羡慕得不得了。

1961年1月28日，我们矿山人民公社的铁路民工，最后一批从冷水江铁厂回到了各自的家乡。

走近家门口，迎接我的只有弟弟，再也见不到奶奶的音容笑貌，听不到奶奶亲昵呼唤我那"里程"的小名。要是她还在，此刻一定倚在门边，轻移莲步走出门来，双手接过我的行囊或拉上我的双手，露出她那温柔慈善的笑容。好在我已满了十五岁，有了男子汉的气质和体魄，可以做支撑这间风骨犹存的木板老屋的梁柱子了。

此次出门，在外期间我吃饱了肚子，也没有承受过旁人那种日夜苦干的艰辛劳动,有助于身体的发育成长。如果这次不出远门修铁路,结局可能有千千万万个假设,这使我感恩李世荣一辈子。

出远门,开眼界,长见识,添智慧。正因为我有此次经历,练就了战胜困难的勇气,树立了报效国家的志气,增添了扬善惩恶的正气。夜过资江,碰上丑陋奸诈的渡船老子见财起意,用恐吓威胁敲诈我身上的一点微财,我便有了《渣洋滩过渡》的散文。这篇文章虽然用了光明的结尾,把渡船老子写成了良心发现,将敲诈的财物送还给了我,但在现实生活中他却是吞下了那点不义之财的,恐怕到死他也没有良心发现萌生忏悔的念头。《祠堂捉鬼》捉的是滑溜溜的鲶鱼而不是面目狰狞恐怖的鬼魅,可它消除了祠堂闹鬼的传言和祖宗灵魂显圣的迷信。

古往今来,集大成者上下求索,都非守家之人。

唐僧西天取经,九九八十一难,终于完成了大唐天子的使命,取回了贝叶真经。

先人远涉重洋,走出国门,千辛万苦学回了先进的科学技术,带回了世界的现代文明,都成了复兴中华的巨子精英。

行万里路,读万卷书,不能说人人都是圣贤之士,但至少有助于察观世间百态,细品百味人生。

走出家门百来里,我还是一只没有跳出井坎的井底之蛙。因为大千世界不止一个色调,不是一个模样。

次年冬天,我穿上了黄军装。去北京,入晋冀,辗转内蒙古大地,帐篷扎到了锡林郭勒的大草原上。天苍苍,野茫茫,身影绘进了风吹草低见牛羊的美丽画卷,心也融入了万马奔腾的恢宏气场。八千里路云和月,我已出了远门;哈哈,天无界,地无垠,路漫漫何其修远,永无终端……

逃 学

头一次逃学,心里好紧张。

这是1955年3月末,星期二,我读三年级。三月里来好春光,正值春笋破土,树枝发芽的季节,天气暖洋洋。我背着靛染的青布长袋书包,没走去罗家拜小学的路,而是绕道后龙山,穿过古木参天的大树林,上了山花烂漫的骑颈界。连绵起伏的灌木丛里,姹紫嫣红,飞鸟啼鸣,清明爽朗。我顺手在小径旁折了几枝映山红,伸出舌头卷进口里嚼了嚼,味涩苦,便将花渣吐出嘴唇,把手中的几枝也丢在草地上。接着我又摘了几串茶耳子和几颗三月苞,放进嘴里吃,大概心慌意乱,毫无口味,含在嘴里的吐出来,抓在手中的扔进了竹林里。没走几步,瞟见一只鸟儿叼着青虫,飞向苍老的油茶树,朝着权丫间一窝"叽叽"叫唤的小鸟绕过几圈,猛地俯冲下去喂小鸟的食,不料鸟儿的食没喂上,迅即返回蓝天,盘旋在茶树冠顶,嘶鸣不止,仿佛受了惊吓,十分焦急,久久地不敢再接近小鸟的窝边。我很好奇,想去看个究竟,也想爬上树去掏鸟窝,捉小鸟。刚一走到树蔸下,看见了一条竹叶青蛇缠在树枝间,伸出红箭般的舌头一闪一闪,显然在寻找机会去吃小鸟。我急中生智,拾起一块石头砸去,正中蛇身,但没有致命,竹叶青蛇猛一缩头,滑落下地,爬进了茅草丛中。小鸟得救了,我心里极高兴。但我没敢再去爬树掏鸟窝,也没敢在此久留步,转身后退几步,走进了茶园里。背着书包游荡不方便,我在石坎边的坑隙间,找了个空洞坑,将书包塞进去藏起来,但担心扯草摘苞的来人发现拿跑了，我顺手折几枝树叶子，扯两把黄丝茅，把书包遮盖好。转了两圈，还是觉得一个人不好玩。原想等到下午放学伴随同学一路回家，可还要老半天，我便走到井坳上去捉黄鳝，抓泥鳅。走到湾里长丘田坎边，碰上了绍书哥，他今天没上学，请假去温塘给外婆过生日，我也动了心，想和他一同到温塘去玩，因为我老外婆和他的外婆同一个村子，逢年过节我常和他们做伴去探亲拜年。一拍即合，说走就走，我俩下杨家山，过九九亭，到竹山湾石桥边分手，他过桥走向祠堂后边院子里的外婆家，我沿着小溪走进了田垄中间的水碾屋。走到门边一看，瞧见老外婆抱着一只筲箕在喂鸡鸭，大把大把谷米撒在坪里的瓜棚下。舅妈躬着腰，在阶檐下扫地倒灰渣。我走拢去叫了一声老外婆，转身又喊应了舅妈。机智的老外婆见我来得突然，起了疑心，问："你一个人来的？"

"嗯。"我应得不爽快，眼睛也不敢正视她。

"来有事吗？"

"没有。"

"没读书？"老外婆说，"一没过节气，二没哪个过生日，你一个人来，聪秀知道的吗？"

聪秀是母亲的名字，是老外婆最疼爱的外孙女，她首先想到的是她，生怕她出什么事，显然她心中就有了牵肠挂肚的疙疙瘩瘩。

我摇摇头，没有回答她。

老外婆心里有数了，觉得我的到来有点不对头，霍的一声把鸡鸭赶开，扭身唤舅妈："快去煮饭，让里程呷了饭早回去，莫让聪秀在家里着急到处找人。"

"好。"舅妈放下扫把灰斗，进屋煮饭去了。老外婆也走近我身旁，拍拍我肩上的草灰蜘蛛网，说："你拱到什么地方沾了这么多草灰蜘蛛网吖,快进屋去喝荼,臭乱跑,呷了饭叫舅舅送你回去。"

我没立即进屋去,而是久久地倚在水碾屋门边,望着碾屋里一男一女在向碾槽里倒谷子。他俩还交头接耳说着悄悄话,好像在指责我。也许是逃学心虚,疑神疑鬼,我才产生了这种感觉。

饭还没煮熟,对门田垄溪畔大路上,一个女人大步流星走来了,样子像母亲,脚步好急促。走近了,看清了,那就是母亲,跟在我的屁股后头追寻来了。怎么这样快?是她看见了我逃学没去学校,还是有人通风报信告密说我到了温塘?我不得而知。

群山环抱的温塘田垄,一片平壤,依仗井多泉水充裕,从不怕天旱,全是浸冬田。刚刚犁耙过头次,一片波光粼粼。放眼望去,水波在阳光的映衬之下,闪烁着碎碎的金波银花,有如神话般美丽。此时我无心欣赏田园风光,一心只想躲开母亲,免遭打骂。然而宽阔的田垄里,既无树林遮掩,也无山峦峡谷屏障,根本没有地方可以躲藏。而老外婆的家是独门独户的水碾屋,前后都无邻里人家,完全找不到藏身的地方。猛然间,我想到了那个洞府可以躲藏啊,于是我没有犹豫,转身跑向屋后边,纵身跳下溪坎,飞快地走进碾屋下边的出水口,钻进了碾屋下边的伞盘洞。洞厅很大,穹形拱顶,方石砌成,形似撑开的大伞。挺立中央的那根圆柱,犹如伞柄,顶天立地,圆柱顶端伸向碾屋上边,拴着石磨石碾轮盘,柱脚嵌入坚实的地下岩石间,天牢地稳,成了洞中的中流砥柱。圆柱离地两尺高处,两根木方搭个十字架,六根伞骨的木方倾斜着,上接圆柱顶端,下连圆盘内侧,方柱榫卯相交,连接着一大一小的两个圆盘;在大小圆盘之间,均匀地安装着上下倾斜的木板,称作伞页。碾谷磨面时,上边溪流的闸门一拉开,水流直下,冲击着伞页,伞页推动着圆圆的伞盘，旋转的伞盘又带动中央的中轴伞柱，伞柱再推动着的水磨碾盘，将碾槽中的谷子碾成大米，把石磨里的麦子磨成粉面。当地人依靠老外婆的碾屋碾米磨面，从不舂米磨麦，减轻了一项艰苦的劳动，自然老外婆一家也依靠水碾屋生活。去年8月28日，老外婆七十大寿，那天正赶上碾屋维修，我跟着木匠下洞修伞盘伞页，晓得了碾屋下边别有洞天。刚走进洞厅，乌漆巴黑，阴森可怕，一点也看不清。过了一会儿，慢慢适应了，太阳的光芒从出水口大门射进来，足够辨得清方向了，也看得见伞顶伞柱和伞盘了。此时上边没有开闸门，伞盘没转动，四周一片宁静。我爬上伞盘，一步一步数着伞页，已没有了进洞时踩在水中的凉意和慌张。数着数着，"哗啦"一声，闸门开了，大水飞流直下，奋力冲向伞页，伞页推着伞盘，快速地旋转起来。我紧张得脚手发麻，四肢抖动，生怕从伞页的空隙间滑下去，卡住了身子，刮伤了脚手，碰撞了脑门。明明知道水深不过一尺，眼前仿佛脚下是万丈深渊，龙王就在脚下。头晕了，眼花了，我双手死死地箍着中央那根伞柱转动，一点也不敢松开。心里难受极了，恶心，想呕，肚肠翻滚，一股呛人的酸水直往嘴里涌动，"哇"的一声，终于吐出了饭渣残菜，臭气冲天，真要人命了。我知道，一趟水要放半个时辰，碾一担谷要两趟水，哭天叫地也没用，谁知道这下边躲着个小鬼精。我的手脚冰冷冰冷，紧紧地闭着眼睛，等待着上边关闸门。只要水停了，我会立即跑出洞门，任凭母亲打也好，骂也行，再不能躲在这水牢里受罪了，也不能让母亲为我而伤心了。她一定在焦急地寻找我，我不能再待在这阴冷的水牢之中了。

　　水停了，闸关了，伞盘不动了。我从伞盘上跳下来，一气冲出洞门，跑进了老外婆的家。进门一看，没有一个人，她们哪去了？母亲明明知道我到了这里，可没看见人的踪迹，她们一定在四处寻找我,甚至担心我出了意外,掉进小溪深水潭中,没了人命。我跨出门槛,一眼就望见了石桥下有人,舅妈在桥边指指点点,母亲手中执根竹竿,用力地在深水中撬动,那对碾米的男女也沿着小溪流水,用棍子划来划去,把丝草都拉到了河堤上。在山上播种玉米的舅舅也被老外婆托人喊回来了,他双脚踩在溪水中,弯腰弓背,细细地找寻,不放过任何一个水坑。我的到来,让老外婆一家乱成了一锅粥,使我非常心痛。我飞快地跑上去,大声喊道:"妈妈……"

"唉……"妈妈抬起头,朝我跑了过来。她一走进老外婆的家门,得知我到了这里,本可放心,但没见到我的人影,急得她楼上楼下,屋前屋后,找了无数遍,便把方向转到溪涧的深潭水坑,上至石江湾,下到祠堂边。"人没出事就好!"妈妈一把拉上了我的手,我也发觉她脸上有泪痕。舅舅、舅妈和那对碾米的男女,全都停止了寻找,一路返回,将坐在溪边树下焦急地等待消息的老外婆扶起,一同回到了家中。母亲见我的衣服浸湿了,怕着了凉,忙给我脱下,晾在火桌边上,随即又给我披上一件舅舅的衣服,使我一下变成了竖在地里吓老鼠麻雀野兽的稻草人,也好似成了木偶戏里的傻木偶,顿时引来了满屋的哄笑,使紧张的气氛一下转向了轻松。

吃罢饭,衣服也干了,母亲给我换上了烤干的衣服,便领着我往家里赶。可怜天下父母心,一路上,母亲也许想打我,但她一直没伸手;也许她想狠狠地臭骂我,但她口里没有出恶言。我知道,她眼皮红肿了,显然急哭了,流了不少泪。不过责怪我的话她一直没停嘴:"你逃学,是不是不想读书了?那就给你一条扁担,去拱窑挖煤,去担脚卖炭!人要有志气,不能没骨气。逃学不读书的懒人将来只能讨米当叫花子,家里的面子要你丢尽了啊!要不是绍书娘举嫂子在对门田边扯猪草看见了你随她儿子上了水圫,我还不晓得你到了温塘。你到底为什么逃学呀!"

我知道逃学犯了错。沉默不语的我,终于开口回答了母亲:"我欠了学费,昨天班主任老师通知,今天一定要交清,最后一天。所以我怕见老师,就逃学了。"

"读书是要交学费的呀!怎么能赖皮呢?"母亲语重心长地说,"躲过了初一,躲不过十五。"接着又问:"要交多少钱?"

"四角八分钱。"我如实地回答她。

"不是给了你六角钱吗?交了学费也还有剩,余下的钱是给你买笔墨本子的,钱放到哪里去了?"母亲一下严肃了很多,"开学一个多月了,怎么还没交学费呢?"

"交了。"我说,"去年冬天放寒假前两天,下课时际,学生从教室里冲出来,人挤人,人推人,把前头抱个火炉的之丰推倒了,红火煤炭把他的手烧伤了,他妈妈吵到学校要赔,谁也不认账,这么多人找谁呢?老师没办法,来了个平摊,要每个学生交六角钱给之丰治伤,所以我就把你给我的学费钱交了,今天就没钱交学费了。"

"推倒别人烧伤了手,理所当然要帮人家治伤,何况之丰娘单寡孤独盘子女,够难的了,应该赔。"母亲既深明大义,也舍得花钱送孩子读书,她顺手从袋子里掏出一把散票子给我,"我昨天上矿山陶塘卖煤卖了几角钱,加上原来的一些零散小票,一共两块钱,你拿去交学费,剩下的买笔墨本子。"

我数了四角八分钱,余下的全退给母亲,说:"笔墨本子我还有用,过些日子再买,学费我明天去交。"

"穷不丧志,一定要发狠读书,再也不要逃学了。"母亲深情地嘱咐我,"之丰那里要出钱治伤给我说。"

"嗯。"我应上。快走到家门口时,想起了我的书包还藏在茶园里,便转身就往茶园里跑去。不多久,我把书包拿回来了,一进家门,爷爷奶奶见我回来了,高兴得喜泪纵横,满屋的愁云一下驱散了。

第二天早晨,走进学校,我立即跑去总务室交学费。然而总务老师告诉我:"你没欠学费了,还多一角二分钱,给你们代买了笔墨本子,下星期发给你们。"

这就怪了!是谁替我交了学费呢?我很纳闷。

后来有人对我说,我的学费全免了。也有人说,是语文老师肖润新代交了。还有人猜测是谢锡光老师做好事,帮困难学生交了钱。但更多的人说,学校为了平息之丰炭火烫伤的风波,名义上由学生交钱赔偿之丰娘,让她别再到学校闹事了。然后又由老师们集体凑钱帮涉及这起事件的同学交了学费,只是内部掌握,不对外声张,以免节外生枝,再起波澜,因此也没告知有关老师和同学。

究竟学费是免了,还是老师代交了,一直是个未曾破解的谜。但我从没忘记这件事,因为我为此而逃了一天学。

打摆子

打摆子就是犯疟疾，发起烧来，犹如身上爬满毛毛虫似的火烧火燎。乡里人戏称打火毛虫。这是一种由蚊虫叮咬后传播的瘟疫，来得快，无药诊，令人看之变色，闻之丧胆，听之打战，和痢疾鼠疫一样，人人惶恐。

1952年夏秋之际，村里村外不少人染上了疟疾病。农历八月中，我也未能幸免，打摆子这魔鬼缠上了身，每到下午就发烧，像野火似的烧得面红耳赤。那时乡间没有体温计，不知发烧烧到了几十度，通常是用手探摸额头来估量体温高低。刚刚解放的乡间农村，缺医少药。那病一染上身就遭罪，畏寒畏冷，脚手打战，身上压了好几床絮被还嫌冷，有的人家在病人身上压蓑衣门板椿凳，往往一两个小时不得退烧。一人得病，全家不宁，心急如焚的母亲，一面照看我，一面又托人搭信去温塘老外婆家，嘱托舅舅不要带我弟弟回来给爷爷过生添寿。她家开了水碾屋，父亲病故后，老外婆为了给我家减轻负担，把弟弟接去了温塘，吃穿不用发愁了。爷爷八月二十八是寿诞，母亲担心弟弟回来染上了打摆子，让家里更加增难添乱。

奶奶常年信佛，初一十五行斋饭，烧纸点香从不间断，十分虔诚。此时她开始了求神拜佛，先是祭拜了家主菩萨，接着又用竹篮提着香茶供果领我去老院子后头拜石寄娘。穿过稠密郁青的大园里竹林间，来到了正厅屋背后的一块青石板前，她摆好香茶供果，双膝跪在草地上，一边念叨一边叩拜，还伸手拉我也跪着。我生下来就给我拜了这块青石板为寄娘，祈求这石寄娘护佑我经得起风霜雨雪,像石头一样坚强硬朗,长命百岁,一生平安。眼下奶奶默念的词语也是恳请它保佑我早日康复,渡过难关。其实村里头成百上千的孩子认这块青石板为寄娘,即使它灵验也未必记得清孩子姓甚名谁,哪里能保佑那么多小生命的安康。回到家,奶奶给我倒了一杯浓浓的香茶,叫我喝下去,说这是石寄娘发的救命水,喝下水就会消灾祛病。我接过香茶,咕噜咕噜喝下了喉咙。然而并没有剪除病魔,依旧发烧打战,牙齿磕得梆梆响。

母亲和爷爷在一旁谈着话。不一会,爷爷系上刀鞘,嵌上弯刀,背上扁篮,扛着锄头,说要上山去挖草药。爷爷笃信野草树根,平日里家人有伤寒头痛,他就从山上挖回金银花、淡竹叶、车前子、蒲公英、苦地茶、夏枯草、苍耳子、蚱蚂藤,还有寸冬麦冬天门冬,每次回来就是一扁篮。他不是郎中,却胜似郎中,对邻居也是分文不取,常常无私地帮人家挖草药治病,屋门前菜地边都种满了跌打损伤等各种草药,有需要者有求必应。他用草药有增有减,酌情配药。

爷爷出门不久,母亲见我退了烧,没打颤颤了,便遵照奶奶之命领我去规公公主持的三圣寺。傍山而立的三圣寺,寺前涓涓流淌着的青峰河,背景是峰峦起伏的麦园里虎形山;东侧屋桥横架南北,直通观山岭和县衙门。毗邻而立的肖公庙王,黑黝黝的格外冷清阴森,这是水圳新生谭家几个村供奉的庙王菩萨,主要是死了人才到这里来烧报信香,平日无人踏入这扇门,偶尔有叫花子钻进去遮风避雨过夜,使得清冷漆黑的庙里流出一点生气。不过有时误以为出了活鬼,吓得过往行人乱了方寸,疾呼救命喊魂。

三圣寺不大,但建筑谲奇,气势不亚于佛地的大雄宝殿,只是规模小了许多而已。它面朝狮子岩,背倚卧地虎,龙脉连绵起伏,勃发灵动。顾名思义,三圣寺因供奉着三尊菩萨而得名。这是护佑一方的神圣,也是为一方百姓祛邪扶正,消灾除难的保护神。走进寺内,神像金光闪闪,明亮辉煌。捋着胡须的是美髯公关圣帝君,红脸长须,手拿《春秋》,一双凤眼眯成一条横线;虽说是位过五关斩六将的武士英雄,可端坐神龛中心的他却显现出大慈大悲。右侧略矮的卢爷公公,座身雍容华贵,面相慈祥,尽显菩萨风度。唯有左侧的赫公侯爷,身披铠甲,武姿绰约,双眼大瞪,一副镇邪驱鬼的架势。站在三圣前头的周仓,手执关公青龙偃月刀,威风凛凛地注视着前来拜佛的信徒们是心怀虔诚,还是暗藏邪念,仿佛随时都会出手舞大刀,斩首心怀叵测的妖魔鬼怪,救助百姓良民。

规公公见来了信人,便从居室出来迎候。这庙堂他是主持,负有主持责任。因为这些信人也是他的衣食父母,供养他的是这方百姓。"嗵嗵嗵"三声响鼓,规公公嘴念经文,双手合十,向几位神圣叩首后,转身问母亲有何心愿祈求。

母亲领着我一同跪在稻草团芭上,磕头作揖,诉谈我患了疟疾打摆子,诉求关圣帝君和各路神圣普度众生,保佑我早日甩脱病魔。

规公公点上三根香,烧了一扎纸,倒了三杯茶,连丢三卦,便对母亲道:"菩萨说了,他会护佑里程儿渡过难关,不必担忧。"说罢,给我倒了香茶,嘱我喝三杯菩萨圣水。"平安无恙。"

我接过香茶杯子,挺直腰脊,三杯一饮而尽,然后磕头叩拜,转身谢过规公公,大步跟着母亲走出了三圣寺。站在寺门口,遥望桥对门,红日已映染山顶,金辉熠熠,光芒万丈。

回到家里,爷爷从山上挖草药回来了,满满的一扁篮。除那些常用的草药外,还新添了一把艾蒿叶,其草药根根叶叶洗得干干净净,鲜鲜明明。

奶奶搬出一只大砂锅，把草药放进砂锅里，添上水，架在煤炭火上熬起来。草药滚开了一阵后，母亲将砂锅提开，倒了一脚盆药水，另外又给我倒了两大碗。她要给我外洗澡，内服药，以达到内外夹攻，发汗祛毒，快快地让草药在我身上发挥功效。

药味浓烈，满屋飘腾，特别刺鼻。一喝汤药，苦得进口就呕。母亲毫不留情，让我喝了呕，呕了又喝，简直呕吐得倒肠翻肚，苦胆水都呕吐出来了，遍地皆是。此时此刻，奶奶爷爷没有了往日的那种溺爱表情，和母亲一齐上阵，吼的吼，劝的劝，骂的骂，最终在他们的高压和劝诱下，我喝完了两大碗。接着母亲用手试试脚盆里的药水，觉得不烫了，便让我脱光衣服坐进盆里，用一块罗布汗巾给我擦背，择手，还用辣蓼草给我刮痧一般胸前背后来回搓揉，直搓揉得全身发红发紫才停手。当天，洗了两次澡，服了两次药，早早地让我睡觉了。

次日下午，太阳刚刚西斜，高烧照发，根本没有药到病除，也不见关圣帝君和石寄娘显灵。不过草药还是继续喝，澡也依然洗，爷爷还准备上山挖草药。我知道他对草药情有独钟，非常自信。他心中明白，病来如山倒，病去如抽丝，草药见效慢了点，但迟早会见效果。

奶奶见我没有好转，她又要母亲领我去龙虎山药王庙求药王菩萨发神仙水。据传龙虎山药王菩萨很灵验，奶奶相信这方神圣。第二天清晨，母亲领着我过蛤蟆坳，上槐花岭，走到陈显恩那栋青砖青瓦大屋前，进门讨了杯茶喝，接着继续赶路。一路上，母亲见我脚没劲，走得很吃力，每到坡陡地段就背我，上几级石梯她都牵着我的手用力拉。背一段，走一程，从刘家院子穿过去，爬过一道杂草丛生的山坡，下了一座山，步行十几里崎岖不平的山间茅草路，终于来到了龙虎山药王庙。药王菩萨就是那位古代郎中孙思邈。传说他医术高明，医德高尚，一生为民采药治病,死后人们称他为医圣,到处建庙宇,塑神像,将这位古代郎中视为为民治病除灾的菩萨,庙宇遍布神州大地。龙虎山药王庙耸立在绿草茵茵的半山峡谷之间,坐北朝南,居高临下,放眼宽阔得览尽万水千山,连浩渺的资江也如龙姿闪现在视线里。俗话说,高山出好水,真乃神奇至极,庙宇后右侧,一股汩汩清泉从乱石之间涌出,无论春夏秋冬,从不干涸,凡来此求神的信徒都要带走一壶神仙之水,没带器皿的信人,庙里和尚专制了许多竹筒筒,每人发一个,据传一壶清水疗百病,因此长年累月,四面八方的人都来求妙药,讨仙水,风雨无阻,天天人来人往。庙宇不大,人却挤得满满的。母亲领着我等了好一阵才艰难地挤进殿堂。拜谒药王菩萨后,抽了签,打了卦,烧完香纸钱,老和尚絮叨几句好话,发给母亲一个竹筒筒。绕到庙后泉边灌了清泉水,大步流星往回赶。去时路走槐花岭,返回行走富栗山。晴天丽日,火辣辣的,累得母亲汗流浃背,土抹布衣衫没有一根干纱了。她一手牵着我,另一只手提着装水的竹筒筒,高一脚低一步地行走在坑坑洼洼的山间毛石路上。走到淹塘冲,溪涧上的独木桥被前几天下雨大水冲走了,只能蹚水过。水过膝盖,母亲怕我一热一冷加重病,硬要背着我过小溪。我趴在她背上,从她粗粗的喘气声中,听得出她很吃力,挣扎着要从她背上滑下来,自己涉水过,可她不让我双脚泡冷水,紧紧地抓住了我的两只脚杆杆,硬是从淹过膝盖的溪水中把我背上了对岸。这时她把我放下地,坐在一块石板上,让我歇歇,自然她也要缓口气了。刚坐不久,她忽然站起来,大步走进了杂草刺藜中,伸手采摘起青蒿。我问她采青蒿做什么,她说外公是一位草药郎中,还学了梅山药师神水,会接骨化石,还亲眼见他采青蒿给别人治疗打摆子,远近有名,只是他传儿不传女,没有让母亲学,知道的一点点都是瞟学的,于是她突然想到了青蒿能治打摆子。她穿过密密的藜蓬蓬,伸手抓住了杆杆高,叶子嫩的青蒿。她说这株青蒿嫩,药效好。我也走拢去,顺手采折她脚边的另一枝,她说这不是青蒿。"不是青蒿是什么?"我说,"叶子不也一样吗?好嫩的。""那是油蒿,油蒿有毒,鱼吃了都会死,要是人身上长了鱼鳞痣,用油蒿水汁擦几次,鱼鳞痣就会死去结痂,痂一脱就好了。"

跟母亲出来又长知识了。过去只知道青蒿扎成火把照明走夜路,一到夏天用它熏蚊子,根本不知道青蒿可以做药治疗打摆子,更让我欣喜的是母亲还让我分清了毒鱼的油蒿和青蒿的区别,也晓得了油蒿可以治疗鱼鳞痣。怪不得隔壁书娥姐姐双脚被火烧伤了,流脓流水个多月不得好,是母亲给她挖药治好的,她说这烫伤药也是从外公那里瞟学的,要是外公传授母亲多好啊,那她可以用草药给更多的人治病痛做善事。不多久,母亲采了一把好大的青蒿,但她没停住,见坎上的青蒿更绿更嫩,她抓住一棵小树,便伸手采折那几株嫩绿的青蒿时,一条麻麻的花蛇,仰起头,张开嘴,伸出长长的舌头,露出尖尖的牙齿,猛地向母亲的手袭去。我大声吼道:"蛇!"话音刚落,弯腰捡根棒子,狠狠地向麻花蛇砸去。"不要打!"母亲手一挡,"我们刚从庙里敬香回来,一定是这条蛇送来了治病的仙草,待它走开后我再去采这株青蒿回去熬水给你喝,再说不要打死蛇,不能乱杀生。"不一会,麻花蛇爬走了,母亲用棒子扫了扫草丛,便小心翼翼地采折了那几株青蒿。我猜得出,眼下母亲心里也害怕,但她在惊恐中采来青蒿,想到的是治疗我的病,所以她什么也顾不上了。

走出茅草地,回到小溪边,捡起装水的竹筒筒,踏上了淹塘冲阡陌的田埂小路。我们母子俩披着落日的余晖,快步朝家里赶。走进家门时,日头落了山,天也断了黑。

一连几天,母亲熬青蒿草药给我外洗澡,内服药,青蒿大把大把地往草药中加,每次母亲还把从药王庙背回来的圣水加一点在青蒿草药中,只要我不打摆子了,她什么都信着依着。"要是还不好,你奶奶要我带你去杨家山白云岩拜观音大士。"哈哈,拜了中国的关公药王爷,又要去拜外国的洋菩萨了。好在没等到母亲领我去拜观世音如来佛的最后决定,我没有发烧了,也没有再畏寒畏冷打颤颤了,顿时全家老少便高兴了起来。苦闷的一家人脸上终于绽开了欣喜的笑靥。

村里村外一下传开了,凡有打摆子病的家庭,纷纷前来我家问缘由,探询我的疟疾是用什么灵丹妙药治好的。母亲一点也不保守,她谈拜了石寄娘、关夫子、药王爷,同时也用了青蒿草药汤给我外洗澡,内服药,她还把爷爷挖回来没用完的草药一样一样给他们看,特别是青蒿介绍得极细致,极传神,反反复复地向他们推荐。

不知是中国的菩萨显了灵呢,还是青蒿草药见了效,或是兼而有之,反正我先后打了十来天摆子,前几次用草药效果不明显,加上青蒿后一天比一天向好边走,不上几天就痊愈了,算是村里的奇迹。因为有人发烧发了个把月还没有好,有的脑子烧出了毛病,变痴变傻了,还有几个上了天堂。不过大多数是小孩,大人还是经得熬一些,没有几个拐场的。很多人回去后用了母亲的青蒿草药治疗打摆子,村里村外打摆子的人陆陆续续都好了,从此母亲成了圣母娘娘。

若干年后,据说外国的奎宁有了抗药性,许多患疟疾的病人遭到了生命的威胁,幸好我国著名中医科学家屠呦呦和她的团队,从祖国中医宝库青蒿药方中受到启发,研究出了青蒿素疫苗,挽救了中外疟疾患者的生命,她也由此成为获得诺贝尔生物学或医学奖的中国人。回想起我孩童时代打摆子的经历,应该说青蒿草药熬汤治疗疟疾是见了功效的，只是那时候没有科学答案，虽在古代医书中有记载，有应用，但囿于条件局限而没有得到广泛推广，仅仅在民间当作土方流传使用。如今疟疾不是绝症，打摆子的人也不多见了，就算发生了疟疾瘟疫，有了青蒿素和其他药物，也用不着恐慌惊诧。但每当我想起打摆子的日日夜夜，那种死去活来的折磨，眼前就浮起了爷爷奶奶母亲的音容笑貌。

爷爷奶奶是隔代付出，所以他们从来爱不吝惜，情不掩饰，一切忧愁劳苦，始终暗藏心底，从不露给后辈。平心而论，他们无心坐享孙辈们的荣华富贵，企盼的只有根系在发展，血脉在延伸，这就是他们希冀的福分和光荣。

母爱是无私的，再大的付出也不图回报。但母爱是有心的，从十月怀胎开始，直至自己生命的最后一刻，始终没有忘却脐带连着儿女的健康成长和锦绣前程。

绝处逢生记

德学公从老院子的石级路中往下走,我从井边溪畔的石板路上往上走,两人在拐弯地方会上面,打个招呼就一同走进了清元公家的吊脚楼。楼上坐了不少人,大队彩支书及其他干部全到了,六队七队的队长骨干挤了几十人,都在一块讲故事,聊见闻。裹着青布棉袄的德学公,背靠河边的木栏杆落了座,我也顺便坐到了他的斜对面。

德学是他的大名,公却是尊称。按族辈昌志德清光的班序排列,村里德字辈的剩下不足十人,他是其中之一,后辈已经发展到了曾孙玄孙。由于他辈分高,都叫他德学公,自然合情合理。但他讲话前总带"咯咯"开头的毛病,又多了一个"咯咯"的诨号。其实"咯咯"是"这个"的意思,但取笑他的人就含有"骚鸡公,咯咯咯"逗鸡婆的寓意了。不过怎么称呼,他毫不在意,反正他是位随随便便的憨坨人,既不与人红脸争高下,也不与人说三道四论长短,低他几辈的后生用诨号取笑他,他也从不计较,"嘿嘿"一笑就过去了。

乡村召开会议来得迟,十点钟了,人才陆陆续续到齐。社员大会开始了,主持会议的彩支书,开宗明义,直奔主题,直接把新屋场十一户社员、五十一位人口无法安排的事提了出来,希望到会的人讨论讨论,愿不愿意把他们安排在六队和七队。

为这件事,大大小小的会议开了无数次,就是思想统一不起来。根据上级的新政策,把原来以大队为核算单位的经营方式下放到以生产队为核算单位,田土山林实行四固定,若干年不变更。换句话说，就是实行三自一包。按大队党支部研究的意见，以自然院落为基础，兼顾独门散户，全大队划为七个生产队，将新屋场的社员一分为二，一部分并入六队，另一部分划归七队。方案一出来，六七两队队长和一部分社员坚决反对，说新屋场的人是老少病残妇，是一群只能吃不能干的五保人，仿佛占了他们的便宜，让他们吃了亏，因此迟迟定不下，今晚上再一次召开六七两个生产队的队长骨干会，看能否有统一思想的希望。

说起新屋场的社员，实有他们的特殊性。1958年大队将新屋场腾出来给炼钢农民住，将十几户社员搬迁分散到全大队安置，一时各散五方。土高炉烧了几个月，那些炼钢农民便打道回府和调到别的地方去了。不久新屋场的社员又兔子返原窝，断断续续搬回了老家。但那时吃的是公共食堂，搬回去的社员依旧在原来所在的食堂吃饭，一直沿袭至今，故而他们仍然是分布在全大队的散户人家。加之新屋场青壮男人出去当兵当干部当工人，留在家里的妇女儿童老人多，可说是老少病残，几乎没有当家的男子汉劳动力，一些心怀偏见的人就给他们安了个吃"五保"的名称，遭到了不少社员的嫌弃。

彩支书五十来岁，个子单单瘦瘦。人虽和和气气，但略显魄力不足。他身患支气管炎，咳嗽、痰多，眼睛也常发炎，泛红，老流眼泪，故而他讲起话来总用一块小小的手帕抹抹眼泪，擦擦嘴巴，很少顾及周边人的感受。社员听没听懂他讲话的意思，他不理会，只要有了过程，自然会有结论，迟早他会决断，一锤定音。因此大家都叫他"痨孔明"。

说一千，道一万，六七队的社员就是不答应，初定担任生产队长的人也说若安排新屋场的人进来，他们宁可队长不当。反对声音一浪高过一浪，素有牛皮大王之称的正大叔此时又放野火了，把会议引开了正道，唯恐天下不乱，哄闹得会场无人能正经讲话发言。

新屋场的社员怄了一肚子气，个个心中燃着炽烈的怒火，再讨论下去难免火山爆发，打狗散场。

彩支书不可能施展大刀阔斧的张飞气派，但心里还是有些好点子的，不然为什么叫他"痨孔明"。他没再苦口婆心讲道理，做工作，劝大家，而是把大队干部喊到牛栏背后巷子里，秘密地商量了好一阵。彩支书他们返回来，便以征询的口吻问："大家的思想实在统一不起来，我想是不是把新屋场划成八生产队，不知大家意见如何？"

山重水复疑无路，柳暗花明又一村。彩支书的话音一落，立即有人呼应："好！我们同意！"其实新屋场的社员早就这么想了，"我们也有两只手，何必靠别人。"

"世界上从来就没有救世主，也不靠神仙皇帝！"新屋场有两位少年，大声地吼着国际歌。

"那就让新屋场单独成立八生产队。"此刻彩支书有了底气，声音放大了不少。绝处逢生，生出了一个八生产队，应该是件可喜可贺之事，彩支书脸上挂上了一点喜气。

"要想发，就要八！"新屋场的妇女们齐声吼道："就按彩支书的意见定，我们新屋场今后就是洞下八队。"

"队长呢？"彩支书抹抹眼角边的泪珠问，"你们谁出来当队长？"

"妇女半边天，长子嫂出来当队长。"有人提议。

"我不行！"长子嫂推辞着，"我不会田里的犁耙功夫，老头子也有矽肺，是个病壳子，担不起这副担子。"

"那怎么办？"彩支书咳了两声，吐出浓浓的痰液，举手摸摸花白的平头，凝望着大伙的眼神。

六七队有的社员见无人当队长，他们要看笑话了。

我提议："八队老的老，小的小，青壮年男子汉参的参军，当的当干部，当的当工人，举伯连叔在高级社时抗旱车水摔到白毛圫河里负了伤，残疾了，出不得力，我看还是老办法。大家知道，办高级社时的队长是五队的继维哥，他去矿务局当工人后，又请了七队的光银叔当队长，不知德学公愿不愿意出来挑这副担子？"

"好，我们欢迎！"八队的社员鼓起掌来。

"咯咯。"德学公说了开头语，但好久没下文。

我和德学公毫无亲戚关系，宗族也不属一个房下。不过我熟悉他，他曾是从独树坳运煤至坝塘山红旗铁厂的运输队长，我是他部下的一名运输童工，记得他是大力士，一担能挑一百五六十斤，我可只能挑上二三十斤，虽然跟着他只干了五天，我就被抽调到公社组织的验收团，分布到全公社各大队去查验虚报浮夸的粮食产量去了，相处时间极短，但我觉得他吃得苦，肯负责，人品好，很忠厚。眼下六七队拟定的队长人选没有他的名，我就试探性地推荐了他，没想到八队社员态度一致，似乎接受了德学公。

彩支书马上接上火："德学公，八队请你出山上任，你愿意挑这副担子吗？"

"咯咯"，德学公的下文又卡在喉咙里。

"别咯咯了，别犹豫了。"彩支书要问他的态度，"愿不愿意，表个态就行了。"

"对，表个态就行了嘛。"其他大队干部也帮了腔。

仿佛新屋场这个包袱甩掉了，六七队的人自然高兴，有位拟定队长人选的青年说："只要你愿意去，毛易拜上那些挖煤建土炉的田不计指标，送给你们，还有杨树湾、槐花岭、枞树湾的山土森林也归你们……"

"一言为定？"德学公反问着他们。

"君子一言，驷马难追。"那青年硬挺挺地应上。

"说话算数？"德学公紧追不舍。

"算数。"爱说大话的正大叔手一挥，仿佛他一人可以拍板。

"社员同志们答应吗？"德学公此时卷了根旱烟。猛抽一口，慢条斯理地问大伙。

"没意见。"六七队的社员懒懒散散，有气无力地回答，无疑也有人并不心甘情愿。

"来吧。"八队几个社员诚心诚意地说，"德学公，请你到我们新屋场来当队长，我们支持你，决不会比别的队里差。"

"怎么样？"彩支书走近他，认真地问。

"好吧，我去。"德学公响亮地答应了。

"真的？"六七队有几个社员揣着怀疑的心态问他。

"你还是要慎重点。"六队有人说。

"我应了这句话，就有这个胆，也有这份心，更有这份力。"

牛皮大王正大叔"哼"一声，蔑视地说起了风凉话："只怕是落雨背稻草，越背越重，五十多张嘴巴要呷饭的啦，不要想得那么容易，被一个小小的队长官帽冲昏了头脑啊！"反复无常的正大叔牛皮吹得多，别人听得少，更是没人信。

"咯咯，包袱重也好，轻也好，背了就背到底。"德学公吧口烟，拍了拍胸脯，对讥讽他的人挥舞着手臂说，"你们莫道虾公没得血，虾公死后变身红，我德学活到三十几岁，既没争过官当，也没服过别人的输，论细活，十几岁学裁缝，吃过千家饭，缝过万人衣，操起针头能扎鞋底子，挥起锄头挖得断栗树蔸，大办钢铁，挖过煤炭，开过矿洞，当过百多人的煤炭运输队长，从没落过伍，先进红旗月月插。再说新屋场的人有骨气，有志气，只不过他们的青年人优秀，出门当了国家干部，当了国家工人，参军当兵保家卫国去了，才造成了眼下没有男劳动力的局面，其实他们什么都不比别的地方差……"

"说得好！"刚从大学下放回来的黎老表激动得喊了起来。八队其他人也拍起了手掌帮开了腔。

"德学公，你去了八队，要是干不下去了，我们七队是不允许你回来了的哟。"七队个别人出此言辞，是想阻止他去八队当队长，仿佛想看笑话，二来也是断他的后路。有正义感的人很反感，不知他们安的是什么心，有人有打抱不平的举动了："我们支持德学公去八队，也希望八队搞得好……"

"好马不吃回头草！"德学公坚定地说，"开弓没有回头箭，我一定当好你们看不起的这个五保队的队长。"

"你怎么当？"嫌弃新屋场人的人还表示怀疑。

"你们不是给别人安了个五保吗？"德学公说，"我一保人人有饭吃，二保社员个个有油有肉呷，三保水田丘丘插上禾，四保旱土不荒一块地，五保团结正气旺，能生育的妇女个个有崽添！"

"咯咯，德学公果然有野心了呀！"有人开怀大笑起来。

"哈哈哈——"一阵大笑，吊脚楼上顿时热闹起来了，气氛一下宽松了。

德学公说："几年来缺营养，饿肚子，妇女月经都没有了，你们说哪家哪户添了儿孙？我把生产搞好了，有吃有喝把妇女的身体调养好了，家家户户添子添孙，我就积了德，祖宗老子都得感谢我有功劳哩。"

"好！好！"八队社员又鼓起了热烈的掌声，"普度众生，功德无量，你也会福寿满堂的啊！"有位年老的社员说。

"好！大队支部全力支持你。"一块石头落地了，彩支书心情格外舒畅,眯成线的一双眼睛展开了丝丝笑意,"八八八,发发发,八队必发。希望你们自力更生,艰苦奋斗,一定会丰衣足食。你们八队搞好了,你这个队长光彩,我们大队也荣耀!"

"啪啪啪"的掌声又起,久久不息。

好事多磨,终于磨出了一个八生产队,挤出了一位五保队长,会议取得了圆满成功。这时间是1961年春二月初五。

东方欲晓,曙光即将掀开黎明前的黑幕。开了一通宵会议的社员各自散去了。唯独八队的社员,抑制不住内心的激动,他们没有直接走入家门,而是绕道老院子里上了公路,像众星捧月一般簇拥着德学公,说说笑笑,热议着对八队未来的美好憧憬,也满怀喜悦迎接春回大地的旭日晨风。

追思往事,不是宣泄怨恨,而是不想忘了那些事,那些人。德学公不是伟人巨子,实属草根,但他有担当,有义举,有善行,做了有益于社会大众的好事,草根一样值得传古,凡人一样值得歌颂。

于是我撰写了这篇小文《绝处逢生记》。

险闯老窑洞

柴米油盐酱醋茶,这是老百姓过日子的大事情,天天需要,人人有关。在人民公社吃大食堂的年代里,除了食堂会计炊事员记在心间外,那就是几个大队干部操大心,众多社员是与己无关的。如今公共食堂散了伙,家家户户又要重起炉灶,这些事又回到了各家各户。锅碗盆盏食盐煤油由供销合作社分了点指标,有了钱就可以买回家。可眼下生产队分文没有,社员家里也一穷二白,更要紧的还有柴火没着落。地处崇山峻岭的洞下村,柴火茅草都有得砍,只因这地方百多年前就开始采煤炭,老百姓取暖煮饭烧火用煤炭习惯了,再没有人家喜欢烟熏火燎的柴草做燃料。众人皆知,地下煤炭是极其丰富的,但眼下不许开采。虽然炼钢铁期间开采了煤窑好几处,现在已经停了产,封了窑,好些日子没人进过窑门了,大都烂了塌了积了水,长久不通风透气,有的还会有毒气,根本无人敢进窑门去冒风险。

身为生产队长的德学公,一组建八队就办食堂,定班子,立即组织社员抢种油菜好让社员有油吃,抢种蔬菜不再让社员喝清水汤。可食堂开张一个多月,上级来了新政策,把公共食堂撤销了。这本是件欢欣鼓舞大快人心的好事情,但也出现了新问题,一是要解决钱来购买生活用品,二是生活用煤成了大困难。

村看村,户看户,群众看干部。德学公心急如焚,社员都企盼他有好办法,人人把他当大救星。

"咯咯"德学公,平日是憨挺挺的,眼下也急如雷火了。

他当机立断,先天把食堂唯一的一点口粮食盐分配好,又将上级安排下来的统销粮造好花名册,当晚就召开了社员大会,决定第二天早晨天亮,凡能挑上几十百来斤的男女老少,全部赶到军满田老窑坪前集合,他带头去闯老窑洞捡煤炭。锄头、尖锄、耙子他亲自带,大伙只带扁担簸箕。同时他又安排我带上煤油马灯。因担心老窑塌方积水,闭气有瓦斯,听了连叔的建议,要德学公点上一根香,把手伸得长长的做试探,如果香火熄灭了,就不能再往前进,要用斗笠扇扇风,然后再往里头走。连叔是个老窑工,在负伤前,他点一根香下窑排险,还独自一人下窑救过同伴的命。德学公按照他的嘱咐,点上香,进了老窑门。"咯咯"两声,他对我说:"我要是手发麻,香熄了,一声喊你们就往后撤。我没吱声大伙就快步跟我走。"他还吩咐我马灯要提好,人要走在中间,既照亮前方,也顾及后头。接着又问我马灯的煤油加没加满。我告诉他马灯的煤油加满了,只希望他注意安全。我们一行七八个人,依次走进了老窑洞的门,留在门外坪里的都是老人妇女和儿童。

老窑巷道间,乱石满地,棍棒横七竖八,支撑窑顶的枞树坑木脱了皮,顶端的横担有的压驼了,有的被压断,蛀虫"吱吱"地在树心中间嘶鸣。巷道间流淌的水,刺骨阴冷。因水中含有硫的缘故,地面浸成了橘红色,硫味和树木腐烂的气味夹在一起,十分难闻,非常刺鼻。一路上,塌方好几处,掉下不少石块泥土煤炭,走在前头的德学公,不断地弯下腰去,用手将挡路的石块煤炭木棒撬开,免让后头的人划破手脚,嘴里还不停地向后头喊话:"这里很矮,把腰躬着点,莫碰了脑壳。"走几步又说"这里有块石头,搬不动,靠右边一点过,别踢了脚趾头……"

照着他喊话的大意,我也像部队夜里行军传口令一样,不断地将话传向后头,让他们一路通顺。

路越走越远，窑洞越来越黑，阴冷的窑风也越来越大。

大约走了半个来小时，前头塌方厉害，大块的石头和煤炭坑木棍棒堵住了巷道，已经无法前行了。德学公停住脚步，放下手里拿的背上背的锄头尖耙，转身吩咐大伙歇口气："我用棒子捅一下试试，看里头关没关老窑水，其他人稍稍离我远一些，向后退一退，只有提马灯的里程到这里给我打灯就行了。"

大伙向后头退去，我却进一步靠近了他。他躬着腰，先是用锄头挖泥沙，用双手扒石头，接着他抓根棍棒插进缝隙，用力地往里捅。一时里，他用双手扒，用锄头挖，用棍棒捅，累得满头大汗。站在一旁的我，尽量把马灯往最佳位置移动，使前方光亮些，让他省力些。后头有人说他太累了，要来换换他，德学公怕别人不谨慎，生怕出危险，坚持要自己干。通风不畅的窑洞里，空气不足，闷得心里慌。加上头顶不断地滴水，淋得德学公全身湿透了。功夫不负有心人，一米多深的槽子挖出来了。这期间，恒兄应哥也上前来帮忙，用锄头耙子把石头沙子煤块往后扒，让作业面空阔了不少。恒兄说："这里边有不少块煤，我们往外面运吧。"

"莫急。"德学公说，"把前头那堆煤挖出来再说吧，恐怕边挖边运不安全。"他让恒兄应哥退到后边去，免得人多了碍事。他一个人干虽然累一些，但操作方便。待恒兄应哥一后撤，他又拿来一根木棒子，从一条夹缝中插进去，试试前头还有多厚，他分析："窑的前方上山是罗家拜，井水多，说不定灌满了水，一旦戳穿了，大水冲出来，很危险，淹了人可不是件小事。"他轻轻地对我说，"要大伙再往后撤一点，我捅着前方响声不同了，沉积物不太厚了，可能快穿水了。几担煤炭是小事，人的安全是大事，尽量离我远一点。"

"好。"我后退了好几步，也喊应哥恒兄他们往后撤。但马灯在我手里,我便把灯光的亮点照着正前方。个子敦敦实实的德学公,骨架挺硬扎,显得全身有力量。虽然苦日子使身体瘦了些,元气尚存,威风仍在。他把老窑棒子朝上抬一点,端头垫块石头,举起锄头"砰砰"地敲打着,使那棒子像钻头一样一点一点向前推进。敲打了几十下,"嗵"的一声,木棒子完全钻进去了,顿时一股渗水顺着木棒往外涌,由小到大,猛地一声"嗞"叫,老窑木棒被水顶出来了,渗水越来越大,仿佛堵在老窑洞中的积水推着石头煤块往外移动起来了。

"穿水了,快跑!"德学公大声疾呼。

"快跑,穿水了!"我接着传话,提着马灯,掉头猛跑,冲到了所有人的前头。

水流湍急,"嗡嗡"作响,气势汹涌澎湃,追得我们气喘吁吁,谁也顾不了谁了。

我第一个冲出了窑洞门。当金灿灿的太阳光射向我时,眼睛被刺得睁不开了。

从老窑洞跑出来的人,全部睁不开眼睛,每人做着同一姿势,举手蒙住双眼挡住太阳,背着阳光站在煤坪里。

水渐渐大了,德学公还没有出来。有道是先上船,后上岸,在这煤窑里,也一样先进窑洞的人后出门。此时窑里没有灯光照路,危险更大了,大伙的心悬得紧紧的,十分着急,便一齐站到了窑门口的两侧,朝老窑里大声呼喊:"德学公——"

"哗啦"一声,德学公随着大水冲出来了。当他的双脚刚刚踏上窑门口的实地,满窑洞的老窑水,好似从炮管里射出来的炮弹,"砰"的一声巨响,水柱如出海的蛟龙,凶猛地飙到了对面的田坎边,竖起了冲天水柱,炸开了一朵巨型水花,极为壮观,令人震撼。大约奔腾咆哮了十多分钟,水流变小了,速度缓慢了,逐渐恢复到了进窑前的流量,轻悠悠地哼着小曲,活泼欢快地汇入了山谷间的小溪流。

浴火重生,经受了一次生命的洗礼,也迎来了丰硕的收获。承蒙老窑水的力量,推出了大量的石头块煤和坑木烂树杂物,一丘三分大的水田煤坪被堆成了一座小山。我们欣喜若狂,一齐围拢去,在德学公的安排下,从石头杂物中挑选煤块块,归堆在煤坪的右上方。

此时的德学公,"咯咯咯咯"地直傻笑,几个社员却指着他的脚说:"德学公挂了彩,队里发了财。"

有人拍拍他的肩:"快去洗洗脚,揩揩血,赶快去弄点药吧。"

正忙于从石头中捡块煤的几个社员,这才知道德学公的脚被老窑水冲击的石头木棒刮伤了,很是心痛。其实他的手指头也扒石头磨脱了皮,渗出了血。可他忍住痛,没作声:"没事,刮了点粗皮,捡完煤炭就去贴个火柴盒皮就好了!"他走到煤坪中间,"咯咯"一出口,说:"没伤着大家就谢天谢地了,煤炭嘛,估计有三四十吨,我的意思是每家分两千斤,五人以上的家庭加八百斤,大约十多吨,余下的卖给北炼厂,结账后支给社员买添置锅碗盆盏坛坛罐罐食盐煤油统销粮,还去买几头小猪崽,分给社员饲养,过年杀了分给社员呷餐饱肉,不知大家同不同意?"

"同意。"大伙异口同声回答。

大伙正兴高采烈谈论间,名为冲天炮的社员指着我,责怪道:"你这个怕死鬼,只顾一个人逃命,提着马灯不管别人了,连德学公也刮伤了脚……"

"应该感谢他才对。"德学公不认同他的说法,反而满口赞扬我,"要不是他灵活跑得快,把我们堵在窑洞里,不淹着也会个个负伤,说不定还会出人命。多亏他跑得快,大伙才追着马灯的光亮跑,有方向,才赶在老窑水冲到窑门口之前大伙安安全全。跑在最后的我也是追着马灯的光亮跑的啊！他就是生命之光呀，千万别怪他了，我们应该感谢他！表扬他！"

德学公一席话，冲天炮顿时面红耳赤，无地自容。

就我而言，责怪我自然是难过的，因为我并不是怕死鬼，而是听了德学公一句快跑的话，才急中生智，超过他们冲到最前头，能让大伙追着我的马灯跑，有个方向，有个目标，不至于身处黑暗而找不到光明。

自古人说富贵险中求，德学公却是为了社员，为了民生，才冒险闯进老窑洞挖煤炭，他是为新生的八队社员求发展、求生存。

胆识、力量，来自责任，而不是个人逞能。德学公险闯老窑洞，就是在履行他这个"五保队长"的责任。

外乡擒大盗

"黄牯不见了啊——"

天刚放亮,意嫂子走过牛栏边,瞧见牛栏门大敞开,锁也撬烂了,栏内空空荡荡,黄牯不在牛栏里,她便大声疾呼起来。

听到黄牯不在了的呼喊,社员们急匆匆从床上爬起来,纷纷走出家门,一齐涌向了牛栏边。大伙望着空荡荡的牛栏里,唉声叹气,愁眉苦脸,心急如焚,骂骂咧咧。负责饲养黄牯的举大伯,焦急地挥着拳头:"天黑时际我上了锁,晚上起来看了三次,鸡叫三遍我还起床摸了锁,好好的,贼下手应该在我看过之后,最多才两个来钟头。"

"昨晚我听见牛叫了半声就没叫了,当时没在意。"六嫂子站在马路边,手掌拍得"啪啪"响,显得很愧疚,仿佛她有重大责任似的。

"叫半声没叫出来,一定是贼用力箍住了牛嘴巴。"长子伯娘分析着,好像看见似的下结论。

"你是真起来查看了牛栏?"常爱指责别人的光汝伯,指着举大伯,用怀疑的目光瞪着他,大声呵斥,"饥荒起盗心,如今贼多如牛毛,你没有负好责任!"

"你们要怪我也没办法,牛是我饲养的,当然该我负责。"残废了半只手的举大伯,没有辩解,只觉是很惭愧,因为这是划分生产队时分的一头唯一可以耕田的当家牛,丢了它几十亩水田怎么办?买吗?队里无钱,春牛如战马,农忙季节去哪里买?租牛耕田也租不上。举大伯比谁都着急,比谁都难过,使他更难过的是让那些嫌弃八队的人看了笑话。如若耽误了阳春季节,这个老少病残妇的五保队名声就更臭了,举大伯心急得爆炸似的,用那只健壮的手重重地敲打着自己的额头,转而又拍着自己的胸脯,眼睛里滚出了晶莹的眼泪。

紧接着,社员们指手画脚,骂声一片。自古道,贼不怕人穷,鬼不怕人瘦,偷牛贼远走高飞了,你再怎么歇斯底里号吼,也是三十五里骂知县,干田里的蛤蟆空哈气。

"快去叫德学公来去寻牛呀!别在这里空费力叫唤了。"有个社员发出了另一种声音。

"我来了。"家住老院子的德学公,离这里大约里把路,我安排小弟历程去叫他上来了。

队长是社员的主心骨,他走到牛栏边,"咯咯,贼太没良心了,骂也没有用。"他走到马路边,细细瞧了瞧地上,"昨晚下半夜落了一阵雨,路上泥巴湿,刚才我观察了一下路面,好像有牛脚印,据我分析,去田坪方向的可能性大,贼不会去锡矿山,也不会去坪溪方向。里程、老恒、老六、绍书、黎老表,我们六人去寻牛,在家的人按昨天的安排,去整理毛易拜的烂泥巴田。丢了牛是大事,你们去两位妇女到公社报案,要公社派个司法干部去,叫他到田坪方向来追我们,我们先走一步去追贼。"接着他还吩咐我这个会计带几斤粮票和几十元钱做路费。

马路上,我们六人分作三组,左中右,每组两人,寻觅着牛踩的脚印,过杉树湾、蜜蜂湾、曹家湾、杨树湾、戴家湾,见人就问,快步追赶了二十几里路,过了游溪桥,太阳出来了,路面渐渐干硬了,脚印也没那么显眼了。过了土桥茶亭,全是白沙子路面,汽车一轧,行人一踩,完全看不见牛蹄印了。翻过山坳,来到了一个三岔路口,分路碑上写着:左走茶溪安化,中去田坪岘冲,右去赵龙涟源古塘风毛岭。安化那边是山区,牛多无买主，贼难将牛出手；田坪是区政府所在地，贼不会自投罗网。贼可能选择去涟源枫毛岭方向。听说那边前两年"五风"厉害，缺耕牛，有人买。为了慎重起见，德学公分析着，说："我们兵分三路，每组两人，各带十元钱，三斤粮票。联络嘛，如有线索，就到大队或公社喊广播，互通讯息，一路上过细些，发现可疑目标，切不可打草惊蛇，讲点谋略，取得当地领导群众支持，还要注意安全，我与里程去茶溪安化，老六绍书去田坪岘冲，老恒吉星去涟源方向，寻没寻着，晚上到晏家赵龙煤矿相会。"

说罢，各奔东西。我和德学公走的是一条艰难的山间小路。过龙潭，上茶溪，翻山越岭到达安化边界，毫无线索，便折回田坪岘冲。天黑时，赶到了赵龙煤矿。老应他们先到达半小时，过了十几分钟，老恒吉星他们也到了。他们走遍晏家十几个大队，没发现半点踪迹。一天下来，又饥又渴，走进煤矿食堂吃饭时，食堂一位年长的炊事员，得知我们是寻牛的，便告诉我们一个消息："今天早上五点多钟样子，我起床生火蒸饭，从灶边透过蒙蒙雾罩，看见一个彪形大汉，牵着一头黄牯，从对门石板路上去了涟源枫毛岭，不知有没有可能，那就是你们丢失的牛。"

踏破铁鞋无觅处，得来全不费工夫。这是天大的喜讯。据恒兄回忆，他们从土桥过来沿途打听，也有一位住在路边的老人，天亮之前起床去厕所，也看见有个人牵着牛，从家门口匆匆走过，我们以为贼牵着牛去了晏家方向，便没去涟源，而是去车田江祠堂边。

吃罢饭，谢过炊事员，连夜往涟源枫毛岭奔跑。下半夜，我们一行走到了枫毛岭。夜深了，社员家家关门闭户，我们没再敲门问路，而是坐在路边树林里，等候天明。忽然间，听见前头有人说话，细细观察，从一扇门缝间射出了丝丝亮光，我们判断,这户人家已经起床了,于是便跑过去询问打听。

这就是老支书的家。他们一夜没睡,在他家里守夜的还有大队民兵营长。详细一打听,方才知道他们昨天团了一个卖牛的人。大队便安排贫协主任去和他谈价钱,背地里便安排两个民兵把牛转了牛栏,上了门锁。卖牛的人现在团在上屋场贫协主任家里,并预付给了他一百元钱做定金,待明日天亮试犁定事。因卖牛人好像急于出手,出口价钱不高,手中又没有各级部门的证明,觉悟极高的老支书心生疑窦,可又没法证明卖牛人有问题,就采取了拖延时间的办法团住卖牛的汉子,等待看有没有人来寻牛,然后再做决定。

太高兴了。德学公装了老支书一根喇叭旱烟,详细说明了寻牛到此的来意和身份,老支书就把我们领进了他家的堂屋。

喝茶、抽烟,屋里顿时活跃起来了。为了不走漏风声,语气很轻,只身边人听得见,周边社员全部不知晓。过了一会儿,老支书说:"休息一下,就偷偷地带你们去看那头牛,如果属实,我们就捉住他,民兵营长也在,他去安排基干民兵,要多派几个人才行,那个人牛高马大,据贫协主任的儿媳说,那个人是她娘家那里的惯贼,飞檐走壁,武功高强,三五个人不是对手。"

"谢谢你们了!"德学公听了这席话,手有点打战了,手心间出汗了。他不是害怕贼有多厉害,心生恐惧,而是担心那头牛是不是我们丢失的那头牛,他心里焦急,希望能马上见到那头牛的样子,心里才踏实,"请支书带我去看看吧。"

"好的。"老支书领着我们绕道竹林间,穿过一条田垄,翻过一座小山包,来到了一户青山环抱的人家门口。敲开门,主人领着老支书和我们来到了屋后的牛栏边,打开锁,拉开门,指着牛栏中的黄牯给我们辨认。

牛也许认识主人,见我们来了,抬头一声"红波——"大步走向了我们。

"是它！就是它！"德学公伸手抚摸着黄牯的旋顶，心花怒放，激动得连连说："就是它……"

"是它，是它！"我们异口同声。

感谢老支书他们，黄牯毛发无损，他们担心饿了它，牛栏里堆满了嫩草，还掺了几把麦苗，牛吃得饱饱的。

经过查核，就是被偷的那头牛，德学公放了心。但团贼的社员家反映，贼防心极高，他怕人下毒，不抽烟，不喝酒，只与主人家同桌吃饭，最要紧的是一把锋利的尖刀从不离手，真还有眼观四面，耳听八方的警觉，动手擒拿不能有半点马虎。

天亮了，山村清新如洗，美丽如画。德学公打量屋前屋后的地形，屋前一条石板路，通向村中间，大道两旁，左侧翠竹满坡，右边枞树遮掩。后边是层层旱地，整个屋场被水田围住，犹如活灵灵的青蛙趴在水中间，秀丽而灵动。

德学公心中有数了。他向支书建议："动手捉贼时用民兵堵卡，从行动上震慑他，社员大声呼喊捉贼，从气势上压倒他。动手之前我们先进去几个人和他当面交涉，以买方的身份和他讨价还价，暗号传出后，趁外边呼喊捉贼时制造紧张气氛和混乱，逼着他从后山旱地里跑，我们边喊边追，迫使他下到烂泥巴浸冬田里，让他寸步难行，束手就擒。"

老支书大呼好办法，立即招呼民兵营长下令行动，设卡围堵，不留任何空当。同时也交代他们注意安全，不要莽撞，兔子当成老虎打，做到万无一失。

我们一行刚走进团贼的家门，话没开口，贼已感觉到了什么不祥之兆，一蹦跳起来，挥舞着手中那把锋利的尖刀，飞起一脚，踢烂后窗，纵身破窗而逃了。我们一齐追了出去。此时民兵已经到位，按照计划已各守其卡，只留出后山旱地一条空道。

贼见左右都有民兵把守，奋力在旱地里猛跑，德学公领着我们和当地一些民兵，边喊边追，贼走投无路，便不顾死活地跳进了烂泥巴浸冬田，水冷泥烂，贼已步履艰难，每走一步都十分吃力，速度慢下来了。德学公跑步到达贼的前方，跳下浸冬田，朝他正面冲去，堵上了他的出路，离他约两米远时，他腰一躬，双手捧捧田水含进口里，"咕噜咕噜"几下，像喷雾器一样把口水喷向了贼的脸庞。这是辣椒水。德学公学裁缝，常常用口含清水喷衣烫边定型，师傅常赞他功夫不错，没想到在这里又派上了用场。紧接着，德学公伸手从口袋里掏出一包石灰，用力撒向贼的面部，他唯恐辣椒水失效，又补了一火。这是他探视牛时就偷偷做了防身捉贼的准备，只是没让任何人知晓。贼双眼渗入了辣椒水，生石灰，顿时泪水直淌，双眼紧闭，仿佛天旋地转，分不清东南西北了。德学公绕后一步，上挥拳头下出脚，一绊一击，贼招架不住，猛地倒入了烂泥田间，衣服全被泥巴污水浸湿了，在德学公几番拳打脚踢下，死猪一样蜷缩一团，再没有还手之力。这时我们和老支书都来到了德学公身边，贼全身满是泥巴，像个臭皮蛋，他挣扎着爬起来了，过招已不可能，可他并没求饶，仍怀有逃跑的奢望。他睁开眼睛一望，下了田的民兵挡住了出路，田坎上围追堵截的社员也在呐喊助威："把贼绑起来，打死他！打死他！"讨伐声此起彼伏，响彻云霄，再胆大的贼也吓蒙了。

贼俯首受擒，民兵营长把缠在腰间的绳索解下，手脚麻利地将贼反手捆住了。另一位斜挎鸟铳的民兵跨步向前，抓住绳索一端，像牵狗似的把贼牵上了田坎。不知是衣服浸湿的缘故，还是吓破了胆，贼此时打着哆嗦，四肢颤抖得很厉害。

贼擒住了，黄牯也由那位社员牵到了田坎上。人赃俱获，老支书指着牛要贼认罪，在人证物证面前，贼点头称这头牛是他从矿山洞下偷来的,没有熟脚引路,是他从锡矿山回来路上见财起意,顺手牵羊。他天黑之前躲到了牛栏楼上的稻草里,半夜过后下的手。

当着众多社员的面,老支书代表大队出示了证明,喝令偷牛贼签了字,画了押。

按当时政策规定,贼在当地落网,必须交由当地有关部门处置,于是老支书把贼交给民兵营长,立即叫他押送当地人民公社。

黄牤失而复得,是件值得庆幸的喜事。德学公紧紧地握着老支书的双手,一再表示感谢,感谢他们配合支持。没有他们设计策划团住贼和暗地里把牛转移保护,一切都不会这么顺利。

朝阳含笑,我们牵着黄牤,迎着金灿灿的霞光,踏上了凯旋的回乡路。走到溪涧木桥上,停住步,返身挥手向老支书和送行的社员致意,感恩不尽。黄牤毛发无损,贼也捉得大快人心,而我们没送一分礼,没请一餐客,没喝一杯酒。虽然我们寻牛的路线正确及时,且有德学公精明的谋划,保证了万无一失,但如果没有那个正气旺盛的时代,没有遇上那些正直无私的百姓,也许会有另一种结果。

老外婆和她的水碾屋

老外婆是妈妈的外婆。我的外婆死得早,妈妈是老外婆抚养大的,感情极深,逢年过节,妈就领我去。老外婆家在新化温塘,离我家十五里。那是条有名的大田垄,全有井水灌溉,不怕天旱雨涝。田垄又宽又长,一条小溪从中间飘下,水绿如绸缎,溪边攀爬着草花,好似是一条绣花彩带。当小溪淌过竹山湾,从一弯蛾眉月的石拱桥下边望过去,一行水杨柳,几棵大松柏,数株老蜡树,绕着通往老外婆水碾屋的水渠,像个青螺小岛嵌在田垄中间,格外亮眼。每次到此,妈就教我哼儿歌:

摇呀摇,

摇到外婆桥,

外婆叫我好宝宝,

糖有吃,饭不愁,

多吃肚子痛,

少吃味道美。

歌儿甜蜜蜜,小溪水悠悠。一丛丛青翠绿草随流水摆动,一群群小鱼小虾游动在溪涧间,活蹦乱跳,从泥沙里钻进钻出的泥鳅,卷起一团团水圈,鼓上一串串水泡。妈妈习惯地望着锦绣一般的稻田绿浪,顺手扯几蔸溪坎上的茶香草,继续哼她的儿歌:

摇呀摇,

摇到山里捡柴烧,

一天捡一担,
十天捡一楼;
天晴担柴卖,
落雨捡柴烧。

这时候,看门狗伸长脖子朝我们叫。老外婆站起身来招呼一打,聪明的狗不再费神了,便使劲地摇起尾巴来。老外婆七十多岁了,在当地班辈最高,人人叫她柞奶奶。她穿着大口鞋,家纺靛染的青蓝色粗布老式大襟衫,大裤脚,上衣长得罩过了膝盖,显得很健旺,很富实。她嗓门特别大,一句亲切的话从她的口里出来,有时像雷吼,有时像骂人,实有几分杀气。其实她极善良,从未做过亏心事。年轻时非常精明能干,极有远见。据说老外公家也很穷,她嫁到老外公家后就省吃俭用,勤劳耕作,积攒了一点钱后买了溪边这块地,建了这栋水碾屋。位于溪边的水碾屋,周围全是水田,便利用碾米推谷磨面的碎米谷糠,喂了不少鸡鸭鹅,还养了两头母猪,几头壮猪。不上几年,老外婆就红红火火了。有的人富了就不仁,她却越富越善良。借谷借米不加息,叫花子来了都用升子散米。有一年山区大旱,湖滨水涝,逃水荒的难民成群结队,她对当地遭灾人家口里说借,实则还与不还无所谓。外地难民只要从她家门口过,不论男女老少,每人打发两升米,有回妈量米的升子没打满,老外婆还骂她小气。可有个米贩子用高价买她的米去赚钱,硬是被她斥了一顿:"比土匪还厉害,趁火打劫。"这年,她仓里积存的十几担谷全部散光了。平时来打米的穷人家,由他们自愿给点钱,几升几两都行,太穷的人家还一文不收。但对富豪人家却一分一厘都少不得。按说她能发大财,可她一不买田,二不置地,有了钱米就散光,仅保一家过日子。因此土改时只划了个下中农。

我们的脚才踏进她的门,她立即就给你盛上大碗的饭,好像我们一辈子没吃饭似的,堆得碗里冒了尖。她的脾气是古怪的,样子也凶,逢人到她家来不倒茶,不装烟,首先给你的是一碗饭,还大块大块的肥肉压在饭里,不管你爱不爱吃,逼着你往口里吞,不吃就会挨她的一顿数落。有一回她给我的饭里压了几块肥肉,我吃不下,不敢说不要,偷偷地丢在后边拐角的灰斗里,被鸡啄了出来让她看见了,硬是骂了我一天一夜。尽管如此,我还是常常去。也不记仇。她虽是独户人家,由于打米的人多,当地小孩常带我到溪里捉鱼虾,捉迷藏,有时也到碾屋里扒米,扫谷。一到早晨,就沿溪边屋前屋后捡鸡蛋鸭蛋,她的鸡鸭鹅从来不关,草丛间、猪栏上,到处有蛋捡,每早可以端回一筛子蛋,特别有意思的是经常有抱鸡婆带回一窝窝的小鸡。虽也有野猫子、黄鼠狼作怪,但守家的狗蛮机灵,在它的保护下,牲畜极少遭野物的伤害。

到了冬天,大雪纷飞,田里一片白茫茫时,河坎边的水杨柳和腊树上,落满了爱吃腊子的雪鸟,也聚集着成千上万的麻雀。附近好多人用铳打,老外婆怕把鸟赶跑了,剩下一片寂寞,她不准惊吓它们。

1967年腊月,我从部队回家探亲,去温塘探望她。她样子老得不行了,精神倒还好。一进门她就要孙媳妇给我杀鸡,并问了我许多的事情。当我吃了饭,临别时,她拉着我的手,从排柜里寻出一个信封交给我,说这是她满弟的地址,是在部队,叫他关照关照我。我拿起信封一看,她的满弟在贵州省,我却在内蒙古,迢迢数千里,他能关照我什么?再说我从小苦水里泡大,一心只想凭自己努力奋斗,不愿去巴结人,便好心谢绝了老外婆。

当我从部队回来,想再去探望她老人家时,老外婆的水碾屋在改河道时被拆掉了,老外婆也作了古。

但我永远也忘不了老外婆那副恶样子,菩萨心,也记得那个青螺绿岛似的水碾屋。

油菜花开的时候

油菜花开的季节，也是狗犬发狂发癫的旺季，晌饭前，我的左手虎口被屋对门老太爷家大麻狗咬伤了，鲜血淋漓，痛得直打战。妈很痛心，气愤地捡个棒子去打，不料被坐在门口吸旱烟的老太爷看见。他仗儿子的势力，弓背的身子一挺，三角眼一瞪，长长的烟筒杆往石阶上敲得"当当"响，恶狠狠地对我妈说："打狗欺主，你晓得吗？"

"它咬了我小孩。"我妈拉着我的手说。

"狗不会乱咬人的，你孩子一定多事，逗狗咬。"老太爷蛮横地说，"我的狗是从不乱咬人的。"

"它癫了。"我说，"晌午我去摘菜，你的狗从东边冲过来，扑向我胸口，我躲都躲不及，把我的虎口咬穿了，把老屋里方妹子也咬了。"

"你不能乱说，我的狗好好的，癫了什么。"老太爷又敲了几烟筒，"告诉你们，就是癫了也不许动它一根毫毛，狗若有个三长两短，我叫你们赔不起的。"

他不仅不同情我，安慰我，帮我治伤，连好话也没有一句，我气得哭了。

其实妈更急，妈打单身抚养着两个儿子，眼下被癫狗咬伤，治疗要钱，说不定还会有危险。但无法，人家儿子有权有势，有点什么难处还得求人，奈何不得，只好忍气吞声拉着我去草医谢师傅家治伤。谢师傅很好，诚心诚意地给我用口吸伤口里的毒，接着又弄药，一连几天，饭也没吃一餐，钱也没收一分。

伤愈后，妈又怕癫狗的毒汁入了内，便把我送到温塘老外婆家去治，因为那里有位好医生，远近有名。去到外婆家后，吃了几剂药，那医生说没事了，妈才放心回家，留我在老外婆家玩几天，观察观察。由于没事，我就跟随别人上山抓兔子，进田捉泥鳅，下河捞鱼虾。非常古怪，老外婆的红毛狗好像保护我似的，处处跟着我。一天我在河里石板下摸鱼，抓出一条水蛇，有刀把粗，罗布汗巾长，摇头摆尾，吐着舌头，正向我的大腿袭来，站在岸上的红毛狗"嘣"的跳下河，一口咬住水蛇的尾巴，拖上岸，用力地在坎边的石头上甩，不几下，水蛇的生命结束了。我感激地爬上岸堤，抚摸着湿淋淋的红毛狗的头，从鱼篓里掏出两条小鱼，喂进了它的嘴里。回家的路上，经过别人家门口，遇上了一条大白狗，欺我们的生，叫唤着追着我来咬，红毛狗不示弱，奋起抵抗，几个回合就把大白狗咬跛了脚，使我们顺利地过了这道关。从此，我不仅对红毛狗产生了深厚的感情，而且佩服它的勇敢机智。从外表看，它长得极丑，瘦小个子，一对垂软的耳朵，一个拖沓的尾巴，短短的脚，尖尖的嘴，既显示不出狐狸的狡猾，也没有虎豹的威武气派。

说实话，在狗的家族里，最佳的是"一黄二黑，三麻四白"，杂毛排不上座次，红毛更次之。可老外婆却宠它，让它守门，从未失过盗，也未伤过人，如今我也认它为朋友。

七天后，我要回家了。走的那天上午，它老跟着我，寸步不离，当走在老外婆门前的河堤上时，它走几步脚一提，身子一歪，在草丛间撒泡尿又快步跟上来，生怕我甩了它。老外婆唤它它不听，我叫它回去它不从，只是一个劲地摇头摆尾。开始我以为它在为我送行，走过石拱桥还不回去时，我已知道它要跟我走了，从内心来说，我是愿意带它回家的，我还要报咬我的那条大麻狗的仇呀！老外婆见唤不回，也没有什么法子，便大声嘱咐我把它喂好，过些日子给她送回去。

我太高兴了。

"二月里来好春光，家家户户种田忙……"田垄里，麦苗儿绿油油，油菜花金灿灿，香气宜人，扯草的小姑娘唱的歌儿也甜甜地飞过来，我心旷神怡、爽快极了。

回到家，我急忙爬进仓楼给它做窝，接着又喂它两个红薯。儿不嫌母丑，狗不嫌家贫，我家与老外婆家相比穷多了，吃得当然要差，可红毛狗不挑剔，给什么吃什么。然而村里却不安宁了，上边湾里的，下边冲里的狗全来了。它们很欺生，接二连三地聚集到坪里来咬它。初到此地，红毛狗也胆怯怯的，尾巴夹在两腿间，畏畏缩缩地躲躲闪闪，用期待的目光瞪着我，仿佛求我当它的保护神。但那些狗不放过它，红毛狗越怕越欺它的生，"汪汪汪"地吼叫着耻笑它，一个劲地向它示威。过了一天后，它不怕了，胆子一壮，毫不示弱地冲去展开了搏斗，虽说左冲右突，身上四处负伤，但它灵巧地与群狗撕咬，终于突出了重围，把它们咬得跛的跛脚，缺的缺耳，一只一只地散去。它胜利了，一只矮小的生狗，征服了村里的群狗，成了一只威风凛凛的狗王。红毛狗有名了。由于它负了伤，我给它扯草药洗伤口，捉山泥鳅给它补身子，几天就恢复了健康，又可上阵出征了。为了让它提高咬架的武艺，我每天训练它的胆量、力气和战术。

在一个阴雨连绵的早晨，我带着它走上了与大麻狗搏斗的战场。大麻狗躺在坪里的稻草堆中，抬着头，吐着舌，凶恶地虎视眈眈。我怕大麻狗再次伤我，从木梯上爬上楼去观阵。没等我发号令，大麻狗张着嘴，龇着大牙齿，猛地扑向红毛狗。论体魄，红毛狗不及大麻狗一般大。但红毛狗灵巧地躲过大麻狗的一扑，绕到了它的背后，咬了它的后腿一口，起初我还担心它体力不支,生怕它斗不过大麻狗,从楼上抓一根棍棒,万一它斗不过时助一臂之力。然而它英勇机智,凶狠异常,跃动起它轻盈的身子,施展它灵活的战术,避开大麻狗身高力大的优势,前后左右开弓,口口咬着要害部位。最后它身子一缩,猛地钻进大麻狗的肚子底下,使劲地咬它的喉管。大麻狗招架不住了,四肢先后负伤,站立不稳,喉管又被咬破,血淋淋的,"汪汪汪"地叫着,向主人家跑去。红毛狗猛追不放,一直追到家门口。大麻狗躲进了主人家,再也不敢出来了。红毛狗没有再追,悄悄地守在离家门不远的枫树下,窥测着,伺机冲上去把它的喉管咬断,要了它的生命。我是乐意看到大麻狗的悲惨结局的。所以我藏在楼上的草堆里,两眼紧紧地瞪着。红毛狗哟,你是英雄好汉,为我报了仇,立了功,我会奖赏你的。

忽然"吱"的一声,老太爷家的门开了一条缝,但大麻狗没有出来,人也没出来,慢慢地,门缝里伸出来的是一根黑杆子,仿佛是老太爷的烟筒杆,细一看,辨别出来了,那是铳管。他家是打猎的,有火枪猎具。红毛狗不认识,没有半点警觉,还趴在地上运神,做着冲上去咬死大麻狗的架势。我正要呼唤红毛狗撤退,"砰"的一声铳响了。红毛狗嘶叫着,掉头便跑,不几步它就倒在血泊之中,在地上乱滚。我正要冲上去抱起红毛,老太爷家大门拉开,全家五六口人都涌了出来,骂着"野狗!""疯狗!"几个人七手八脚把红毛狗拖进了屋去,高兴地说:"晚上有下酒菜啰!"此刻我想扑上去夺回红毛,可慑于老太爷家的权势,眼下他家又人多势众,自己势单力薄,抢也无用,心想只有用计谋去夺回来了。

没想到他们速度之快,把红毛狗拖进屋去就灌上开水烫,几个人一齐动手,丢进锅里就煮起来。眼看红毛就被他们吃掉了。

我的心里流着血。

傍晚，我想趁他们吃的时候冲进屋去，砸了他们的锅碗盆盏，甚至倒上大粪，不让他们吃了红毛。可妈不让我去，把我关进了里屋。

晚饭时节，妈叫我出来吃饭时，我冲了出去，一气跑到老太爷家门口，朝里一看，他们已经吃完了晚饭，屋里酒气冲天，只有老太爷的媳妇在扫地，满地是红毛狗的骨头，还听得见老太爷的婆娘在交代她媳妇，说骨头熬汤喂猪崽，嘱她放进砂锅里熬汤。

我愤怒了，再也忍不住了。猛地一掌推开门，冲进屋去，不顾老太爷媳妇的拦阻和大喊大叫，一把撕开老外婆给我做的新蓝布衣衫，脱下来，往地下一摊，强忍着涌动的泪水，把地上的骨头捡起来，用衣衫包上，跨出大门，回到自家的仓楼上就放声大哭起来。哭过后，我寻来竹片片、麻绳子，把红毛的骨头合拢来，绑上，再用稻草扎成红毛狗的样子，找来一块红珠，把身子染上红色。我要为它举行隆重的葬礼。这时候，妈来了，开始她骂我，当听了我的诉说后，不仅不骂我了，还说要我等一等再去埋。不一会，她拿来了一块红缎子。这是她结婚时的红头巾，一直藏在箱子里，现在拿了出来。她递给我，说："大麻狗死了，自从咬伤你以后，癫得更加厉害，咬伤村里头十几个妹子，老太爷还护着他的狗伤人，不准任何人打，要是没有红毛狗，大麻狗还会作恶，这是红毛狗帮我们出的气，它是为了我们，只是死得太惨，这条红头巾给它罩上。"

"妈！"我一声长喊，跪倒在妈的跟前，眼泪直淌。

妈也流泪了。我理解她的心。她说："埋到竹山里去吧，人畜一样，何况它为了我们。"

第二天清早，当太阳的光辉照进竹林的时候，我邀来一伙朋友，抬着红毛，用瓦片锅盖当作锣鼓，来到竹山里，挖了一个深深的坑，把红毛狗葬了下去。然后用石块垒成一个圆包，并在下端立块石板，用铁钉在石板上写了"红毛之墓"几个字后，又折了一把油菜花，插上了红毛狗的坟头。

阳光洒下，坟头一片金光灿烂。

我深深地鞠了一个躬。

《西游记》电视剧拍摄在波月洞

波月洞周边的旱地里、水田边、山垭口、草丛间，人山人海，沸沸扬扬，破天荒第一次会集了这么多的人。而这些人中间，无论男人妇女，老人儿童，个个和颜悦色，毫无先前阻挡宣传开发探洞者的恶意气氛，人人欣喜若狂地露着期待的目光，怀揣着好奇的企盼，全神贯注地盯着波月洞的大门，仿佛洞中有灵光显圣，有神仙出洞，有魔怪现形。要不是警察把守大门，围观者说不定如洪水一般冲进了幽深的洞穴，人流滚滚。

"妖魔鬼怪"果然出现了，不过不是从洞中冲出来的，而是从荒芜的洞顶园艺场果林中的茅草路上走下山来的。他们一行几十人，身穿奇装异服，头戴盔冠面具，沿着警察岔开的通道，井然有序地进入了波月洞的大门。

人群躁动了，亢奋得手舞足蹈，欢呼吼叫："唐三藏、孙悟空、沙和尚、猪八戒……"对曼妙轻纱和奇异装扮的妖仙神魔叫不出名字，只是一个劲地号吼，此起彼伏的炸耳杂音，打破了荒山野谷的宁静。

这是中央电视台来波月洞拍摄《西游记》电视连续剧，时间是1983年4月5日，雨过天晴，春光明媚，市民自然要来沾沾风光喜气，看看热闹新闻，能取景波月洞，也是这风光宝地的骄傲和当地百姓之荣幸。

我夹在剧组队伍中，一同进了波月洞。也享受到了此时此刻群众夹道欢迎的虚荣，更体会到了与探洞期间不同的礼遇和眼神。

我不是编剧，也不是摄影，更不是导演演员，连个跑龙套的配角都不是，能有这份待遇，缘于我是最早宣传波月洞的文化人，而且洞中景物基本由我取名，能为剧组选景布局提供参考。加之眼下波月洞又归属文化部门管理，我自然成了剧组的服务者，便悄悄成了业余顾问，无名义工。

洞中黑暗扫去，眼前一片光明。十多天来，电力部门从园艺场搭架了临时电线，凹凸不平的洞中也请民工铺上了道板河沙。为了迎接中央电视台《西游记》剧组的到来，市里拨专款进行了拍摄前的准备事宜，虽算不上完美，但也周全。

孙悟空《三打白骨精》，是《西游记》系列电视剧的第九集，开场首拍白骨精还魂，场地选在仙象厅。这厅极具特色，进厅有洞天将军站岗，一块形似盆景的钟乳石，独立厅中，又像梳妆台；其左侧挺立着巨型钟乳壁，仿佛飞瀑流泉，气势磅礴；紧依盆景石右侧的钟乳石，层次分明，高低错落，触景可以生情。姿态谲奇的盆景石，竖立在一块独立的石板端头，犹如精雕细凿安上似的，既像孔雀开屏，又如屏风国画，栩栩如生。屏风根部的平板石，恰似一张大床，剧组导演杨洁便选择盆景石做白骨精的卧榻。他们把一副从长沙租借来的骨骼从包装箱里搬出来，摆放在屏风石旁，然后让饰演白骨精的杨春霞爬上去，紧挨着白骨睡下来，正合适。身裹锦衣薄纱的杨春霞，躺在冰冷的石磴上，陪睡在白生生的骷髅旁。这时一般人会心生恐惧，畏冷生寒。可她并没流露出恐惧，沉稳而坚定地试演着各种姿势动作。其实饰演白骨精的A角是一位年轻貌美的演员，试机后也许不适合这个角色，最后导演杨洁决定起用B角杨春霞。她是著名的京剧演员，70年代饰演样板戏《杜鹃山》里的党代表柯湘，红遍大江南北，家喻户晓。她凭借精湛的演技，表现白骨精人妖之间的角色转换，出神入化，最终赢得了剧组和杨导演的一致青睐。

拍摄开始了,各归其位,各司其职。杨导演一声令下,灯光依次亮起;烟火师按下机关,"噗"的一声,一团青烟白雾从骷髅上冉冉升起,躺在骷髅旁的杨春霞,随着一缕轻盈缥缈的烟雾,徐徐站起了身子,亭亭玉立在盆景石上,闪烁着珠光宝气的妖娆身姿,白骨变成了美人。然而杨导演似乎不满意,快步从摄影师那边走过来,手一挥:"再来一次。"转身又交代了摄影师和杨春霞几句,依旧回坐到电视机旁看效果去了。

杨春霞又躺倒在坚硬冰冷的盆景石上,犹如一个睡美人,辗转反侧,琢磨着各种姿势媚态,以便达到最佳效果。"春霞同志,你表演得很不错,只是烟雾太浓太多,影响了画面的清晰,再来一次。"她立即给烟火师下达了指令。一次、两次,反复多次,杨导演才起身抹去额头的汗水:"太好了!"她认可了最精彩满意的一瞬间。剧组都知道,杨导演是个女强人,女能人,是从延安鲁艺走出来的老革命,也是一个追求完美的执着的人。她要打造精品,稍有一点点不满意都要从头再来,不允许留下半点遗憾。拍摄电视剧不容易,剧组人员个个都很认真,也很辛苦。躺在石板上达数小时的杨春霞,反反复复,众人都说她是最苦最累的,若不亲眼目睹其真情实景,很难体会到剧中闪现的几个镜头会如此的艰辛。

吃罢饭,剧组和演员又进入纵深地带,来到一夫关,爬过高深厚实的边石坝,艰难地登上鹅管密布下的仙女池,拍摄了白骨精照影梳妆的几个镜头。"美极了!"杨导演十分激动,情不自禁地赞叹着。

专家说波月洞是座岩溶博物馆。其晶莹透亮的鹅管群,布满洞厅;又深又厚的边石坝,高嵌在石壁上;还有那洞中的彩色卵石,并称洞中三绝。杨导演和剧组美工画师们每到一处,总是赞不绝口，说一定要把洞中最美的景观和《西游记》融为一体，献给亿万观众。

群妖聚会，《三打白骨精》的重头戏开场了，这里要拍摄白骨精假传佛祖法旨，欲把唐僧拿到手，以唐僧之肉饱充妖腹，狂想长生不老。录像场地分为两地，打斗场面布置在景观密集和场地宽阔的迷宫，关押杀戮唐僧的刑房安放在小花厅。迷宫石笋林立，千姿百态，形态十分迷人。在这个厅里，杨导演沉着指挥整个剧组工作。副导演荀浩、任凤波忙着帮助演员检查化装，指点熟悉台位等工作；沙和尚阎怀礼是演员团团长，是位北方大汉，说话嗓门高，但在拍摄现场，他都是轻言细语招呼人，生怕出差错，忙忙碌碌东奔西跑打招呼；猪八戒在剧中好吃懒做，拍摄中却也勤勤恳恳；饰演孙悟空的章金莱，是影视新秀，在戏台上猴气十足，活蹦乱跳，十分逗人喜爱，在这里，他却老老实实地听从剧组安排。经过细致的精心布置，迷宫成了妖魔打斗的战场。不过拍摄群妖混战，有的在洞内厮杀，有的场面却在野外展开，最后剪辑合成而有机结合。

小花厅在葡萄园的上方，不太大，景物也稀疏，仅存几根石笋伤痕累累，早已被自由进洞的游人削去了头颅，砍下了顶尖，残缺不全而毫无观赏价值，常人看来已不可能配作背景来拍摄电视剧。可剧组的艺术大师别具匠心，说洞中景物要加强保护，不能随意破坏，选择这个厅做白骨精的行宫膳房，就是废物利用。经过他们的精心设计与布置，在削掉了尖子的石笋上安上人头骨模型，往形如西瓜的人头骨壳里添上清亮的香油，再放入棉纱灯芯，就成了灯盏，左右排开，点燃后发出紫蓝色的火焰，便成了一道灰暗的风景，恐怖阴森；而四周墙跟壁洞里，又塞了不少人的脚手骨头模型，连女妖白骨精厅中的座椅也是用骷髅做成，整个大厅令人恐怖，走进去就阴气逼人，毛骨悚然，胆战心惊。

"把唐僧押上来!"坐在小花厅人骨座椅上的白骨精,面目狰狞,长长的指甲犹如刀片,仿佛伸手一捅,就能将人的五脏六腑掏出胸膛。

"大王请验证。"狐狸精和小妖把唐僧押到了白骨精面前,"我们在森林里把他逮到的,送呈大王宰了补身子,长生不老,让众妖仙魔弟兄也吃点唐僧肉,喝点长生不老的唐僧汤。"

"绑上定魂桩,时辰一到就开戒。"白骨精露出一副凶相。

狐狸精领着众妖把唐僧绑到定魂桩上,转身向外走去。

隔壁膳房的众妖磨刀霍霍,锅里沸汤翻滚。

绑在定魂桩上的唐僧,大难临头了。他五心不定,思绪万千。孙悟空因杀妖除魔,唐僧怪罪他杀生犯戒,打发这个徒弟回到了花果山。他饥饿难耐,差使猪八戒去化斋,久去不回,又令沙和尚去寻找,无奈沙和尚也杳无音讯。独自在森林里等待的唐僧,被妖怪掳进了魔窟,危在旦夕。唐僧心急如焚,双眉紧锁,此时才想起了孙悟空这个徒弟。

"报大王。"狐狸精急冲冲进大厅,跪在白骨精面前,"猪八戒要杀进来救唐僧了。"

"把他轰出去。"白骨精伸出指如刀片的大手挥舞着。

"是。"狐狸精又转身向外传旨宣令去了。

"快宰了这个和尚吃唐僧肉吧。"磨刀烧火的众妖在呼唤白骨精下令。

"少废话。"白骨精喝令他们坚守岗位。

"报大王!"又一小妖告急,"沙和尚下战书了,若不放了他们的师傅唐僧,就要血洗妖魔洞窟。"

"堵住他们。"白骨精吼道,"不许进洞来。"

"报大王!"又一小妖急报,"不好了!"

"怎么了？"白骨精从座椅上跳起来，双眼发出绿莹莹的光。

"沙和尚猪八戒被我们打出去了，可是……"

"可是什么！"白骨精一脚踏在座椅上，"快说！"

"孙悟空打进来了，我们抵挡不住了！"狐狸精冲进来，补述着外边的严峻形势。

"那我们唐僧肉吃不成了，大王就不能长生不老了！"众妖叩首恳求道："快下令杀了唐僧吧，到了锅里的鱼不能让他跑了。"

"命都保不住了！"白骨精垂头丧气，"快给我出去拼杀孙悟空。"

话音刚落，孙悟空手握金箍棒，一声大吼："师傅，你在哪？俺老孙救你来了……"

"我被绑在这里。"唐僧一听徒弟孙悟空来了，头向上一抬，眼睛立即亮了起来。

"快把师父放出来！"孙悟空冲进妖魔窟，举起金箍棒，朝妖王狠狠打去，不上几个回合，白骨精被打翻在地，原形毕露，一副白骨亮在眼前，随即化作一股青烟飞出了洞门。孙悟空自然不放过他，解救了唐僧师傅后，欲往外追。

此时的猪八戒、沙和尚也一路拼杀，与唐僧孙悟空会面了。

"阿弥陀佛。"唐僧战战兢兢，双手合十，"善哉善哉。"

三兄弟搀扶着唐僧，走出魔窟，冲出妖洞，又踏上了西天取经之路。

音乐声起，雄浑激昂的主题曲：

你挑着担，我牵着马

迎来日出送走晚霞

踏平坎坷成大道

斗罢艰险又出发，又出发

啦……啦……

一番番春秋冬夏

一场场酸甜苦辣

敢问路在何方，路在脚下……

其主题歌是由导演杨洁首唱，若干集后就配上了著名歌唱家蒋大为的声音。

不知《西游记》剧组是恋恋不舍波月洞的美丽景观，还是回报冷水江人民的热情，继去年拍摄了《三打白骨精》后，时隔一年的花季四月，剧组原班人马又来此拍摄《猴王出世》，他们又选择了波月洞做花果山水帘洞的场地。

花果山布置在迷宫，美猴王的宝座安置在高大挺拔的几根石钟乳之间，背靠千丘田，风景美如画。鳞次栉比的钟乳石，犹如热带森林，好一派猴群栖息之地。孙悟空带领小猴们习武玩耍的前坪铺了道板，钟乳石上缠满了青枝藤蔓，花花草草开满大厅，一片姹紫嫣红，有如人间仙境，世外桃源。在布置这个大厅期间，我穿梭于市招待所与波月洞之间，知道这些花花草草是用五色皱纹纸做的花瓣叶茎，染上石蜡，和采摘的鲜花青草一样水灵灵的。藤蔓枝条却是用招待所里的旧床单旧被套，撕成块块，搓成条条，从滚开沸腾的沥青锅里来回拖几下，风一吹凉，就成了树枝藤蔓，插上花瓣叶片，活灵活现，有如山野生长似的。真佩服中央电视台这些美术大师的工艺水平，废物利用，小钱办了大事。如不是亲眼所见，谁敢相信花果山水帘洞的山花烂漫之景，全都出自旧床单旧被套皱纹纸。而请来制作花草藤蔓的姑娘小伙，工资一天不足一元钱。我问从江西回来的侄女，从早到晚这么一点钱，亏不亏？他们说挺乐意，能天天见到《西游记》剧组的演员们，实乃幸运，别人花钱都看不到，不亏。

场景布置全部到位，杨洁导演很满意。拍摄开始了，灯光一亮，大厅金光灿灿，地下宫殿成了鸟语花香的花果山。

孙悟空章金莱，抓耳挠腮，几个精彩的动作下来，连翻几个筋斗，登上了"花果山福地，水帘洞洞天"的宝座。他一发号施令，几十只小猴子从树梢上跳下来，从石谷间蹦出来，云集在草坪里打拳习武翻筋斗，活蹦乱跳，一派勃勃生机。孙悟空在一群小猴子的前呼后拥下，将"齐天大圣"的三角锯齿黄金旗，升上了花果山高耸的树干上，迎风猎猎飘扬。

"哎哟"一声，一只小猴子从石头上滑下来，仰天一跤，碰破了头顶，流出了鲜红的血，全场一片惊慌，纷纷围了上来。我急忙从场外跑过去，正欲探问情况，只见沙和尚大步向前，抱起摔伤的小猴子就走："我送你去医院。"魁梧伟岸的阎怀礼，好似爷爷抱着孙儿，脸上绽溢出心痛而又慈祥的苦色，心急火燎。

"有医生在，跟我来。"我领着沙和尚，来到了宽敞空阔的演武厅，找到专为摄制组服务的市人民医院孙再平院长。他为人和气，医术精湛，是位有名的外科医生。他看了看小猴子头顶的伤口，说伤不重，无大碍，只碰破了一点皮，没伤骨头，伤口也不深，便安排护士消了毒，上了药。为防止细菌感染，贴了一块纱布。小猴子仿佛没事一般，转身就回到了花果山，他撕下纱布，用力一丢，连翻几个筋斗，活泼如初。

这位负伤的小猴子，就是后来的奥运跳水冠军熊倪，是省体校的学生，这几十只小猴子就是剧组从省体校挑选出来的，没想到一个世界冠军与《西游记》结缘，给波月洞添彩。真是千古绝唱，情寄万年。

在这里一共拍摄了三集，第一集，众猢狲在"水帘洞"举孙悟空为美猴王；第二集是孙悟空和牛魔王、混世魔王、独角魔王欢聚饮酒，酒酣之后，孙悟空大显武艺，但无称心武器，无奈,牛魔王叫孙悟空到东海龙王处借兵器;第三集是太白金星奉玉皇大帝圣旨,到水帘洞请美猴王上天就任齐天大圣。

拍摄场面十分壮观,演员表演得淋漓尽致,精彩绝伦。尤其是扮演孙悟空的章金莱,神采飞扬,极为成功。

该剧制片主任为章世安,导演杨洁,副导演荀浩、任凤波,摄影王崇秋,美工张森、彭曼丽,武打设计林志谦。主要演员有阎怀礼、徐少华、王忠信等。

此集《中国青年报》1984年8月3日以"猴王孙悟空,再到波月洞"做了报道,《湖南日报》随后也转载了这条有意义的新闻。

经过紧张的拍摄,"水帘洞"几场戏于1984年4月底拍摄完毕。

临别时,剧组的同志说:"波月洞太美了,它瑰丽玲珑的美姿,将给《西游记》'水帘洞'几场戏,增添无限的光彩。"

《西游记》拍摄已经过去三十多年了,现在还年年在全国各地电视台播放,一到寒暑假,节假日,孩子们特别喜欢看,我也常常酷爱凑热闹。每次播放波月洞中拍摄的几集,我都要认真欣赏欣赏。尽管剪辑时删去了不少精彩的镜头,但我依然津津乐道,浮想联翩,回忆多多。是回味利益还是名声,恐怕旁人存疑。在拍摄中市政府从物力、人员上给予了大力支持,波月洞也没收取一分一厘管理费用,服务人员每天数十人,前前后后几十天,分文未取,全属义工,连冷水江市政府和波月洞,在片尾的字幕上都没有一个字。没有就没有,当时的人没有那份图名图利的想法,唯一心愿是协助中央电视台拍摄好《西游记》这部电视剧,让波月洞的美丽景观呈现在荧幕上,让《西游记》锦上添花。

其实,当时剧组人员,除本人工资外,据说每人每天补助也只有八毛钱。但《西游记》被他们做成了精品,而且不是重金打造的。因为,经费与质量不一定成正比。时下花巨资拍摄的电影、电视剧昙花一现的不少,有的杀青就毙命,入不了艺术之门,一文不值。

常看《西游记》,记忆涌心头,回味往事千千万万,其中点点滴滴,温故知新,本文之意是平和一下曾经激荡过的感情罢了,别无其他企图。

一枝花

"妈妈,妈妈——"

头上扎着蝴蝶结儿的桑叶,手里捏着一封信,一蹦一跳,高兴地从走廊上奔跑过来,大声嚷嚷,猛地推开了门。

正在厨房里洗衣服的桑叶妈,高卷衣袖,一双湿漉漉的手,在围裙上擦了擦,一边答应一边从厨房里走进了客厅,朝跑来的女儿问道:"什么事这么急呀?"

"有信。"桑叶一对美丽的小酒窝在苹果似的脸蛋上一撇,头一偏,信一扬,等待着母亲去接信。

桑叶妈满脸堆笑,晶亮乌黑的眼睛像两盏点燃的灯笼,一闪一闪地望着桑叶,身子一动,右手一伸,好似猫儿抓老鼠一样扑上去:"你爸爸来的?"

"不,奶奶来的。"

"丢到桌子上吧。"桑叶妈好似马蜂蜇了一下,手猛地缩回去,晶亮的眼睛仿佛是吹熄的灯火,突然失去了光泽,脸色骤然变得像铁板,很不耐烦地扭转身子,大步走进了厨房。

聪明伶俐的桑叶,年纪虽然只有十二岁,脑子并不蠢,妈的这一举动,马上印进了她的脑际,顿时感觉到母亲心中有点什么不对味。因为,平素爸爸来信时,她再忙的活儿都要丢掉,不一口气看完是不放手的。桑叶很气,追上去喊道:"妈妈,奶奶来信,你怎么不看看呢,她一定是有事呀。"

"有事,有屁事,还不是要钱。"桑叶妈努努嘴,腰一躬,从洗衣机里拖出一件带肥皂水的衣服,往后一甩,正好甩在桑叶手中信封上,湿淋淋的。

"哎呀,怎么把水甩在信封上哩。"桑叶一跳,惊讶地叫了一声。她怕水漫进去打湿了信笺,"嚯"地将信封撕开,取出信纸,站在旁边看了看,知道母亲只给奶奶寄出五元钱,奶奶不够用,叫再寄点去。是啊,奶奶住在家乡小镇上,物价比城里还贵,五元钱怎么开支呢?她是苦命人啊,听爸爸讲,奶奶二十多岁守寡,靠做小工,拖板车,有时还捡破烂来赚钱送爸爸读大学。自从爸爸出国到非洲工作以后,奶奶生活费全由妈寄。爸爸交代她每月寄二十元,可她怎么只寄五元呢?

"妈妈,奶奶要你寄钱呢。"

"寄钱,寄钱,不是刚寄去五元了吗?"

"五元才多少?她只有二十三斤米嘛。油盐菜蔬零用呢?"

"用钱是无止境的,一百元也用得完。"桑叶妈说,"她也要忆苦思甜嘛,比起她那时捡破烂过日子来,不知要强多少倍,再说我们结婚时她一点家具也没给我们添置哩。你看我们家呀,比别人家差多了呢,电视机还是黑白的,下个月准备买彩电,电冰箱也要买才行。"

"爸爸回国时不是要带的吗?"

"那还要两年。再说,你外婆家不是也需要吗?还有你舅舅结婚、生孩子……"

"哼,你分心!"桑叶眼一横,"你对外婆什么都舍得,对奶奶什么都不给,尽卡扣。"

"是吗,你是个大丫头,将来对我会比对婆家亲些的。"

"呸,奶奶连吃的都没有,你们倒享福了。"

"谁叫她没有退休金呢?"桑叶妈说,"谁叫她过去那么穷呢?她要有崽女在国外多气派,要是她有一笔大遗产也……"

"你……"桑叶气得满脸通红,眼睛瞪得发直,"我长大了就要找一个不要岳母的人，也不给你寄钱。"

"哈哈。"桑叶妈一声长笑，"我有退休金，只怕那女婿偏要来找我哩。"

"我不许他来认你。"桑叶叉着腰，身子扭动，"我们远走高飞，看也不来看你。"

"我有钱，我可以来看你们。"

"不让你看。"桑叶说完一句，马上意识到这样纠缠下去没用。便顺水推舟地说："你有钱，那我拿上寄给奶奶。"

"不给你。"

不给我，看你给不给。桑叶是独生女，在这个家里，她是一枝花，不仅给父母带来幸福与欢乐，而且是一位公主，有时可以倒指挥，她要做的事，父母岂敢不从？不过她人挺聪明，学习成绩也好，在学校是个品学兼优的好学生，尊老爱幼，从不乱来，人人都喜欢她。眼下，她知道强行向母亲要钱，母亲知道她要寄给奶奶，是不会给她的，怎么办呢？

第二天清早，桑叶妈早早起了床，给她准备好了早点，叫她赶快起床吃饭去读书，桑叶身子一翻边，用力推开她妈妈的手。

"不想吃你做的饭。"

"那想吃什么呢？点心、牛奶、麦乳精……要什么，家里有什么。"

"家里的我不要。"

"那要哪里的。"

"买来新鲜的。"

"好，我马上给你去买。"

"不，我不要你买的。"

"那要谁买的呢？"

"我自己亲自去买。"桑叶霍地坐起来，手一伸："给我钱。"

"好,好,给你钱。"桑叶妈从怀里掏出一元钱给她。

"还要三元。"桑叶撒着娇。

"要这么多做么子用呢?"

"买文具盒、蜡笔、钢笔……"

"刚刚买了就用不得了?"

"嗯。"

桑叶妈不相信,跑出去拿上书包一翻,钢笔、蜡笔什么都有,便板着脸说:"还有得用,暂时不买。"

"不买我书都不读了。"桑叶又躺下去,扯着被子盖上了头。

"好,让你买,让你买。"一贯在女儿面前百依百顺的桑叶妈,屈服了,连忙从口袋里掏出三元钱给了她。

一连几天,桑叶天天找借口要钱,母亲不敢不依,要多少给多少。桑叶手中的钱越来越多,存够十五元后,她跑到邮局,填了一张汇款单。

一个星期以后,奶奶来信。桑叶妈拿着信一看,只见信中尽夸奖之词,还说她汇去的钱已收到,结尾时,连连赞她是好媳妇。这钱是谁寄去的呢?她翻来覆去一想,便怀疑到桑叶身上。

"我问你,我给你钱买钢笔、文具盒的买了吗?"

"买……"桑叶吞吞吐吐。

"买了给我看看。"桑叶妈手一伸,两只大眼睛盯着她。

"没有买。"桑叶干脆地回答。

"没买就把钱交给我,给奶奶寄去吧!"

小孩毕竟是小孩,经母亲这一糊弄,便把心里的话全端了底。桑叶妈不听则可,一听火冒三丈,破天荒第一次骂了桑叶。

啊,中计了。桑叶直流泪,哭得好伤心。可是哭没有用呀,哭不软母亲的心肠,只有再想办法和她缠。怎么缠呢?她想了好多法子，都不顶用。真的，从那天后，母亲再也不给她钱用了，还怒气冲冲地说："你给奶奶寄了十五元钱，那就顶三个月的生活费。"真的说到做到，她每月五元也不寄了。

一个星期天的下午，天高云淡，阳光灿烂。桑叶做完作业，走进卧房，脱下连衣裙，穿上一件旧衣服，手里提只竹篮出了门。她大街不走走小巷，专找垃圾堆钻。中午时分，她捡了满满的一篮子碎玻璃、酒瓶子、水泥纸、塑料布……走到大街上十字路口左侧的美心百货大楼前门口，篮子一放，坐在门口水泥台阶上，像个要饭的叫花子一样久久地不走开。

日头落山了，百货公司关门了，这时，从里边走出一个女人，年约四十来岁，穿着十分讲究，气质也不差，她走到门口，见台阶上还坐着一个人，走过去，吼道："要饭的，我们下班了，你还坐这里干什么？"

桑叶低着头，没有回答。

"快来呀，这个叫花子坐在门口不走呀。"

"把她赶走嘛。"从里头走出来一个营业员，说："申大姐，拿出你那能干的本事嘛。"

"走！"叫申大姐的营业员神气了，走过去吼道："还不走开，我们兴蛮法子了。"

"你兴嘛。"低垂着头的桑叶，霍地站起来，头一抬，眼一瞪，"看你有什么蛮法，快使吧。"

"你，你……"申大姐惊呆了，不知所措，万万没想到这是自己的女儿。

旁人围上来，一阵"哈哈"，莫名其妙地问："桑叶你怎么啦？"

"你真给我丢人！"申大姐见桑叶一副黝黑的脏样子，白白的脸顿时羞得通红，三脚并着两步走上前，一把拉住她，"现世报，还不给我回去。"

"我不回去！"桑叶犟着。

"还给我丢人，我打……"申大姐手一抬。

"我丢人还是你丢人？"桑叶既不胆怯，也不示弱，趁着熟悉的阿姨们都在场，她放开喉咙说话了："你不给奶奶寄钱，奶奶无法生活，我就只好捡破烂卖钱给奶奶寄去。"

顿时，众姐妹七嘴八舌地议论起来。

桑叶妈非常尴尬，她沉思了一会儿，走过去，轻言细语地对桑叶说："好宝贝，听娘的话，回去。"

"你要答应我一个条件。"桑叶头一仰，很神气。

"每月要给奶奶寄二十元钱。"

"这个好妹子哟。"

"养儿子有什么用，讨了媳妇丢了个儿，嘿，白费力……"人们议论着。

桑叶妈感到一阵羞耻，唉，四十来岁的人，还不及一个十多岁的妹子啊，瞬间，她忏悔起来了。

"桑叶，妈妈听你的。"桑叶妈连连点头。

"嗯，这才是好妈妈。"桑叶喜笑颜开，薄薄的嘴唇张着，露出一口雪白的牙齿，久久没有闭合。

多好的孩子啊，真像一枝美丽的花。

七修族谱序

华夏氏族，以姓氏为纽带，寻根溯本，延续传承。清学者张澍在其《姓氏寻源》中说："参天之木，必有其根；环山之水，必有其源；慎终追远，孝悌为先。"世界天地万物皆有根源。树高千丈不忘本，寻根是人类的天性，姓氏寻根就是人们以姓氏为纽带所进行的文化寻根活动。姓氏的产生，乃人类文明发展史上的里程碑。

溯吾童氏始祖，源自上古黄帝之孙颛顼帝之子老童，后代子孙以祖上名字中的童字为姓，称童姓，世居雁门。始祖自辽东启徙，根蔓神州，枝繁林茂，士农工商，灿若群星。

我公常公于北宋建隆元年（960），辞宣城通判，由江西吉安泰和县早和渡梅子坡圳上，徙湖南湘乡岱岳黄泥田。今涟源市水洞底大岳珑球树湾。凭意志与智慧，始祖力奠宏基伟业，递传二十五代至脉祖葵公派衍，一魁一寿一福三房，一魁始来新化漆田，生九子，三子应宗居沐田。嗣裔分徙新化、宁乡、衡阳、宝庆、益阳、安化、邵阳、溆浦，入川陕黔渝，居鄂桂粤台，族号系繁荣，星罗棋布，可谓盛矣。

披阅前谱载十家训，十六家规。后嗣秉承勤荣惰耻，尚武崇文，倡德举义，忠孝礼仁之祖训，爱国爱家，乃族系星光灿烂，基业辉煌。

时逢盛世，涟源升荣两房愿意合修家谱，统一班序，可喜可贺，乐见其成。孔子曰："先王有至德要道，以顺天下，民用和睦，上下无怨。"顺则治，和则兴，原本同宗共祖，合族重归一统，以纠正人伦混淆，澄清理顺派系纷争紊乱，是我童姓南楚望族之荣。此举树德昭勋，恩泽万代，既符合中华民族世系之链的传统，也利于维系氏族根基脉络，同时也圆了祖先企盼后辈族嗣和美之梦。此为序，共荣昌。

二十一代嗣孙　童丛　敬撰

——2014年9月于长沙

复修碑记

始祖应宗公，明洪武二十一年（1388）戊辰十二月初五丑时生；成化五年（1469）己丑十月初九寅时殁。寿八十一岁。葬锡矿山滴水岩。因采矿坟山受损，故迁葬新化沫田岭背后虎形山主峰。配谢氏。继配苏氏。

先前葬此坟山的有仁礼公等数十位祖辈。

人有本，水有源。上溯六百年，始祖应宗公启自湘乡仁里寓，经安化古圹、梅城、满竹圹到新化沫田。几经辗转，历尽艰辛，以勤劳淳朴之美德，凭勇气和智慧之精神，开梅山，拓荒原，和邻里，兴学办教，乐善好施，繁衍生息，宏奠根基。风雨数百载，发派子孙二十三代，人丁数万，后裔遍布三湘四水，华夏大地。浩浩族群，房房人才济济。受先祖遗风之熏陶，前有举人成边抗藩，安疆护国；今有专家学者、科教巨子、军政要员及各界英才，为中华复兴而贡献聪明才智，成就辉煌。

追本溯源，承先祖荫德，朝朝兴旺；继往开来，代代荣昌。

时逢盛世，捐资复修童氏坟山，以慰藉祖宗，永世不忘。

始祖先辈永垂青史！

始祖应宗公第二十一代嗣孙童丛拜撰

仕荣　仕华　仕富　仕贵四大房嗣孙敬立

2012年壬辰清明

贺老印象

对于贺老,我是先唱他的《游击队歌》,然后到聆听他关于音乐创作的讲学,才留下对他永远抹不去的印象的。

贺老是著名的音乐家。有关介绍贺绿汀的文章称他是中国优秀的理论作曲家,近代音乐倡导人,作风近似修贝尔特,其声乐曲《嘉陵江上》被评为有国际水准之作;器乐曲极清丽,译作《和声之理论与实际》及有名的《垦春泥》《游击队歌》,对音乐界影响极大。

1980年3月23日,我在涟源钢铁厂听了他的课,他是被涟源地区宣传部门邀请来的。他的课讲得十分精彩,极富特色,对文艺创作者极有启发和激励作用,故而市里的领导有意请他到冷水江市给文艺工作者讲讲课,不知他答应否,嘱我向贺老发出邀请试试。贺老原本无此安排,打算在娄底讲完课后再回邵阳老家看看,时间排得极紧。我是搞文学的,过去和他毫无交往,为了不失去此次机会,便鼓起勇气走近他的身旁,说明来意后,他满口答应。还说冷水江锡矿山的锑闻名世界,一定去看看。为了做好接待贺老的准备工作,与会文化局馆领导连夜从涟钢赶回,让我留下来陪接贺老一行。

次日上午9时,贺老在涟源地区有关领导陪同下,乘坐一辆丰田面包车从涟钢出发了。由于头天下了一点雨,晨雾蒙蒙,路积泥泞,开到斗笠山时车子打滑,人全部下来,我们还把车子推了一段路,由此贺老的脚上也沾了些泥巴。为了保证贺老一行的安全,车速不快,十二点多钟才到达冷水江。贺老年岁已高，身体消瘦，但精神尚旺，尽管一路颠簸摇晃，他却毫无倦意。下榻市委招待所，吃过中饭，稍稍休息一会，下午二时三十分他准时来到了市文化馆二楼。听课的人早已坐好了等待贺老的到来，贺老一走进会场，大伙顿时起立鼓掌欢迎。这天人来得不少，整个会议室的凳子都坐满了，有几位还站立着。细细打量，听课的不全是搞音乐的，连搞戏剧、曲艺、文学的也来了，作陪的领导者也比往日多。贺老花白的头发朝后梳得极工整，一副高度近视眼镜架在瘦瘦脸颊的鼻梁上挺精神，气派潇洒而又有学者风度。他少小离家，乡音未改，话一出口就有浓浓的邵阳腔，自然给人感觉十分亲切。他大概听力不太好，右耳朵插入了助听器。他说话的声调不高，节奏也不快，但清晰有力，简洁明了，颇能吸引听众。他坐在北面，背景就是锡矿山。有人开玩笑说他坚如磐石。紧挨着他身旁的领导来了开场白，言归正传，开始讲课。他却谦逊地说座谈座谈，大家一起讨论，共同探讨文艺创作中的一些实际问题，不必作古正经，希望座谈会开得生动活泼些。作者们不知道是怕班门弄斧，还是怕耽误了宝贵的时间，无人抢先发表意见，期盼的是贺老多讲些创作技巧，给业余作者们指点指点迷津。贺老见大伙不愿谈，只想听，他也就随意讲了起来。他理论讲得少，外国的例子也举得不多，侧重点放在民族音乐上。他说中国是个多民族国家，民间是座丰富的音乐宝库，取之不尽，用之不竭。他从陕北的民歌讲到东北的二人转，又从岭南的客家音乐讲到江南的民歌小调，还有湖南宝庆的地花鼓和山歌调他都津津乐道。阿炳的《二泉映月》和江苏民歌《茉莉花》，他反复多次讲，激动时还会用手摇几下拍子。真是有声，有色，有韵味，极传神。他讲自己的不多。冼星海的《黄河大合唱》就不厌其烦地讲有气魄、有灵魂，是鼓舞士气的抗日进行曲。他还大肆赞扬田汉的

《义勇军进行曲》。至于30年代的电影插曲,他如数珍宝,《马路天使》里的插曲小妹妹唱歌郎拉琴,他还轻轻地哼几句。《梁祝》交响曲,他认为是了不得的好曲子。那时候是改革之初,他点到为止,见好就收,没有渲染和发挥。他说音乐和其他艺术门类一样源于生活,高于生活,一切都来自民间。有人请他谈谈《游击队歌》的创作经验时,他简单地回答了:"这是来自生活的作品,那时抗日战争极为艰苦激烈,我也就有了抗日的激情。《游击队歌》的曲子是轻快的,表现的是革命的乐观主义和浪漫情怀,虽有人伤害过它,诋毁过它,但最终未能达到目的。因为《游击队歌》的曲子一哼,哪怕你再疲倦,再危险也会勇气大增,精神抖擞⋯⋯"众所周知,贺老是有名的硬骨头,铁汉子,在文艺界中他是位英雄。可贺老未记恨什么人,大伙以为他会发发火,出出气,可他将往事一语带过,真乃大人大量,极具风度。讲到最后,他一再强调文艺创作一定要深入生活,向人民群众学习,他的作品都是在人民中间吸取营养而所得。他还真诚地告诫大家:"民族的才是世界的,外国固然有许多优秀的艺术家,创造了许多优秀的艺术作品,我们应当学习借鉴,但学得再好也只是一个优秀的学生;如果你创造了我们这个伟大民族的优秀之作,你就走向了世界,你就是优秀的老师。所以我预祝大家写出具有民族特色的优秀作品来,我真诚地希望大家既当优秀的学生,也做优秀的老师。"

他讲的课自然获得了热烈的掌声。

然后他又说冷水江这座城市很美,发展很快,建设很好,锑对国家贡献很大,希望广大文艺工作者努力创作,创作出像锑一样闪光发亮的优秀作品来。

知识渊博的贺老,见多识广,文学根底很深,他的谈吐体现出了坚强的意志,也不时表现出诙谐与幽默。许多话还深含哲理。

起初还安排贺老去看看波月洞,但是波月洞才刚刚开发,路不好走,生怕让高龄的贺老吃不消,此行就取消了。

值得回味的是贺老讲课,没有分文稿费和红包,他除了赞扬冷水江的美丽和冷水江人民的热情外,无私地把知识传授给了广大文艺工作者。由于贺老的真诚,1985年我到黄山参观路过上海时,还去看了他,经他介绍我们还在上海音乐学院住了一宿。有意思的是他谈起冷水江之行还激动不已,甚至说没招待我们深表歉意。

贺老是文艺界的大名人,但没有大架子;他的歌曲是具有世界级水准的大作品,讲起课来却极谦逊,没有大口气。我与他只是短暂的相处,不可能把贺老一生的优秀品德全部揽上,但就是这点浅浅的印象,也够人品味和思索了。

俗话说:雁过留声,人过留名。作为人间过客,都会给人留下一些印象,有好,有坏,有美,有丑。而贺老留下的印象是美好的。美好的印象是永远不能忘却的。

莫应丰游大乘山

1987年5月,莫应丰与湖南作家协会二十几位作家一道,来到湘中工业新城冷水江市签名售书。他来我家玩时,还为我题了"多士之林,不扶自直"的条幅。活动举行两天,结束后,大多数作家都走了,莫应丰却留了下来。他说他是桃江人,与冷水江人同饮资江水,从小就喜欢看资江上运送锑锭和煤炭的大毛板船,他要写一部《毛板船》的长篇小说。因为冷水江是世界锑都所在地,又是盛产煤炭的地方,这里就是毛板船的发祥地,所以他要留下来深入生活,找老人们了解了解毛板船的历史,找一点创作素材。

访老人,翻族谱,查方志,忙碌了几天后,偷闲轻松轻松,便决定星期天去游览大乘山。

我作为文联的负责人,又是老相识,理当陪同。那天随去的还有报社记者小王,宣传部干部小李。

清和景明的阳春天气,我们一行步入了新奇的花天锦地。一路上,莫应丰不断称赞大乘山的自然景观,只是慨叹没有建设,不然可以向游客开放。

登上大乘山之顶,走进了望云寺。寺庙保存完好,左侧住着林场工人,右侧居着尼姑;厅堂是南岳圣帝之位。寺庙虽小,求神拜佛之人却是络绎不绝,香火挺旺盛。菩萨是新塑的,佛身耀金,香烟缭绕,彩幡挂满了殿堂,香案上的签筒不断地被移动。我们觉得新奇,都抽了一签。

莫应丰抽第三。他按规矩交了两角钱,然后跪下地,向菩萨做叩、鞠躬,口里还念叨、祈祷,接着起身望着尼姑抖动签筒。

"抽什么签?"尼姑问。

"时运签。"莫应丰随口答上,躬腰捡起地上的竹签,交给尼姑。

尼姑看了一下,问:"不知先生意下如何,是直说呢?还是……"

莫应丰拍拍膝盖上的灰尘,忙说:"你讲,讲直话。"

旁人插话:"实话实说。"

尼姑说:"那我就讲了。先生,不知寿龄多大,今明两年可得当心,有点灾星呐。"

尼姑知道此人不是一个平常百姓,可她还是长叹一声,"有大灾大难哩。"

"嗯。"莫应丰稍一沉思,从尼姑手中要过签条,一看,即刻发了呆,痴了一阵才挪动脚步。转过身,久久地仰望着乳白葱青的天幕,然后收拢视线,边走边说:"我家是看风水的,有其迷信的一面,也有其科学的一面,所以说,不可不信,也不可全信。不管他,来吃野餐。"

于是我们坐在寺门口的石凳上,把随身带上的食品拿出来。他吃着油饼,喝着啤酒,啃着猪脚,谈笑风生地讲述他长篇小说《毛板船》的构思。末了,摄影留念。

回家路上,他似乎预感到什么不吉利的事,老是讲风水和神灵的故事,还谈他会看手相,十有八九准确,签也会有些灵验的,不然世上哪会有人信哩。

当时我们没问他,也没要他的签条看,但到了山脚下,接我们的车还未到时,他突然掏出签条,说:"死签,我抽了个死签!"话毕,心情十分沉重,我们想转移他的注意力都无济于事,他反反复复地嘀咕:"不可全信,也不可不信,尼姑讲了,大灾大难，怕难冲过去……"

没过多久，大灾大难真的降临到他的头上，长沙传来消息，他得了不治之症——肺癌。

不久，他真的离开了人世。难道世间真有神灵？我不敢相信。

不过我们很后悔，那天不该去抽签。

康老与《小溪流》

从《小溪流》里流出来的一个个符号,犹如甘甜酣畅的乳汁,好似明净澄澈的清泉。

它,流进儿童心田,能孕育片片希望;

流进原野大地,会润泽山山绿荫;

流入江河湖海,可托载艘艘巨轮。

然而开凿这条小《小溪流》的工匠,曾付出过不少的艰辛。康濯同志就是最早绘制蓝图的领导人。记得刊物创刊之初的1980年春天,编辑部就只有金振林老师这位创始人,人手极为紧缺,我和小安被抽去当业余编辑。当时的编辑部两张书桌摆在省文联老作家蒋牧良曾经住过的一间房子里,把我和小安安置在省军区招待所。

一天早上,小安患了重感冒,我一个人来到了编辑部。刚进门,康老就拿着一篇稿子过来,夸奖道:"稿子删得不错,几万字压到一万来字,不容易,况且是著名作家的稿件,难度就更大了。"

我立刻舒展了拧紧的眉心,轻松地接过了稿子。

几天前,编辑部金振林老师交给我一个任务,上海著名儿童文学作家包蕾的一个中篇童话,题目叫"克雷博士和熊的故事",有几万字,全发就太长了,刊物篇幅有限,不发又是特约稿,于是编辑部金老师要我担负这个删改的任务。

稿子改毕,心一直悬着,真不晓得满不满意。眼下康老审阅了,心里就踏实了。

接着康老结结巴巴地对我说："小童,今天你还要给我去完成一个任务。"

我瞪着双眼,期待他的下文。

他说:"稿子改好了,刊物编成了,但没有纸,印不出来,今天要派你出一趟差,到湘潭大学找左校长求援,要求他给我们一点印刊物的纸。"

湘潭大学我没去过,左校长我也不认识,叫我出这趟差担子不轻,脑子里嗡嗡直响,我生怕完不成这个任务误了刊物付梓的大事,便说:"我怕不行。"

"不要紧的,没完成不怪你。"他说,"我给左校长写封信,一定请他支持。"他顺手抽出笔,从桌子上摸过一本格子纸,然后走到一侧坐下,向左校长写了几句话,用信封套好交给了我。

临走时,金振林老师又嘱咐了几句,对我这趟湘大之行寄予厚望。我知道,这也是他的安排,只不过由康老出面而已。

此时外边已经下起了毛毛细雨。

走到门边,康老又关切地问我有没有伞。我说带有雨衣,他才放心地挥挥手。

雨越下越大了,两个多小时才到达湘潭大学,正在搞基建的湘潭大学校园里,泥泞稀烂,没一条路好走。穿过操场,待我找到左校长时,已是中午,正值开饭。左校长见我是康濯同志派去的,表现得非常热情,看来他们之间友谊不浅。左校长没回寝室,立即领我进餐厅,并安排我与两位外籍教师同桌吃饭,然后又安排我到招待所休息,他嘱咐:"下午我来找你。"

下午两点来钟,左校长来了。他推开门,魁梧的身子立在我的跟前,微弓的背挺了挺,说:"请转告康濯同志,我们学校纸也紧张,多了不行,省计委分配我们在岳阳的指标让给他四吨吧。"说完,他给了我一个信封,里头装着一张计划指标分配单和左校长写给康濯的信，而且一再表示歉意。

　　临别时，左校长淋着雨滴，站在操场的水泥石阶上向我挥手，一再要我向康濯同志问好。

　　回到长沙，康老听了我的汇报，激动不已。有了纸，刊物就可以按时送印刷厂了。但是纸不多，《小溪流》的纸尚在争取列入计划，一旦弄不上纸又会卡壳，于是他又要我去岳阳一趟。因为岳阳地委有位叫高峰的书记，曾在冷水江工作过，我认识他，他不知哪里得来的信息。当即他就向高峰书记写了封信，第二天就叫我去岳阳。

　　那时是计划经济，纸也由计划部门统一分配，生产厂家只有支配超产的小部分权力，他打听到岳阳造纸厂还有些超产指标。

　　岳阳地委高峰书记非常热情，一口答应予以支持，虽没立即签字批指标，但承诺一定解决一些，待用完湘潭大学的指标就去找他。

　　纸，阻隔过小《小溪流》，若没有康老，《小溪流》也许会断流。

　　吃水不忘掘井人，康老为开凿《小溪流》，既倾注着一腔情感，也融入了满腔心血。

　　汩汩流动的《小溪流》啊，哪怕你成了腾飞的巨龙，也千万别忘了那些艰难创业的创始人，也别忘了康濯老人。

话说田原

1990年5月7日,我应邀出席世界华文儿童文学作家笔会,住在长沙华天酒家,很幸运与著名画家、书法家田原先生同室。

论年纪,他与我父辈同代;论成就,他在海内外享有盛名。影响相当之大,年年被邀请出国讲学或作画。

他从江苏南京来,飞机误了点,比我晚到好几小时,这室我先做了主。一进门,风尘仆仆的他,高度近视镜一取,皮箱一放,首先向我通报姓名,送上名片。洗漱毕,吃罢饭,电话铃响了,他抓起话筒对话,因听不懂湖南方言,要我回答。我一摸起话筒,娇滴滴的女中音送进了我的耳朵:"先生,要舞伴吗?"对此早有传闻,怪腔怪调,就那么回事。我答道:"谢谢,我们不需要。"话筒一按下,马上又响起来,拿起来一接话,又是那么个意思,接多了,烦死人,我干脆把话筒放到了茶几上。田原先生不理解,忙问我是怎么回事。待我告诉他时,他说:"不稀奇,不稀奇,这号事情莫在意。"末了,他递给我一本刚出版的书法,还要我看他的作品。文章都很短,叫《三百六十行》,自己配画,在南京一家报上连载。文章写得不错,朴实而趣味无穷,且颇有意义,出版家很感兴趣;都向他约稿,只是他含糊其词,大概另有约主,不然他会爽快地和出版家谈条件的。

坦率的田原先生,知道我是搞文学的,主动要看我的作品,我只好将带在身边的几篇拿出来向他请教。他一气读完,赞声不断,说我的作品生活气息浓,有读味,如果要出集子,他愿意为书设计封面装帧,配画插图。他个子挺魁梧,也蛮有风趣,说一阵话就要吃一块巧克力，每次都丢给我一坨，平均分配，有福同享。他还带了不少工艺品，来看他的人都要送一份，对我优先，随我选，最后我择了两枚小小的纪念章。

屋子里越来越热闹了。这方人氏出去，那方友人又进来，晚上十二点了还源源不断。新加坡的、美国的华文作家、画家、出版家一批又一批都来了。其中还有两位修女，特别地崇拜他。他给来人画像、题词。被画的人也出手大方，不会低于稿费。大约两点钟，人走了，他便主动要给我画像，顺手抓起我床头的小本子就画了几幅，直至他满意才停住笔。接着他摸出随身携带的纸，又给我写了张硬笔书法：

作画意在笔先，用墨干淡并兼

从人若得其法，今年还是去年

童丛同志共勉

庚午初夏同客华天饭店

饭牛

他把书法递给我时，又做了自我介绍：饭牛是我的笔名，意思是吃饭的牛。他出身贫穷，没读多少书，靠苦苦磨炼，自学成才，从小当过看牛娃，后来做过新华日报记者、编辑，像牛一样耕耘了几十年，如今退休了，真正成了吃饭的牛。

我也掏了心，告诉他自幼没了父母，那时没有"希望工程"资助失学儿童，因此手中无学历资本，全靠自己摸索着"在文学的大海里摸爬滚打"。

他大拇指一跷："了不起！凡有作为的人都是吃过苦的。我们一样。"

夜深了，他催我睡觉。

身子疲劳了，一睡就进入了梦乡。这晚睡得又香又甜，第二天清晨醒来一看，他牛嚎一般吼叫，鼾声震得墙壁都在颤抖。

一翻身，他也醒了，忙坐起来，摸着眼镜戴上，担心地问："没影响你睡吧？"

"没有。"

"没有就好。"他说，"我爱打鼾，怕影响你，昨晚让你先睡着了我再睡。"

"你在让睡？"我激动起来，"我打鼾也蛮厉害的哩。"

"不怕。别人打鼾再大对我无妨碍，我只怕影响别人。"

田原先生太高尚了！我陡然对他产生了无限的敬仰之情。

时过数年，田原先生不一定记得我了。可我在山西出版两本书时，毅然将田原先生给我画的一幅漫画和那张硬笔书法，做了书中的插页。在晋期间，抽空到了五台山，当登菩萨顶途中，有位青年在一拐弯处摆了画架、凳子，用白布写了许多赞词，声称××画家来此画画，标价每幅少则几十元，多则上千元。我走向前询问，到底画一幅要多少钱，他出口五百元，且不还价。我既没讲要画，也没讲不画，便从口袋里掏出田原先生给我画了几幅像的那个本子来，问道："画在这个本子上行吗？"

他接过本子，翻开几页，忽然眼皮一翻，惊讶地瞪着我："先生要画，学生不敢收取分文，看得起，习作愿在本子尾页留个纪念。"

我问他何故，他直言不讳："田原先生都给您画像的人，来头一定不小，虽不明您的身份，学生不敢轻举妄动，我这出门画画，迫于生计，艺术上来不得半点虚假，请先生包涵。"

莫说纸笔无威啊，书画也自有它的力量呀！

没想到田原先生的大名一亮，竟会使卖画的画家畏惧起来，此乃出门第一次碰上。

琴师野史

我的琴师朋友刘自策,是位二胡演奏家。对于他,我是先闻其名,若干年后才认识其人的。

20世纪70年代初,我有幸在金竹山煤矿度过了数个春夏秋冬,结识了不少煤矿工人朋友,体察到了他们吃阳饭走阴地的艰辛与险境,也让我与煤矿宣传科新闻干事刘凡先生做了文朋好友,更庆幸的是有机会认识了秀才书记梅永禄。我不知道他从何处发现了我有什么亮点和潜质,他几次邀我去他家吃陶罐煮鳝鱼的湖北家乡菜,还喜欢来我的住处聊天、聊地、聊帝王、聊时势。他对帝王将相和历史人物颇有兴趣,对文学诗词也极为喜欢,他毛笔字写得很好。有一天,他送我文房四宝,说砚池墨宝来自安徽歙县,历史悠久。他见我写写画画,有点文艺创作的念头,主动要为我向省报省刊推荐稿件,鼓励我多看多写,坚持不懈。同时还多次问我愿不愿意到煤矿来,他说我很适合进宣传科工作,若愿意,他交代矿里组织人事科为我办调动手续。我婉言谢绝了他的好意。

一天中午,他又给我送来了一本欧阳修的字帖。刚进门,没落座,刘凡先生跟进来了。我知道他常送新闻稿件来审阅,这次他却没送稿件,而是单刀直入地问道:"梅书记,听说今年的招工指标下达了?"

"下达了。"梅永禄书记顺口答道。

"那今年安排几个指标招些文艺骨干吧,跳舞的、唱歌的,特别是音乐方面的人才,像拉二胡的我们就很需要。"

"今年的指标全是男性，招井下第一线的生产工人。"

"锡矿山矿务局、资江氮肥厂、冷水江铁厂、省机械厂、四四〇电厂的文艺队伍很强大，厂里也很重视，我们可以灵活机动地调整一下嘛。"

"不行。"梅书记坚定地回答，"都是安排招农村退伍军人的指标，不能乱来。"

"噢。"刘凡先生知道轻重，没再作声。

梅永禄书记走后，唐醒之老师背着一把古琴，颤颤悠悠地扶着门框进了门。他眼睛不太好，我生怕他跌跤，忙起身搀扶他坐到长凳上，又把他的古琴放到桌子上，转身给他倒了一杯凉茶。唐醒之老师退休后，住在炭坪里宿舍区，他眼睛只能看见一点点光，走路要靠拐杖，常背着古琴来给我弹琴，我实在不好意思。可他说很喜欢我，故而三两天来一次，一来就给我弹古琴，讲琴史，仿佛我是音乐家，不管有无兴趣，只要我静心欣赏他弹琴就满足了，但有时他还要我指点，甚至三番五次要将古琴送给我。他古琴弹得好，极投入，这把古琴也是他家的传家宝，传到他手里已经好几代了，儿女们不喜欢，他要给古琴找归宿，物色到了我。礼太重，我又不弹琴，便谢绝了。

刘凡先生喜欢艺术，坐在一旁听唐老师弹古琴，讲故事，沉浸在悠悠古琴的乐曲里，醉梦一般。

从此后，刘凡先生觉得梅永禄书记看重我，唐醒之老师不仅喜欢我，而且要送我无价之宝的古琴我都不要。他便对我十分谦逊和亲切，一下对我产生了兴趣和信赖，此后他便常来我处谈文学、谈写作、讲音乐，主动要和我合作写稿件，后来还真的合作了一篇小说《红岭风云》发表在省刊上。其间，他是煤矿宣传队的骨干，很活跃，曾在《林海雪原》中扮演杨子荣。那可是个英雄人物，家喻户晓，能演这个角色，别说造诣有多高深，披上那件斑纹虎皮衣，戴上那顶金毛狐皮帽，就有几分英雄气概，神气得可轰动一方。每次演出，他都邀我去看戏，连化装都要我评头论足，演出完后又把我拉向人少的地方征询意见。人都爱听好话，他也不例外。开初几次，实话实说，为他演得更好，让英雄人物更加丰满，形象更加高大，我全讲了真心话，挑了不少毛病。没想到最后不欢而散。不过当面争一争，过后他还是改正了那些毛病，只是怕丢面子而气势汹汹罢了。

后来我就只讲奉承话，直呼演得好，还说童祥苓有他那么帅气英俊就好了。这样一来，他又谦虚地直摆手："那不能比，那不能比。"话音一落，他顺手抓把京胡拉了几下，弓一收，掉头问我："你认识刘自策吗？"

"不认识。"我摇摇头。

"那个人二胡拉得好，一表人才，标标致致，比我强多了。"我第一次听他这么赞美别人。他一面说话，一面拉弓，"嘎嘎"的好似摇门栓，刺耳欲聋，极不搭调，但派头架势倒有板有眼："他是毛易公社余家垴上人，住火车东站背后余家院子里，考上武汉音乐学院没让他去，太可惜了！"

"噢。"这样的例子太多了，不足为怪。对此我不知初一十五，无心推波助澜阔论陌生人。

他对刘自策十分崇拜，也十分怜才爱才："刚才我给梅书记说招文艺骨干的事，就是想要个指标去把刘自策招到矿里来，那是个人才，浪费埋没了，矿里正需要，要是他来了，器乐就超过市里任何一个中央省属企业了。"接着他又滔滔不绝地给我讲了刘自策在农村的许多故事，而且十分传奇，令人拍案叫绝。

同船过渡都有缘，1977年秋末，我从工交战线调入市文化馆任文学专干。那年头是一工交、二财贸，万不得已才到文教卫，我却弃工从文，众人都不理解，自然生出了不少口舌闲言。

不久，刘自策也招入了市文工团，从此两人相识了，这就是缘分。对他那些村野莽夫传闻轶事，我一直半信半疑，仿佛那些传奇与他格格不入，搭不上边，一定要当面验证一下，让他亲口叙说一下其人生经历，不知他愿不愿意吐露真情。出乎意料，他仿佛遇上了知音，一吐为快，话匣子一打开，有如滔滔江水，直率而真实地从他口里奔涌而出，真可谓口若悬河。

刘自策，高个子，长脸型，白白净净，他举止文雅温和，身穿一件异装，但并不显得漂浮，虽不是力量型的男子汉，却柔韧中充满了阳光。他随母姓，父亲是国民党报馆要员，新中国成立前夕去了台湾，现定居美国，姓杨。他祖籍新化城关镇，随教书的母亲下放到毛易公社群丰大队余家堖落户。他一个城市青年，不会犁田插秧，十八九岁的青年男子汉，出工只能评上六分工，与妇女一个级别，深感自己没面子。于是就向生产队长自荐挑担子，凡生产队用扁担挑的牛粪猪粪人粪，他样样承担。这样一来，工分赚得多了，也有了面子。后来生产队烧红砖，要去大建杨桥煤矿挑煤炭，他自告奋勇去挑煤炭活。每天清早起床，从大建杨桥挑回一担煤，来回不足半天工，从此也不用上山抡锄挖土，无需下田使牛插秧，还可有时间躲在家里拉二胡。好好丑丑有人说，不过有些青年爱听他拉二胡，远远近近有人跑来听，有的人还砍来竹子做琴筒，自己做成二胡向他拜师学拉琴，于是有些老人骂儿孙想当八字先生叫花子了，甚至指责刘自策把他们村里的青年人带坏了，不务正业了。

不管外边怎么说，他初心不改，依旧坚持拉他的二胡。到了冬天，大雪纷飞，他十个指头插进皑皑白雪里，冻得犹如十根红萝卜。流言蜚语又来了，有人斥他脑子有毛病，怪里怪气。其实他是特地把手指冻僵后再拉琴，以此来练指功，无知者却指责他有毛病。诋毁伤害之人不少，不过更多的人却称赞他痴迷勤奋。

过了些日子，毛易公社要派劳动力去修周头水库，生产队把他派去了水库工地，上万人的水库工地上，人声鼎沸，热闹非常。他仍然不摸锄头不挖土，他要保护拉二胡的手指头，因为拉二胡全靠指头用力，故而他主动要求担土方，抬石头。天天这样，不少民工同情他，说他太辛苦了，劝他换一换摸摸锄头把，歇歇气。他谢绝了他们的好意。挑土抬石无疑很累人，可他乐意，目的还是保护他的手指头不变硬。到了晚上，他独自一人在后山拉二胡，生怕影响民工休息，躲在工棚背面的山谷间，湾湾里。

秋夜思，月朦胧，山窝间飞扬着深情的《二泉映月》；冬月天，雪茫茫，林子里奏出了高昂的《红梅赞》；春光里，阳雀叫，晨曦朝露流淌着《空山鸟语》和《喜洋洋》；夏酷暑，热浪翻，一曲《刘海砍樵》的花鼓戏让民工忘却疲劳，洗去热汗。当花鼓戏《打铜锣》《补锅》的调子一拉响，自然不少青年男女心潮澎湃，伴和着旋律唱了起来，简直唱得人人精神饱满，斗志昂扬。琴声悠悠，水库工地多了一层美妙的情韵。

不久后，水库工地指挥部成立了文艺宣传队，他被选上了，从此英雄有了用武之地，可以名正言顺地显显身手了。经过几场演出，他出了名，无数年轻貌美的姑娘喜欢上了他，其中一位姓苏的姑娘偷偷地来向他示爱，常以向他学习拉二胡为由接近他，而且常常有小妹妹唱歌郎拉琴的绝佳配合，慢慢地两人心照不宣，坠入了爱河情海，悄悄地订立了海誓山盟。然而刘自策不是家人心目中的那种青年农民形象，小苏家里父母兄弟提出了异议。可小苏看中了优雅帅气的刘自策，更被他美妙的二胡琴声所吸引，她铁心要和他同甘共苦过日子。水库完工后，小苏没有回娘家，而是背着那床被子和几套衣服，随同心目中的白马王子来到了余家垴。他俩要编织一个美丽的爱情神话。

生米煮成了熟饭，小苏家人也通情达理，二话没说，便祝福他们百年好合，花好月圆。第二年，他们有了爱情的结晶，生下了一位如花似玉的女儿，叫胖子，紧接着又生了二妹子，三千金，四喜临门的是位公子哥，取名叫刘杨，大概是用了父母的两个姓来组合完缘。

多子多福，一家其乐融融。沉浸在幸福之中的一家，除了生产队按人分得的基本口粮外，经济压力十分大，加之他劳动工分低，收入自然比别人少，年终决算后连买回基本口粮的钱都不够，愁坏了全家人。这期间，会写会画的人很吃香。他城里的几位同学能写会画，接受了不少任务，一时，同学们忙不过来，便把他叫去帮他们刷油漆，工资每天五元。这可是笔大收入，足可养活一家人，比两三角钱一个劳动日的农村，一个月的收入顶得上大半年，他干得十分卖力。没多久，油漆脱销了。聪明的同学们便买来了桐油，买来了红朱染料，自己熬制起来。这可是件苦差事，气味刺得鼻子打喷嚏，眼睛熏得肿成大红苞，流眼泪，能写会画的同学不愿干，全部交给他一个人熬，每天加他两元钱。他挺住了。搞了几个月，熬出来的油漆质量差，涂到墙上不多久，太阳一晒就变色离壳脱落了，于是不让他们干了。他也无事可做了，便打道回府，回到余家垴重操旧业当农民。

好在机会是留给有准备的人的。正值他为一家老少生活发愁之际，生产队一个水库穿了漏眼，一旦水渗干了，天旱就无水救禾苗。按习惯，他们是去大湾里请水手来堵漏眼的，每次工钱一担谷。这次不巧，大湾里那位堵漏王不在家，一两天回不来，支书和队长着急了，到处打听有没有堵漏眼的技术人。刘自策从小在资江河里游泳抓鱼戏耍，水性极好，一次可横渡资江两三个来回,而且救过不少落水者,捞过几次溺亡人。他便找到支书和队长,自告奋勇去堵漏眼。支书和队长不相信,没敢贸然答应:"你能下水库堵漏眼?"支书怀疑他,"你在哪里游过泳?"

"新化资江河里。"刘自策答。

"真的。"队长一仰头,很惊喜。

"不信你们先别付工资。"刘自策很自信,他要打消他们的质疑:"你们给别人一担谷,我只要半担,堵好以后再担谷。"

"出问题不要队里负责吗?"支书与队长异口同声。

"我签字画押。"刘自策挥挥手,"男子汉大丈夫,顶天立地。"说罢,走进屋里拿上纸笔,写下了一切后果自负的保证书,签上名字,按上手印,双手送给支书和队长。

这是第一次堵漏眼,但他看见别人堵过,凭着水性和胆大的底气,加上他悟性好,下水不到一个小时就把漏眼堵好了。支书与队长很高兴,也没亏待他,内外一样价钱,照样给他一担谷:"以后水库穿漏眼不急了,有了自家人,喊到就到,免得求人费力,三请四催。"

名声一传开,梓龙托山,岩口渣渡,三尖潘桥,只要有水库漏水都来找他,他也成了大忙人。自此收入不断增加,堵漏眼的技术也不断提高,赚的钱越来越多了,直至远到涟源、新邵、新化都去堵过漏眼。不过那些地方路途远,挑回稻谷太费劲,全部按议价折成钱,堵一次一百几十的都有,因此他家生活来源又多了一条渠道。而且队里没要他投资,赚的钱便全成了家庭的收入。

次年五月,涨端午水,中连有个水库穿涵漏水,请了几位堵漏眼的人都没堵住,眼看水库里养着的一万多斤鱼会跑掉,如不尽快堵上漏眼,不仅水漏干了几千亩稻田缺水,万把斤鱼也会游进洞庭湖，损失自然不可低估。公社大队领导都很急，简直成了热锅上的蚂蚁。后来公社书记打听到刘自策有这方面的技术，便打电话请毛易公社喊广播找到了他。刘自策走去一看，漏眼很大，水卷成了漩涡，一走近涵口就有被吸进去的危险，他觉得没把握，家里上有老下有小，不敢冒险踏入四五米深的水库。他围着水库转了一圈后，坐在堤上抽了一根烟，摆摆手，打了退堂鼓。大队支书和队长以为他嫌工钱少了，答应他两担谷，一百块钱。刘自策没有见财起意，也不是嫌工钱少，而是实实在在没把握，危险太大了。公社书记和大队支书队长见他没答应，围着他一面敬烟，一面说好话，还许他两瓶好酒，一条香烟，滴酒不沾的刘自策说："我不是嫌钱少，敲你们的竹杠子，我是实在没把握。"接着他又询问了水库的深浅、坡度和潜在的危险后，便手一扬，"你们这么诚心诚意，我也就赌命试试。工钱按原来说好的给，一分不要加，不过请给我两个助手，一个拿来两副箩索，一头拴在堤边的大杨树上，一头捆在我的腰中间，如遇漩涡卷了进去，你们就用力把我往外拉，里外配合好。二是快去砍两根楠竹来，选粗一点的，尾巴留长点。"

支书补充道："涵口十二公分大，竹子砍十公分多一点就行，大了插不进涵口。"

安排就绪，各司其职。

箩索拿来了，一位壮汉社员把箩索的一头拴在堤边的杨树上，另一头捆到了刘自策的腰中间，刚一做好准备，砍竹子的社员来了，一共砍了两根，一根粗，一根细。刘自策伸手抓住那根粗竹竿，沿着水库坝口的石阶走了下去，一靠近漩涡边沿，水流湍急，引力极大，他立即收住脚步，用竹子撑住身子，然后经过无数次试探，终于找准了漏眼的位置，他猛地移动竹子，用力插向漩涡的中间，水流即刻缓了下来。马到成功，竹子稳稳地立在漏眼里。刘自策抓住竹竿，滑下去潜入底部，双脚夹住事先丢下去的黑泥巴，沿着竹竿铺上，踩实，紧接着浮上水面，招呼堤上的人丢下沙包泥袋，他一袋一袋拖至竹竿旁，围着竹竿垒上，让竹竿稳稳当当，严严实实。堵漏成功了，刘自策从水库间游到堤上时，乌云散去，西边已经射出了金色的阳光，犹如一匹火红的绸缎，光彩照人。

支书他们没有失信。按照他们的表态，给了他一百五十元钱，外加一条郴州牌香烟和两瓶酒。此刻人人脸上挂着灿烂的笑容，口里也蹦出了滚烫的感谢之言。

晚霞似火，人气正旺，刘自策换好衣服，踏着弯弯曲曲的田间小道，回到了余家垅的家里。

水库堵漏接二连三有人请，资江救人捞尸也常常被人叫了去。堵漏多少有酬金，救人却是行善事，分文不取，名也很少留下一个，但他有求必应，从没索取厘毫。

一年夏天，四四〇电厂水库出了人命案，有位工人去洗澡，一下到水库就没有再上来，请了不少人捞尸均没找到影子，最后有人推荐了他。那一次他觉得水库面积宽，便把他的老兄也叫去了，一是当帮手，二是壮胆子，唯恐出现意外。太阳正当顶，火辣火辣，光芒刺眼欲花，看见面前的人都分不清甲乙丙丁。他们刚一走到厂区背后倚山的水库堤上，厂工会主席一班人迎接了他们兄弟，交了底细，出了价钱，询问他们还有什么要求。

这不是救命，这是捞尸，快慢已无关紧要，问题是首先要订好打捞方案，尽量少费人力物力，同时也唯愿早点打捞上来，以减少亲人的悲伤。

经过商量，他俩同意了工会主席的方案，随即潜入水中，从东到西，折回原地。水深面宽，浑浊模糊，犹如大海捞针，一无所获。休息一会儿，刘自策对工会主席说："请给我砍来两捆麻竹或箭竹吧。"

"要箭竹麻竹做什么？"工会主席不理解。

"我有用。"刘自策用手比画着："你知道农民放泥鳅插标记吗？"

"知道。"工会主席恍然大悟，"我放过泥鳅，用箭竹做标记，第二天早晨去取泥鳅有方位。"

"对。"刘自策顺便说了一则故事，据说有位大学生，坐在炕上陪妻子缝衣服，针掉了，妻子叫丈夫寻找一下，大学生丈夫立即取来粉笔尺子，在炕上画了不少格子，妻子不解，问道："你这是干什么呀？""寻针。"丈夫说，"一个格子一个格子找，这叫排除法。"

"排什么法，书呆子。"妻子伸出手掌，在炕上面的席子间拍了拍，针就弹跳起来，"这不就寻找到了吗？"丈夫望着妻子傻笑，痴人一般。

这是一则讽刺书呆子的小故事，眼下刘自策插箭竹做记号也是排除法，毕竟不可能用手掌拍一拍水库底就能把尸体弹起来的。

"有道理。"大学毕业的工会主席一听就懂，立即派人在水库边的山垭口中砍来了不少麻竹箭竹，小捆小捆摆放在水库堤上。

刘自策兄弟各抱一捆，潜入水库，从左至右开始插标记，一块一块寻找。太阳落山之际，溺亡工人的尸体终于找到了，他一头钻在泥巴里，双脚朝上摆动着，两只手张得直直的，左右开弓，他死前一定进行了拼命的挣扎，可能是猛子钻得太猛，头陷进了泥巴卡住了，慌了手脚，拖不出来才命丧水库。经验丰富的刘自策，叫上对面的老兄，一左一右向溺亡者靠近，接近尸体时，刘自策用力转身，从背面猛力一脚踹去，溺亡者的头从泥巴里蹦了出来,尸体翻了一个边。这时,他们两兄弟游到一个方向,两人各抓一只脚,浮出水面,用力地拖着死者游到了水库边。等在堤上的亲人和帮忙的人,一齐涌上来,围住了他们兄弟。顿时,亲人悲恸号哭,惊天动地,接着又朝刘自策他们兄弟跪下,表达了深深的谢意。工会主席一面安排帮忙的人将溺亡者抬进席棚间,一面给他们兄弟送来了酬金,还要请他俩去食堂吃饭。过去救人捞尸都是做善事,这是第一次捞尸收取酬金,他还觉得有点不好意思接,脸上一阵阵发烧泛红。

按说,爱好琴棋书画的琴师,与这等事件完全搭不上边,可在儒雅文气的刘自策身上却发生了如此多的传奇。有人说这些事是村野莽夫做的,不过更多人说做这种事的人不仅要有勇气,而且要有善心,这样的人就是高尚的人,这不是世间的假丑恶,这正是人间的真善美。

20世纪80年代初,他获准去美国探亲,其间还给我来过一封信,说他在美国很好。我以为他会留在异国他乡了,可他住了不足一年,毅然回到了祖国,他邀我去他家闲叙时,我问他为什么不移民美国,他说:"还是家乡好,祖国的好多方面是那边无法比拟的,何况我上有老母亲,下有儿女们,"话没说完,我忙插话:"还有这位同甘共苦的好妻子。""对。"刘自策忙接上腔:"金窝银窝,当不得自己的狗窝,况且我有培养好后代的责任。"

在父母面前,他是好孝子;在妻子面前,他是好丈夫;在儿女面前,他是好父亲;应该加一句的是,他还是一位好老师。

回国后,他作为文工团的二胡乐员,在完成团里演出任务的同时,他还是老师,因不少家长期待儿女有出息,早成才,有点艺术修养,便纷纷把几岁的儿女送到他门下拜师学艺。他收的学生年龄有大小,个子有高矮,人称"楼梯"学校,准确地说，应该叫"步步高"学校。多年来，他教授学生，传授琴艺，五音不全的少年学子，经他手把手施教，上百人考入了全国各地的高等学府，成才者分布神州大地，桃李满天下。经他启蒙教育的优秀学生彭怡获湖南省2000年首届洞庭杯金奖；向健美获成人组金奖；刘祥获儿童组金奖。其小儿子刘杨是佼佼者，他从中央音乐学院毕业后，在中央广播乐团和中央民族乐团从业，并荣获1999年刘天华全国二胡比赛一等奖。

1997年武汉音乐学院举办《赛马》作者黄怀海先生逝世三十周年学术研讨会，他应邀参加；2000年湖南省文化厅首届洞庭杯民族器乐大赛，他被聘为初赛、复赛评委，决赛评委由中央音乐学院、上海音乐学院、武汉音乐学院著名教授担任。

他系中国音乐家协会会员，湖南省音协民族器乐协会理事，曾任冷水江市文工团团长，获艺术高级职称。并被湖南省文化厅授予"优秀教师"称号。

成功没有捷径，全靠一步一个脚印，他虽有成功的天赋密码，但更多的因素还是执着、痴迷和勤奋，才使一个失去机遇的逆境草根登上了音乐名人的殿堂。

奶奶讲的故事

巧云择夫

河西伍员外有一千金,名曰巧云,年方十八岁,聪慧过人,美貌如花。虽不少豪门富家公子前来求亲,无奈巧云好丑不从。她有她的意愿,要自主择婚,不论是否门当户对,只要她中意就行。她的条件既简单,也苛刻,人要住东岸,且要不湿脚板鞋袜过河来接她,骑马过桥乘船坐轿都不限,但时间限得紧,两个时辰要到家;见过面,看中了,题目答得对,她就跟他上路,一切从简。但一路上不湿脚,不停留,不晒太阳不淋雨,要一路顺风。风一放出去,前来择媳求亲的络绎不绝,她选中了三个条件相称的年轻人做候选对象,限期三天赶到她家来相亲。

甲相公家是个大财主,造船起家,名声显赫,只是时间来不及,造不成船,就是造一艘船,也无法航行,小河水太浅,划不了船。于是他想出了一条妙计,用禾桶代舟船。当晚他就命家人把禾桶扛到河岸旁,放到水中一试验,禾桶不稳定,东歪西倒,摇晃得相当厉害,差点翻了边。甲相公心生一计,指示木匠在禾桶下钉几块长板子,禾桶上架个席棚遮太阳,禾桶四周全用红布包。天亮时际弄好了,放到水中再一试,放轻了歪,自己都站不稳,哪能去接员外的千金?气得甲相公挠头抓脑没主意,但求婚还得去,不得误时辰,反复搞了几次,效果也不大,勉勉强强方才放稳。清晨天亮,他就上了路,带了几个家丁同去,他决心请人背巧云。

乙相公另辟新径,凭借自家万顷森林的财富,请几个锯匠,

· 109 ·

不分白天黑夜进山锯大树,他要架桥接亲。修条大桥来不及,因陋就简,选两棵挺拔的直树做大梁,架好就可通行。把树运到河边一试,无奈溪涧略宽,树架上去往下坠,摆动得让人胆战心惊,不敢从桥上过。锯匠帮他从中加了顶杠,单兵独马能过人了。但让他犯难的是桥面太窄,撑不了晴雨棚。眼看时间快到了,急得他团团转,只好烧香拜佛祈求天公作美,既不出太阳,也不下雨水,保佑有个好阴天。求婚的时辰是不能耽搁的,第三天天一亮,乙相公脚踏晨露就朝巧云家走去。

丙相公是位读书人,一不会架桥,二不会造船,即使有手艺也来不及,更何况家里穷,没有那么大的本钱。但他心中明白,平时读书上学堂全是走路,下雨小溪涨水常绕道上村过石桥去西岸,他决定抬轿去接巧云,既不会淋雨水,也不会晒太阳,虽绕道几十里,时间难赶上,但他鸡叫头遍就准备出发,不会误了时辰。他用的是巧计娶亲,曲线夺美。成不成事,先到为君,后到为臣,我该会与千金有缘,还可两头见太阳,大吉大利。

鸡叫二遍,丙相公骑着白龙马,轿夫抬着红花轿,打着火把上了路,一行走到伍员外家门口,鞭炮一放,正好太阳公公出来了,紫气生辉。

甲相公坐禾桶过河,几经折腾,巳时才到伍员外门边。

乙相公虽从新桥过河,但出门迟,与甲相公差不了多久,几乎是跟着甲相公的屁股后头进的屋。

三位相公先后进了伍员外的门。伍员外领着巧云从绣楼上轻移莲步来到堂屋前。此时邻居来了不少人,由伍员外请来的亲朋好友也相继坐到了堂屋里。

巧云一一打量过三位相公的面容,然后出了几道题目试试深浅。问罢话,三位相公答得都不错,个个彬彬有礼。稍停片刻,巧云说甲相公为娶她而娶她,用禾桶做舟船,把她当猪仔鸡鸭,不仅法子笨拙,用心有点不正,有辱人格,连人的生命都不放在心中,实乃荒唐。

乙相公架桥之举心存善意,精神可嘉,但这是一时之举措,不是长久良策,临时走过一次,一场大雨就冲走了,劳民伤财,还有可能贻害乡间百姓,巧云觉得此举是急功近利。

丙相公与众不同,自己骑着白马,威风凛凛,尽显风流本色,正是千金巧云心中的白马王子,梦中情人。而他抬来了红花大轿,虽不知道成不成得了事,但他饱含了红颜知己之情韵,更符合民风民俗的礼仪,且绕道而来,不畏艰难,也显现了他的智慧和责任,而且气派安全。此相公虽为一介穷书生,其心诚意善,足可结成终身伴侣。巧云心中已定。她走出客厅,对甲乙丙三位相公出了"红颜知己吉日求婚"的上联,叫他们三人对下联,同时用"白"字开头。

甲相公曰:白头偕老五福临门。

乙相公说:白鹤亮翅蓝天摘星。

丙相公道:白马王子良辰接亲。(娶亲)

"都对得好!"巧云既没指责甲相公,也没有伤害乙相公,更没有对下联评头品足,可她把绣球抛给了丙相公:"丙相公不虚假,不空洞,一片真心,很实在。"

丙相公接上绣球,掀开轿帘,扶着巧云上了花轿,自己则一扬鞭子,飞脚上了白龙马。

伍员外白胡子一捋,朝着骑在白龙马上的丙相公和花轿里的巧云,手一扬:"天作之合!"

"喜酒呢?"众人一齐问。

"喜酒抱着外孙回门一起办,请亲朋好友祝福他们!"伍员外欣喜若狂,"鸣炮!"

"噼里啪啦",鞭炮响过,地上铺上了红红的地毯,喜气洋洋。

恩恩相报

　　南山脚下有个洞,洞前一条石板路,路上行人常在洞口避风躲雨乘凉歇歇气,把洞门口的石头磨得溜溜光光了。

　　书童王小明,天天要经此去西山学堂读书,每当走到阴风幽幽的洞门口,身上麻酥酥的,生怕黝黑的洞里冲出妖魔鬼怪,一过洞门就跑步走,从来不敢在洞边停半步,只是有人在此歇息乘凉他才大胆往里瞧一瞧。有一天,洞门口没有一个人,但洞旁泉边传来石蟆拖着长腔在叫唤,"咕咕咕"的叫声凄惨吓人。书童开始很害怕,待慢慢镇静下来,觉得石蟆遇到了什么敌人,遭遇了什么危险,仿佛在发出求救的信号。一向胆小的王小明,救命心切,胆子一下壮大了,勇气陡然而生。他大步冲上去,一打量,原来石蟆的后腿被一条乌黑的蟒蛇咬住了,危在旦夕。石蟆见有人来了,拼命地挣扎着,叫声更加惨烈,哭一般哀号。

　　王小明抛开了往日的胆怯神态,顺手捡块石头和一根棍棒,先是将石头砸向蟒蛇,接着是向蟒蛇挥去了棍棒。石头砸中了蟒蛇的尾巴,棍棒正中了蟒蛇的腰身。蟒蛇被砸痛了,身子一缩,牙齿一松,石蟆挣脱了蟒蛇的毒口,一蹦蹦到王小明面前。王小明腰一躬,双手将麻黑的石蟆捧上,轻轻地抚摸它被蟒蛇咬伤的后腿,将它放进清泉中洗了毒,然后在路边采了些大人们常用的解毒草药,给石蟆擦抹了一阵子,轻轻地放在泉井旁,自己上了路。

　　放学回家,他又去看了看。石蟆还蹲在那块石板上,两只发光的眼睛久久地望着他,仿佛对他感激不尽。

　　王小明知道它的后脚咬伤了,跑不动。他怕它饿了,就在草丛中捉了几条虫子和几只蚱蜢,送到石蟆嘴边让它吃。石蟆饿极了,狼吞虎咽地吃了王小明送去的青虫蚱蜢,眼里闪出了激动的泪花。它连跳几下,对他发出了亲昵的"咕吐"声。这是向他感恩。

日复一日,书童王小明天天给它喂青虫蚱蜢,有时没有捉到青虫蚱蜢等食物,他就从带去学堂做中饭的菜里挑出虾米、泥鳅、鸡蛋给它吃。日久生情,石蟆天天在这个时候等候,一来等着书童喂它的食物,二来也给他做伴壮胆,常常发出"咕咕咕"的叫声,就是告诉他平安无事。

私塾毕业了,书童王小明要去县城赶考了,临走那天,他想去看看石蟆,刚一走到井泉边,一条蟒蛇从洞中蹿出来,凶猛地缠上了王小明的双脚,不上几下就把他绊倒了,蟒蛇卷住了王小明的身子,紧紧地箍住他的腰脊,尾巴一翘,摆了摆,直向他鼻孔里插去。老人说,蟒蛇一般不咬人,尾巴却很厉害,硬如铁钉锋如针,一旦插进鼻孔就会戳得大出血,最后使人流血而死,这是十分危险的。正在这时,"咕咕"几声叫,石蟆跳到王小明身边,张开两只前爪,奋力扑向蟒蛇,它张开的前爪一收拢,紧紧地箍住了蟒蛇脖子的七寸,直至蟒蛇窒息死亡它才松开。蟒蛇喘不上气来了,已翘起的钢针似的尾巴,软了下去,身子也没力了,慢慢地从王小明的身子上松开了。王小明爬起身,正返身看了看地面,蟒蛇和石蟆展开了生死搏斗,尽管蟒蛇翻江倒海,石蟆箍着蟒蛇的脖子,死死不放。蟒蛇不动了,摊在地上,直挺挺地挣扎着。石蟆松开爪子,蹦向了井泉边,钻进了石岩缝底下。蟒蛇复活了,但已无力再战,卷曲几下就躲进了阴森森的岩洞去了。

一去十来天,书童考试高中,从县城归来,路过洞口,发现蟒蛇死在洞门口,已发臭腐烂。石蟆也奄奄一息,卧在泉边石岩底下。当书童王小明走到它的身旁时,它睁大眼睛望着他。不知是为他中了而高兴,还是见他凯旋放了心,它四肢一伸,也死了。看来蟒蛇与石蟆是搏斗中负了伤才死的。书童王小明把石蟆捧上，放进泉边上头一个岩缝间，培上土，堆成了一个小坟堆，同时用几块石头架了个小屋子，上书"石蟆庙"，每逢路过此地，书童都要停下来拜祭。日子一长，石蟆庙成了神庙，真的拜灵了，后来书童又给它盖了个像模像样的小庙宇，叫"恩情庙"，据说各路信士都来此庙烧香祭拜，香火极为旺盛。

鸬鹚传说

晨雾散去，江面如明镜。一对鸬鹚扇了扇翅膀，殷红的爪子依旧紧紧地抓在小小的木船边沿上，不知是等着船夫主人下达出征命令，还是欣赏早晨江面的风光。

这两只鸬鹚六岁了，一公一母，是一对恩爱夫妻，繁育儿女四对八只，只因根正苗优，都被别人要了做种去。这一对鸬鹚是船夫捕鱼谋生的命根子，再出高价他也不出卖，他当成儿女一样养着。鸬鹚形象不出众，一身乌黑。头顶上无华丽闪光的凤冠，身子上也无花团锦簇的羽毛，唯一突出的标志是长长的嘴壳如利剑，还有一个短裙似的尾巴。那是因为啄鱼而需要锋利的嘴巴，沉江潜水尾巴短而阻力小。它们是天生的潜水健将，也是猎鱼的勇士。

船夫老头从舱里出来了。他从小得了一场病，脚跛了。父母也早故了，族上为他造了这条小船，供他打鱼活命。起初他撒网垂钓，上了年纪，力不从心，便养了两只鸬鹚抓鱼，足够养活他一条命。老船夫一拐一瘸走到船头上，取出竹篙子，往岸上一顶，用力一撑，沿着下方岸边划去，在一棵大伞般的古树下靠了船，用根绳索把船拴在树干上。这树树冠大，绿叶多，太阳出来可遮阴，小小毛雨可当伞，是老船夫常年靠船打鱼的老地方。这里是个回水湾,鱼儿都在这里开大会,鸬鹚抓鱼的机遇多,收获自然大。

"嗬嗬。"老船夫从舱内木桶里抓上两条小鱼仔,给鸬鹚夫妻各喂一只,接着各套一只竹篾箍,仿佛给它俩佩上了金带环。戴上这个环,鸬鹚逮上的鱼吞不下喉咙,抓上一两条就会浮出水面,船夫把鱼从鸬鹚的喉咙里取出来,依旧放回江里继续让它去抓鱼。他不让鸬鹚吃饱了,吃饱了鸬鹚就不再费力抓鱼,你再怎么驱赶它也不下水。所以主人往往只喂它一两条小鱼,既不饿了它,也不让它吃得太饱变懒虫。

"嗬嗬。"老船夫把公鸬鹚推下了水。它一个猛子下去,逮上了两条小鱼,以回报主人恩德,送回船上。老船夫取出它嘴里的小鱼后,"嗬嗬"一声喊,公鸬鹚又下水了。这一下去,一晃就到了太阳当顶,还不见鸬鹚浮出水面,老船夫知道鸬鹚一定跟踪大鱼去了。这是鸬鹚的天性,只要盯上了大鱼,它一定血战到底,直至把大鱼制服,才收兵回朝,不然它会连续作战,最长可达一天之久不上岸。

太阳西斜了,仍杳无音讯,老船夫怕公鸬鹚出意外,"嗬嗬"一声唤,又把母鸬鹚赶下了河。母鸬鹚一个猛子沉下水,经过一番寻觅,找到了丈夫的行踪。它正在跟一条大鱼搏斗。鱼大力大,公鸬鹚伸长利剑般的嘴壳,夹了鱼的鳍翅又啄它肚皮下的鱼鳞。鱼游到哪里,它都紧追不放。鱼被啄痛了,想逃生,但逃不脱鸬鹚的凶猛杀戮,它挣扎着,一下钻入水底,一下又跃出水面。鸬鹚十分勇猛,它能杀开一条血路,连斩数将,但对这条大鱼却不能三下五除二制服它,它只能智斗勇杀结合,直到把鱼折磨得无力抵抗了才能擒获,好在它追杀大鱼时跃出水面换了气,才有力气与鱼反复搏斗纠缠。母鸬鹚见丈夫很勇敢,也很机智,冲上去就帮助丈夫夹鱼鳍,啄鱼鳞。它俩前后夹击，大鱼慢慢地游不动了，力气消耗殆尽。鱼的鳍翅被啄伤了，鱼鳞脱落了，伤痕累累，已经划不动水了，便不断地滚动翻边，耍滑头。这时候，公鸬鹚夹上鱼嘴皮，慢慢往回水湾拖。快到靠船的地方了，鱼也不行了，母鸬鹚便叫丈夫回家给老船夫主人报喜讯，今天抓上了一条大鱼。为了不让鱼有逃走的机会，母鸬鹚留下守候，待大鱼最终毙命，它才浮出水面报佳音。

公鸬鹚浮出水面，跳上小船，太阳已经落了山，河面拂起了轻风，凉爽宜人。它还没来得及向主人报喜，老船夫走向前，摸摸它的喉脖，扁扁的，一只鱼虾都没有。它下了一天的水，毫无收获，他恨它偷懒，他恨它无能，便举手一巴掌打过去，正好击中鸬鹚的头部，它一下晕倒了。老船夫没住手，把它往船沿上用力摔去，鸬鹚的头又撞在船沿边的铁钉上，血流如泉，溅满船舱一地，"嘎"的一声长叫，双脚一抽搐，再也没有站起来。老船夫正弯腰摸摸鸬鹚的身子，母鸬鹚从水中跳上岸，嘴没张开报告大鱼死了，即将浮出水面的大好消息，展现在眼前的丈夫却已遭了毒手，命丧黄泉。它大叫一声，"嘎"，奋力扑了上去，猛啄了老船夫一口，旋即将嘴贴近丈夫的嘴唇，吻了吻，伤心愤怒地将头砸向船沿的棱角间，顿时头破血流，也死去了。夫妻不求同年同月同日生，但可做到同年同月同日死。它与丈夫同日而终，不是殉情，而是为惨遭冤死的丈夫陪葬，警示主人。

老船夫伤心了，一下去了两条命，他将断了命根，他左手抱着公鸬鹚，右手捡上母鸬鹚，一并放在胸口前，仰天大哭，后悔不已。当他低下头，望见江面上漂来一条大鱼，扁担长，门板大。他放下鸬鹚夫妻，把船划过去一看，鱼的肚皮鳞甲全被啄光了，肚皮上露出了一块块殷红的血痕，四只鱼鳍也夹破了，撕成了无数碎片。啊！这条鱼是鸬鹚一天的战斗成果，我冤枉了它！他痛哭流涕，泪水融入江河。

大鱼数百斤，他无力拖入船舱，便从舱里拿出一条绳索，跳下水，用铁钩插进鱼头里，拴在船尾舵把桩上，拖到了岸边。他请来帮手，将鱼破开斫烂，运往闹市卖了钱。他没吃一片鱼，也没用卖鱼的一分钱，而是买了一口寿材，隆重地安葬了鸬鹚夫妻。坟墓建在江边一坪平地上，并嘱托远房亲属，他死后陪葬在鸬鹚墓边，永世为鸬鹚夫妻守墓。

不多日，老船夫去世了。安葬时，坟茔成了一座山，山上树木葱茏，花草繁茂；麻石墓碑成了几尊奇石，高高地耸立在树木花草间，神似一对鸬鹚，凝望滔滔大江，感天动地地发出"嘎嘎嘎"的悲鸣声，声声催人落泪。

遵照嘱托，族人将老船夫安葬在鸬鹚夫妻奇石旁边，真正成了守墓人。

借山水之灵气，享日月之光辉。鸬鹚夫妻的忠魂浩气，谱写的美丽传说，千古流传。

哭雕呷娘

雕为鸟，叫声如哭，故为哭雕；也有传说雕鸟代代单传，为孤雕。学名没考究，它外表貌似猫头鹰，以鼠蛇蛙类为食，且稀少，除深山老林偶遇外，很少见到。雕生活在茂密的森林之中，筑巢于高大的乔木之间，白天不出巢，夜间出入山间觅食，叫声凄惨，仿佛鬼怪号吼，极具恐惧之感。人们视它为不祥之物，人人都怕它，一听叫声就远远地走开去。

有意思的是它们生儿育女更加离奇。母雕产蛋两三枚，孵出第一只小雕是幸运的，随后出壳的小雕都会被啄死。母雕也只喂养一只，多出的幼雕它会啄死或叼出窝外抛弃。雕不吃死食，不是活物就不吃。母雕抓回老鼠蛇蛙，不啄死，它用爪子抓住活物，踩在脚下，站在窝边，啄着活物一口一口喂小雕，撕扯得老鼠蛇蛙"吱吱"叫，残酷至极，惨烈无比。幼雕出了绒毛，一天一天大起来。可它不出窝，是真正的高贵独生子，一直靠母雕叼食喂养它。母雕也心甘情愿，直到它老朽无力了，飞不出去抓老鼠蛇蛙了，才躺在窝里伴小雕。小雕此时不是报答父母的养育之恩，而是啄着母雕的身子，一口一口撕咬着母亲身上的肉吃，一直到母雕的肉吃完了，小雕才飞出巢穴觅食。雕无兄弟姐妹，繁衍极慢，几乎绝后。虽有人类破坏了森林环境的缘故，但它们自身培育后代的方式是主要的原因。一个种类的消失，只要不自我毁灭，外部环境再差也可以生存发展。哭雕呷娘是个传说，老辈常把它作为儿女不孝的典故教育后人，自有其深刻意义。但反过来问问母雕及雕的祖先，不是它们传续了这种养儿育女的方式，也不会有哭雕呷娘的不孝之子孙。如果雕族不改变培育儿女的方式，不仅家族不会兴旺，后代不会优秀，还可能灭绝种群，从自然界永远消失。

紫燕亮翅

"小燕子，穿花衣，年年春天到这里。我问燕子你为啥来？燕子说：这里的春天最美丽。"

小学时候，经常吟唱这首歌，好快乐。

冬去春回，燕子们乘着春风，又来到了我们那栋百年木板老屋里。这也是燕子的老家，燕窝筑在梁柱顶端，精美极致，空置了几个月，它们又要住进窝里生儿育女了。燕子夫妻绕堂屋一周，又去田野衔来泥土草莩，修补整理后，恩恩爱爱开始产卵孵抱后代了。经过母燕的孵抱，小燕破壳而出，肉坨坨一天一个色，绒毛变成了绸缎般的羽衣，慢慢地露出了白生生的肚皮，脖子上围上了洁白的围巾，尾巴恰似剪刀，一张一合，活泼可爱。

燕子夫妻栉风沐雨，一下飘向半空云中，一下又俯冲至稻田禾苗之间，叼上青虫就飞回窝边，两只殷红的爪子抓着巢沿，望着嗷嗷待食的儿女，心里很高兴。几只小燕见老燕叼回了青虫，一齐张开嘴壳，期待父母将青虫喂进自己的嘴巴。燕子记得很清楚，已经吃过的它不喂，按顺序轮流转，决不会让没吃上青虫的小燕饿肚子。它把青虫往没吃的小燕口中一塞，唱着"戏啦索啦发啦"的歌儿，又要去行尽父母的天职，一飘一俯地又飞向稻田中寻找青虫去了。

日复一日，燕子夫妻不辞劳苦，任劳任怨，不停地往返在田间稻禾中。

"双燕衔泥葺巢垒，飞来飞去掠烟水。巢成抱卵意苦辛，忍饥终日伏巢里。"

清代诗人周士彬的《营巢燕》，写燕子筑巢的艰辛，不亚于人类的母亲十月怀胎，也不亚于新修屋宇的能工巧匠。燕子孵抱出乳燕后，望子成龙的心愿与人类也一脉相通，训子学飞的教育方式也堪称典范。

乳燕经过二十多天喂养，羽毛丰满了，体格健壮了，燕子父母不再站在窝边喂小燕，它们叼着青虫，不停地在窝边飞来飞去，诱导小燕子飞出燕窝来抢食。小燕很胆小，亮一下翅膀又返回去，生怕掉下万丈深渊，粉身碎骨。反复多次，胆大的小燕亮开翅膀，张开嘴壳，飞出窝巢，追着母燕抢青虫，飞了丈把远，母燕松开口，让飞出了窝巢的小燕吃上了卷曲的青虫，它尝到了先飞先吃美食的好处。紧接着第二只小燕也展开嫩嫩的翅膀，追着燕子父母抢食物了。第三只很胆小，不敢亮翅膀，躲在窝里直叫唤。母燕一点都不怜悯它，一定要让它飞，母燕返回窝巢，伸展翅膀，不断地将小燕往外边挤动，嘴壳子不断往小燕身上啄。它要赶它出巢，去锻炼飞翔自食其力，学会寻找食物，不能常年依赖父母来喂养它。燕子夫妻配合极佳，公燕叼着青虫在窝巢外边飞来飞去，用青虫引诱它，母燕在巢中又挤又啄，鼓励它大胆跳出窝巢，亮开翅膀。外边的世界很精彩，青青的田野很美丽，那里有丰富的食物供它生存。小燕饿极了，望着公燕嘴中的青虫很馋人，加上母燕又挤又啄，它终于亮开了翅膀，飞出了窝巢。燕子夫妻高兴极了，领着三只小燕，往蓝天飙升，往田野俯冲，唱着"戏啦发啦好呀"的小调，冲浪似的飞翔在稻田间寻找青虫蚱蜢，一家幸福欢快，其乐融融。

民间说"燕子衔泥空费力，长大毛衣各自飞"，以此感叹养育儿女艰辛的人类，仿佛付出得太多的父母，发泄着对儿女回报得太少的失落。燕子恰恰相反，养育儿女是它们的责任，从来也没怀有儿女回报的奢望。优胜劣汰，优秀的燕子族群，虽有父辈遗传的基因，也源于它们培育后代的教育方式，才一代一代生生不息，发达兴旺。

三个同年

从前，有三个朋友，同年同月同日生，称三同年。这三同年平时非常要好，来不打米，去不分家，亲如兄弟。家境富裕的满同年，对贫困的大同年和二同年，百般敬爱，有盐同咸，无盐同淡，他们有什么困难，要钱拿钱，要粮担粮，呷饭喝酒，隔不了天数。日子一长，大同年和二同年觉得娘有爷有还不如自己有，何况满同年又不是亲兄弟，他们二人便对满同年的家产打起主意来。

一天，大同年和二同年商量了一个主意，两人悄悄地来到满同年家，以请他外出游玩为名，把他引到了十里之外的县城一家酒店里，大同年买来酒，二同年买来菜，三个同年一阵痛饮。酒饭中，三个同年天南海北地谈了一通后，大同年说："今天我们各人讲一件奇闻，若要不信，就分他的家业一份。"二同年早和他商量好了，连忙答应。满同年是个老实人，也附和着，按顺序，首先由大同年开头。他呷了一口酒，说："昨晚上我家出了一件怪事，断黑时分来了一位办案的大官，要在我家借宿，我用最好的铺盖安顿了他，可那马没地方关，我老婆说，把马关到磨屋里嘛，听了她的话，把马关进了磨屋，今早上一看，那石磨被马吃掉了，你们说怪不怪？""我不信。"满同年说，"马哪会呷石磨呢？"

"这是我亲耳听到的。"二同年证实道，"昨晚上我在他家里住，还听见马咬得石磨嘣嘣地响哩。"

"你不信，那你的家业输给了我一份。"大同年扬扬得意。二同年说："我家也出了一件怪事，前天晚上贼把我家门口那个石井偷去了。"

"你家那口石井和岩山长在一起的，怎么能偷得去呢？"满同年又说，"我不信。"

"你不信？"大同年说，"我看见贼抬着石井，水还摇得滴呼滴呼响哩。"

"好，你不信。"二同年说，"那你的家业又输给了我一份。"君子一言，驷马难追，满同年哑巴吃黄连，不好反口，只得应承，答应明天早晨，让两位同年哥哥来分家业。话虽这么说，满同年心里却痛起来了。他满脸愁云，回到家里，二话没说，唉声叹气地往床上一躺就发起蒙来。妻子见他这般模样，问他有何心思，他总是不开口。问了好一阵，他才把原委告诉了妻子。妻子听了，哈哈大笑，劝慰他放心睡觉，并交代他明早不要起床，任何人来叫都不应话，万事由她出去顶当。

第二天清早，满同年的妻子身穿白衣白裤，腰系稻草麻绳，一声长一声短地哭泣。

大同年二同年来了，推开门，见满同年的妻子这副模样，忙问："同年弟嫂，你怎么啦？"

"两位同年哥哥。"满同年妻子哭得更伤心起来，"你那个同年弟弟昨天出去笑盈盈，晚上回来脸沉沉，我叫他到园里扯几个萝卜回来炒菜呷饭，没想到他把萝卜扯出来后，自己一屁股掉进萝卜坑里跌死了哩，同年哥哥，你同年弟弟好惨啊！呜呜……"

"我们不信。"大同年和二同年异口同声说，"哪有这么大的萝卜坑能跌死人的哩？"

"两位同年哥哥，你们真不信呀？"

"不信。"

"那就好咯。"满同年的妻子白衣白裤一脱，"你们不信，我家的产业就保住啦！"

兄弟买宝

从前，有个大财主，生了四个儿子，老大嗜赌，老二傻呆，老三嫖娼，只有老四年幼，刚满一十六岁，寄养外婆家读书，才回家来。大财主年过古稀，担心家财万贯的祖业，被不肖子孙毁于一旦，又不好直接交给哪一个，便心生一计，吩咐他们各带二十两银子，出门去买宝，谁买上了他喜欢的，就把祖业交给谁。

儿子们背上银子，辞别老人，各奔东西出了远门。

老大朝东走，来到一家客栈，晚上见数十人围着宝官赌钱，不多久,赌钱人输了个精光,宝官却赢满了腰包。他想这个宝官是个财神爷,既可和自己赌,又可为家里赚大钱,岂不两全其美吗?于是他出大价买下了这个宝官。

南行的老二,走到一个村庄里,见一位财主养着一彪形大汉,他问这是做什么用的,大财主说他家良田千顷,银财万贯,怕匪盗行窃,用钱买来当保(宝)镖护家的。老二家也是大财主,买一个护家多好哩,他向财主提了出来,财主不肯。又行,走到村北口,碰见一位丈余的大汉在玩,他去问,人家说此人是宝贝(当地人把傻瓜叫宝贝,与保镖同音),他说正要买,人家巴不得,一拍就成交了。

向西走的老三,专门寻花问柳,夜宿春花楼客栈,睡到半夜,只听见一位客官指名道姓要买一女子续弦,老板不肯,说她家吃穿住用全靠她这朵宝花,硬要买就得不惜血本。老三动了心,便出大价钱,买了春花楼的宝花。

走向北方的老四,一直没有碰上合适的东西可买。一天他来到城郊,歇宿路边一家农舍。这家的主人叫宝爷,孤零零一个,年约六十有余,瘦如干柴,两鬓斑白,穿着十分平常,但看上去并不像农民。特别是他家里的布置,非同一般,壁上挂满了字画条幅,大有书香门第的气派,一看就是个读书人。老四问他他不说,经打听,旁人才告诉他,宝爷是位秀才,常年教书,桃李满天下,教出来的学生有的当了府大人。他的字写得好,一字值千金,只是得罪官府,被赶出京城,在此隐居,以卖字画为生,卖的钱除自己生活外,大多接济当地穷人,和为穷人子女办学堂。据说他如此有才,靠的是文房四宝:宝砚、神笔、仙纸、香墨。不知是他怀才不遇,还是规劝什么人士,正上方贴一副对联,上书:"国有文才必富,家无文才必穷。"老四想,我家正需要呀,把他买了去。可话一出口,村里人不答应,说要买也要押一笔钱,因为宝爷是他们从官府买出来的,每年必须向官府交一笔钱,否则就要把宝爷抓回去坐牢的。老四决心已下,立即给村里一大笔钱,请人抬着宝爷和文房四宝回家了。

一去数十天,兄弟四人先后回到了家里。一天,大财主把他们兄弟叫去,问他们买了什么宝。

老大说:"我买了个宝官。"

老二说:"我买了个宝贝(保镖)。"

老三说:"我买了朵宝花。"

老四说:"我买了个宝爷。"

"你们说说这些宝的用途吧。"大财主说。老大说:"我那个宝官技术高超,让他到我们家里开赌场,就是株摇钱树,准会赚大钱。"

老二说:"我那个宝贝(保镖)力大无穷,有了他,今后再也不怕匪盗行窃了。"

老三说:"我那朵宝花可以接客,一个客官掏一把银子,我们家就更有钱了,再说……"

"住口!"大财主一巴掌打在桌子上,怒吼道,"赌徒买宝官,傻瓜买痴子,嫖客买娼妓,全是一摊败家子,照你们的去办,不仅祖业毁于一旦,家风名誉会遗臭万年。你们这些蠢宝,给我滚!我不要宝官,不要痴子,不要宝花开桃花店。"说罢,又问老四,"你的宝爷做何用?"

"国有文才必富,家无文才必穷。我买来的宝爷是个秀才,为了振兴家业,扶正民风,我想办学堂,请宝爷来教书,让村民族人子弟入学陶冶,不知老爹意下如何?"

"正合吾意,我家有望了。"大财主喜笑颜开,说,"从今起,祖业交给你掌管经营。"

飞龙宝珠

从前,有个樵夫,一天进城卖了柴,把钱给母亲拣了几剂药,因包药的纸破了,怕药漏掉,便在城门外墙上揭下一块黄布条来包药,被站在旁边不远的衙役喊住,并向他连连道喜。

樵夫感到莫名其妙,不明白道喜的缘由,一时惊呆了。

衙役告诉他:"这是张皇榜。眼下国家有难,兵荒马乱,战祸迭起,瘟疫成灾,经访九华山道人,说南山飞龙洞里有一飞龙珠,如能得上,可驱灾除病,治乱安邦,扶助黎民。于是皇上告知天下百姓,如哪位勇士贤人能取回飞龙珠,献给皇上,即可封他为进宝状元,还要招为当今驸马。你今天揭了皇榜,是有把握取回飞龙珠,不久就可以当状元,招驸马,做大官,这不是喜事吗?"

"唉,真荒唐!"樵夫直摇头,"不不不。"

"什么不不不。"衙役说,"皇榜有这么容易揭的吗?做不到是要杀头的。"

一字不识的樵夫,知道自己误揭了皇榜。但他觉得当即斩首还不如去南山冒冒险,就是死也是为国为民。只是母亲年迈病重,药还得送回去,好歹得给母亲道一声别。官府答应了他的要求,当即给他盘缠银两,还派一小官吏做他的随从护卫。

一路上,小官吏问樵夫:"你怎么敢去呢?"

"我误揭了皇榜,没得法。"樵夫说。

"据说那里豺狼虎豹妖魔鬼怪经常伤人,去过的人没几个生还,我算是跟你倒霉了。"

"莫怕。土地爷送我一把砍樵的弯刀,如遇危险,只要念:'我身遭大难,生死攸关,弯弯宝刀,救我性命'的咒词,就可逢凶化吉,保佑平安。"

"啊，宝刀！"小官吏急不可待，"什么样子的刀，带在身上没有，给我见识见识如何？"

忠厚的樵夫掀开衣襟，亮闪闪的弯刀嵌在梓木刀鞘里。

小官吏看见了，眼睛贼溜溜转，心里打开了主意。

樵夫回到家里，安顿好母亲，又急匆匆赶路。当夜，歇宿长村。樵夫疲倦了，睡得很香，待到鸡啼三遍，东方发亮，樵夫醒过来时，小官吏不见了，弯弯宝刀不见了，只留下了一个宝刀鞘。

樵夫知道小官吏怀了鬼胎，起了歹心，他翻身爬起床，快步追上去。行至西江河岸，桥被截断，两岸百姓过不了河，经打听，方知是那个小官吏怕樵夫追上来，特地把桥拆了，断了后路。樵夫视状元驸马为粪土，为百姓办事才是积德。他便从盘费中拿出钱来，邀集当地村民，有钱的出钱，有力的出力，很快就把桥修好了。

过了西河桥，又要过天心湖泊，浩渺无边的湖泊，水深似海，当地百姓过渡是凑钱合伙做的一只小帆船，被一小官吏过湖时钻穿船底，沉入了湖中。这小官吏真歹毒呀，樵夫一时过不了湖，也没绕道走，和当地百姓一同把沉船打捞出来，修好后才继续赶路。

樵夫日夜兼程，来到红崖山，唯一上山的一条天梯又被小官吏毁掉了，给当地过往行人带来了极大的不便，绕道要多走百多里路。樵夫又停下来，掏出盘缠，请来匠人，修好天梯。

爬上南山，只差一天路程赶到飞龙洞时，深山老林间供过往行人歇宿的茶亭成了灰烬。守茶亭的老人哭诉着，说在一月前，有位小官吏住宿后放火焚烧了茶亭。这里前不着村，后不着店，茫茫大森林，几十里无人烟，这茶亭是给猎人和过往百姓遮风避雨，防虎避狼的栖身之处，要尽快修复才行。但路上时间耽误太多，离皇上规定的时间只七天了，回去晚了是会被斩的。

樵夫没想这么多，他又请来匠人，拿出盘费，建好茶亭才上路。

来到飞龙洞，洞门被堵住了，静静一听，断断续续的呼救声从洞内传出来。樵夫把洞口的石块掀开，朝里问话："你是什么人？"

"牧童。"洞里的人答。

"你怎么进的洞？"

"有一小官吏前来取飞龙珠，说是皇上的圣旨，不取上飞龙珠就要斩首，他不敢，求我帮他下洞，他在洞口用绳子吊我，取上飞龙珠敬献皇上，封状元，招驸马，共同分享，可我把飞龙珠用绳子吊上去后，小官吏不仅不把我吊上去，反而落井下石，大块大块石头往下滚，连洞门口也封上，见我在洞内骂，他还把洞门口的小溪水堵进洞，想淹死我在洞里。"

"你莫发愁，我来救你。"樵夫用尽全身力气把牧童救出了洞。

牧童见了樵夫，忙跪下："谢谢你救我一命，这飞龙珠就送你吧。"

"你不是给小官吏了吗？"

"那是个假的，真的揣在我怀里。"

"这宝应由你去献。"樵夫说，"状元归你，驸马归你。"

"不不。"牧童说，"我是土地菩萨要我来护宝的。他说有人要来盗宝，特地命我化装成牧童到洞口拦截，所以我进洞后先吊块假宝上去试他的心。真的飞龙珠是这个，是很灵验的，现在你拿回去敬献给皇上吧。"说完，化作一缕青烟上了天。

飞龙珠金光闪烁，色彩斑斓，亮闪闪的耀人眼目。樵夫捧在手中，欣喜若狂，眼睛一闭，一想到京城，立刻像腾云驾雾一般飘了起来。睁眼一看，京城到了。此时，城里热闹非常，鼓乐喧天，长长的一队兵勇，簇拥着一位穿紫袍戴乌纱的英俊青年，骑着大红马，浩浩荡荡迎面而来。那就是护卫他去南山取宝的小官吏，他已受封了进宝状元，招为当今驸马。樵夫没当面拦路揭底，他怕失了皇上的面子，而是绕道东门来到皇宫殿前，声称要给皇上献飞龙珠。

衙役不许进，说有人已经献了。

樵夫说："有人用假飞龙珠欺骗了皇上，我要给皇上敬献真飞龙珠，请求皇上接见。"

衙役报告皇上，皇上立即召见，问樵夫："你说他的飞龙珠是假，你的是真，有何证据？"

"请当面验证。"樵夫道。

"怎么验法？"

"要天放晴，要天下雨，要天落雪，要天刮风，要天打雷，要天闪电，你想要什么就说什么，飞龙珠会有求必应。"

"宣驸马进宫。"皇上圣旨下。

刚封状元的小官吏喜气盈盈走进宫，一见樵夫在场，脸上怒云一罩，朝樵夫大骂不忠不仁，害得他九磨十难才获得这颗皇上梦寐以求的飞龙珠。请求皇上将狂揭皇榜，犯有欺君之罪的樵夫斩首。

樵夫驳斥道："你为了窃宝，盗我弯弯宝刀，然后过河拆桥，过湖沉船，上山毁梯，住宿焚亭，夺宝封洞，活埋牧童，为了当状元，招驸马，丧尽天良，更可恶的是用假飞龙珠欺骗皇上，罪该万死，还有何脸面表功。"

"你是诬陷。"小官吏怒号着。

"我有证据。"樵夫献上飞龙珠。

"皇上，他的是假的。"小官吏说。

"皇上，他的是假的。"樵夫说。

"真与假，一试就知道了。"皇上说，"今天我要天晴、下雨、刮风、落雪、打雷、闪电……"

"我身遭大难，生死攸关，弯弯宝刀，救我性命。"小官吏念叨着樵夫教给他的几句话。

天空碧蓝如洗，白云缭绕高空，太阳照耀大地，没有半点变化。

"你那几句话是念不灵了的，因为你盗走的仅仅是弯弯宝刀，刀鞘却仍在我身上系着，没有刀鞘弯刀是无用的，不过得到了证明，你盗我弯刀是事实了。"樵夫亮出刀鞘，又从小官吏住处寻来弯刀，正好合上。然后，樵夫念了几句咒词，说："请在皇宫起火，飞龙珠显灵。"

顿时烈火熊熊，文武百官一片惊呼。

"你救火呀，驸马状元公，呼风唤雨呀。"樵夫指着小官吏。小官吏无奈。

樵夫又大声喊道："飞龙珠显灵，立即刮风、落雪、打雷、闪电、下雨。"

天空突变，一阵大风过后，飘起了鹅毛大雪，紧接着又乌云翻滚，大雨倾盆，皇宫外的大火淋熄了，一轮红日又挂上了天空。

皇上怒眉陡竖，吼道："把献假飞龙珠的贼人斩首于午门之外，示众三天！"接着又吩咐，"樵夫取宝有功。赐封状元，招为驸马！"

"谢皇上！"樵夫说，"我一个樵夫，一字不识，当不得官吏，做不了状元，招不得驸马，自古言道忠孝两难全，我还是回家砍樵度日，服侍老母。至于飞龙珠，已经献给皇上，恳请用它辅佐您治国安邦，造福黎民；只是有一条，不能作恶人间，涂炭百姓，否则我将用弯弯宝刀，砍掉它的灵气。"说完就告辞出宫。

先生做贼

　　从前有个穷教书先生，姓苏，人称苏先生。他为人正直，才学又好，教书远近有名。但由于运气不佳，屡考不第，年近五十岁了还在他乡教书。

　　这一年，他在益阳教书。以往，五月端阳，八月中秋，他是要回家过节的，唯独这一年他身患重疾，没有回过一次家，一直拖到年底才决意回家过年。临走时，与员外一算账，一年工钱被药费花销光了，分文不剩，倒欠员外几担谷子。好在他教书教得好，员外还望他明年再来，就打发他二十两银子回家。他背着银子，起身告辞，高高兴兴地上桃江，过安化，沿着资水，傍山而上，走到家门口时，正好是大年三十夜。他正要过屋门前那条石拱桥，只见对门石板路上跑过来一位阿嫂，披头散发，哭叫着直奔河边。苏先生想，这女子只怕是轻身投河的，便急步过桥，拦住了她，一打量，这妇人原来是竹山弯里的李大嫂，问明情由，方知李大嫂的丈夫李大哥出门做生意，一去数月，杳无音讯，家里老少无依无靠，借了一屁股的债，大年三十，人家讨债上门了，李大嫂急得来投河自尽。苏先生救人心切，急忙把自己身上的二十两银子全盘托出，但又怕李大嫂不接，便说："李大嫂，我在益阳街上碰到了李大哥，他给你带回了二十两银子。"一颗救星从天降，李大嫂喜出望外，拿着银子，谢过苏先生，回家过年去了。

　　李大嫂走了，苏先生却发了呆！二十两银子都给了李大嫂，回到家里，见了妻子怎么说呢？边走边想，拿定了主意：妻子要问，就说生病花光了，救个身子回家来就是福气。走到家，喊开门，妻子欢欢喜喜地迎上他，取下他肩膀上的布袋一看，钱无半文，米无一粒，问了他好几句，苏先生叹口气说："发病花光了。"丈夫出门一年多,全靠妻子纺纱绣花,盘活一家四口,上半年天旱,田里歉收,土里萝卜都种不出,方圆借了好多债,想等着丈夫回来还人家的钱,眼下空人一个。如何办呢?瓮里没粒米,土里没根菜,酒肉莫说,盐都没一两,这个年怎么过?苏先生见妻子不高兴,但肚子又实在饿了,说了一通话后,恳求道:"我还没呷饭,你去借半升米来煮点饭给我呷了再说吧。"妻子说:"大年三十夜,我欠了人家好多的钱米,到哪里去借?我是没得脸面去了。""那你煮几个萝卜呷也好。""我们地里的萝卜全干死了,只有对门庙背后张屠户用猪尿水淋的那块萝卜有好大一个的,你去偷几个萝卜来,今晚煮几个呷,明早煮几个过了年再说。""偷?!""不偷就莫呷,莫过年。"妻子顺手丢给他一只篮子。苏先生无奈,只得提着篮子往对门庙背后走。走到萝卜地边一看,萝卜确实好,叶子青郁郁,萝卜胀得土都开了坼。他正要动手,忽又停住,掉头就走,他想:我一个教书先生,为人师表,岂能做贼偷人家的东西呢?不行,正要往回走,又想到自己腹内空空,妻子儿女过不了年,抽回的脚又原地站定,停了一会又返回去,立在萝卜地边发痴。是桩丑事,贼是做不得的,既然来了,这里又有一个土地庙,何妨问问庙隍菩萨,若允许我偷就偷,不允许就莫偷。他想着想着,转身就走进了土地庙。三十夜里,月亮没有出来,庙里乌七八黑,伸手不见五指,苏先生眼睛比旁人差,样子斯斯文文,走进庙里还有点胆虚。他站在庙里停了一会儿对着菩萨作了个揖说:"菩萨,你是一庙之主,管辖着一方土地百姓,我本知道这贼是做不得的,只因我把二十两银子救了李大嫂的命,家里过不了年,老婆逼我到张屠户地里偷几个萝卜,我只偷六个,今晚上呷两个,明早呷两个,还留两个明天中午呷。你如果答应我偷这次萝卜,我打三个卦,要一个圣卦,一个阳卦,一个阴卦。不是这三个卦我就不偷。"说着,他在菩萨面前的香炉里摸着两块木卦,向地下扔去。

无巧不成书。却说张屠户的妻子张大嫂,知道灾荒年岁盗贼多,生怕有人偷萝卜,打发女儿翠兰去看一看。翠兰年方十二岁,长得聪明伶俐,十分俊俏,而且学了一身好武艺;她听从母亲的吩咐,手里抓根练武的齐眉棍,快步出了家门。走到萝卜地边,只见有人提着篮子来了,她断定是偷萝卜的。母亲真是神机妙算。抓贼要抓赃,来人没有下地偷,不能乱动手打人,她便躲进了庙里。等偷萝卜的扯上了萝卜,就一把捉上也不迟。刚一走进庙里躲好,可万万没有想到偷萝卜的竟是苏先生,刚才苏先生对庙隍菩萨讲的话她全听见了,苏先生是为了救李大嫂,迫不得已出来偷几个萝卜,这样的好人要救他才行,要是三个卦打不准,他就不会偷,不偷几个萝卜,老婆要吵,儿女要哭,年就过不成,这个贼要让他做。于是,她轻手轻脚从角落里走到菩萨跟前,蹲在地下,屏住呼吸。等到苏先生把卦一打,她用手接上,把卦摆好,一连三个,阳卦、阴卦、圣卦。苏先生捡起卦后,又对菩萨说:"菩萨,这三个卦也许是碰上的,要是您硬准许我做这一次贼,那您就再现三个周全卦。"他又把卦扔下去,翠兰依旧给他摆好,又是三个,阳卦圣卦阴卦。这下苏先生落心了,他来到萝卜地里,躬着腰,扯起萝卜来。

翠兰跟到田里来,觉得苏先生才偷六个萝卜,太少了,一家人呷不了两餐,要他多偷几个。她轻轻绕到苏先生背后,帮着苏先生拔起来。苏先生数着扯了六个,直起腰来往回走,觉得篮子很重,肩膀都压痛了。翠兰见他背不起,就用手悄悄地给他端着篮子的底,跟在他的后边,一直把苏先生送到家门口。苏先生从没干过这号事,做贼心虚,冷汗淋漓,好像后头有千兵万马追来一样,好不容易到了屋门边,他妻子急忙开了门,端着盏桐油灯盏来接他时,翠兰从一侧悄悄溜跑了。苏先生进屋,门一关,喊一声:"阿弥陀佛,还算没有人看见。"

翠兰回到家里,将苏先生如何偷萝卜,她怎样帮助苏先生偷萝卜的经过告诉了母亲。张屠户在外边杀猪还没回来,正在忙着准备过年菜的张大嫂听了女儿的一席话,高兴地说:"苏先生是个好人,他为了救李大嫂,自己年都过不成,扯几个萝卜算什么!你做得在理,只是人家呷几个萝卜过年太不像样子,你到屋里取块肉,到瓮里打几升米给苏先生送去吧。""好哩。"翠兰从房梁上取下一块后腿腊肉,足有七八斤,对娘说:"妈,我取了块三四斤的,要得吗?""鬼妹子,我知道你取的是块后腿肉,送给苏先生,要得,快去量米吧。"翠兰拿个布袋,从瓮里量了一斗,她怕娘嫌她量多了,扯着谎:"妈,我量了四升,要得吗?""要得。"张大嫂说:"你量米的响声是一斗,不过送给苏先生这号好人,娘舍得。""妈,我背不动哩。""我陪你去。"母女俩提着肉,背着米,来到苏先生家门口,敲了几下门,喊道:"苏先生,请开开门吧。"

若要人不知,除非己莫为,贼还是做不得,萝卜刚刚洗完切烂煮上,张大嫂就来了。苏先生娘子胆子小,门也不敢开,战战兢兢地连忙将萝卜往床底下藏。

苏先生很镇定,开了门,见到张大嫂和翠兰,羞愧地说:"张大嫂,今年我家过不了年,干了一件见不得人的事,偷了你家的萝卜,现在还没呷,我就给你送去……"

张大嫂很会说话,她把手一摇:"苏先生哪里话哩,村里头谁还不晓得你是个好人,不会干这号事的。今晚上听翠兰说你回来了,在益阳生了病,银钱不多,我那老头子硬要我给先生送来几升米,几斤肉来过年哩。"

苏先生不好意思接,翠兰给他放进了屋里,又跨出门来,回头说:"明天再给先生来拜年。"说罢母女俩一起走了。

再说李大嫂用苏先生给的银钱买了米和肉回到家里,正准备祭菩萨,敬天地,李大哥打着赤膊回来了。李大嫂先给丈夫寻衣服穿上,然后问他这般模样回来是怎么了。李大哥对妻子、父亲说,他做生意钱还是赚了钱,回来时带了一百多两银子,在路上遇到强盗,抢了银钱,剥了衣服,要不是学了两路拳棍夺路而逃,性命都没有了。说完后,就盘问妻子哪来那么多钱买酒肉。妻子说:"苏先生说在益阳街上碰上了你,你托他带回二十两银子给我们过年的。"

这就怪了,李大哥顿起疑心,苏先生在益阳教书,他在宝庆做生意,相隔几百里,从未见过面,哪会给她带钱回来呢?一定是他们有私情。他不问来历,眼睛一鼓,就要打老婆。他爹气火了,吼住他儿子说:"你丢下老爹和妻室儿女不管,一年没给过一文钱。人家苏先生是好人,见你妻子去投河自杀,给了她二十两银子,一定是怕你妻子不要,才扯谎说是你从益阳带回来的。你还打人,不识好歹,明早天光快去给苏先生拜年,去好好地谢谢人家这个救命恩人。"经老爹一骂,李大哥才恍然大悟。

第二天清早,李大哥李大嫂,带着儿女,提着肉和酒,烟和糖,给苏先生拜年来了。刚进门,张屠户和张大嫂领着翠兰也来了。三家人互相祝贺新年,然后是一起喝酒、吃茶、嗑瓜子。过了一会,张屠户启齿道:"苏先生,你老人家才学高,人品好,常年在外边教别人的子女,个个高中,可我们村里至今没有几个读书人。我想你身体又不好,以后莫再出远门了,就留在村里教。翠兰算一个,李大哥的子女也大了,还有吴二叔的,刘春升的,都来读,钱归我出,不知苏先生愿不愿意?"

"我早有这个想法了。"苏先生满口答应。

从此后，苏先生就在村里教书，几年后，方圆好多人都送来子女读书。六十岁那年，苏先生中了举，他还当了个大媒人，把翠兰做给了一个与他同时中举的青年才子，使这个多年没有读书人的山村有了秀才和举人，全村一片兴旺景象。

母猫传艺

院子里迎伯娘养了一只虎斑金丝猫，今年生了一对龙凤胎，活泼可爱。小公猫和母猫一个样，头上长了一个旋顶白毛虎王印，脖子上套了一条白围巾，毛色金黄，斑纹清晰，英俊帅气，虎气十足，和它妈一样像只母夜叉。它的妹妹不一样，大概像父亲，全身乌黑，油滑水光的毛皮衬托一对闪烁的大眼睛，恰似一个黑美人。母猫已经生过三胎了，种优苗正，都被别人抱走了，这两只小猫迎伯娘舍不得送别人，一直留在家里豢养着。母猫带着两只小猫，天天在外摸爬滚打，闲时爬树跳涧钻地道，累了困了伸直懒腰晒太阳，饿了馋了到处觅食物。小猫一天一天长大了，母猫不再把老鼠鱼肉叼回来喂它们，而是领着它们去学习捉老鼠。它们蹲在仓库楼道口，鼠洞边，守株待兔。只要有耐心，十之八九会逮上老鼠。因为仓库里有谷米，老鼠要爬进去偷吃的，待夜深人静都会钻出来偷谷米，有的老鼠最狡猾，没地方爬进仓库去，就把尾巴插进缝隙中，一点一点钩出来，足够它们饱餐一顿。母猫起先默不作声，一旦老鼠失去警觉，便一蹦跳上去，两只前爪抓住了老鼠。一般情况下，母猫会多管齐下，牙齿咬、爪子抓，甚至咬住老鼠往地上摔，待老鼠无力抵抗和逃命后，它会立即撕咬着老鼠的肉吃。喂小猫的日子里，它会叼回去喂小猫。眼下它不置老鼠于死地，而是捉了放，放了捉，有如诸葛亮七擒孟获。它是在教小猫捕食，传授它的逮鼠技术。经过反复多次的示范传授，小猫慢慢地学会了捉老鼠。它们从害怕到胆大，从生疏到熟练，小猫已经可以独来独往地与老鼠拼杀了，有时力气还胜过了母猫。刚会捉老鼠的技术还不够，本事要多几门才能生存。母猫便带它俩上山捉山鳅子、狗婆蛇、牛蚱蜢；有时也走进干了水的稻田里捉泥鳅，爬到树上吃鸟蛋，蹲在河边抓小鱼。

猫儿怕水，天生不会游泳，一旦掉入水中，十有八九会淹死。大江大河深水池塘它们不冒险，夏天稻田旱灾水不深时，它也蹲在田边等机会。有一天下午，母猫领着两只小猫来到了屋背后的弯丘边。田已干了水，禾苗正抽穗，槐叔爷把田边上一蔸禾苗拔出来，踩成一条水沟，一来保住禾苗不旱死，有水养着禾苗；二来田里的鱼儿游到沟里有水喝，待下了雨后灌满水，禾苗保住了，鱼儿的命也得救了，双双不受损失。

沟里鱼儿在游动，母猫瞪着大眼睛，鱼到了身边就伸出爪子抓。母猫十分灵活，爪子极为锋利，奋力抓去，爪子扎进了鱼的肉里了。可它不把鱼弄死，也不逮上田坎，依旧放入水沟中，和抓老鼠相似，捉了放，放了捉，不同的是鱼儿在水中游动，母猫眼不眨，爪不放，追着鱼儿游去的方向，时不时唤来小猫观察，让它们识别鱼儿在水沟中游动的规律，预先伸出爪子，轻而有力地把鱼儿抓住。不多久，鱼儿受了伤，身子一翻，白肚皮朝天仰躺，再不逮上来就会沉入底，这样就比较难捉了。经验丰富的母猫把小猫一推，让它们下手逮鱼。一次又一次，小猫抓住了鱼儿，母子共进晚餐，换换口味，鱼的腥味是有诱惑力的美味佳肴。熟能生巧，小猫已经学会了逮鱼儿，生存又多了一门技艺。母猫知道小猫可以独立生存了。从此，小猫有了生存的本领，每天快快乐乐地爬树钻洞，逮鼠捉鱼，有了一片自己的天地。母猫呢，它又有了新的生活，很快就寻找到了属于自己的快乐。

贻伯娘

贻伯娘随丈夫贻芳大伯而得名，真名叫康四英。她与我们家对门对户，同一个厅堂，开门相见，间距仅一丈多远。按宗族排序，出了五服，相处却比亲房还亲。过年杀猪，互相送点猪血，或许几两猪肝半斤肉。蒸酒，熬糖，磨豆腐，煮魔芋，都要送一份尝一尝。每到夏粮秋果春菜问世，少不了几根黄瓜一把辣椒几个桃李，以及玉米板栗之类送上门，让邻里间挨家挨户尝尝鲜。礼尚往来，端午粽子，中秋月饼，春节糍粑都会相互串串门，送点礼，可以说远亲不如近邻，相处得十分和睦融洽。

贻伯娘是最讲情面的一位老人家。

从我记事起，贻伯娘就是个驼背弓腰的老太太，有如弓箭弯犁，走路几乎头挨地，人称驼背弓。但她很勤劳，也很精明，大小事情都知道，故而不少人称她驼背精。怎么叫她都无所谓，毫不在意的她"哈哈"一笑算是回应，送到你面前的是一杯香喷喷的春芽茶，让你解渴更陶醉。她年轻时也是腰杆挺得直直的靓女子，大约新中国成立前两三年才驼了背变了形。有人说她是风湿痛驼的，也有人说她是进菜园种菜跌了一跤伤了背脊骨，更多的人说是为我爹妈吵架，奶奶把她请来家里劝架，她从楼上摔下来，折断了腰脊骨，成了如今这样子。究竟哪个版本准确，无人知晓。我曾好奇地问过奶奶，奶奶却闭口不吐半句言辞，只说，无论别人怎么讲，左边耳朵进，右边耳朵出，听着就行了，细伢子，不必打破砂锅问到底，求过来求过去，惹是生非。从此后,我真以为爹妈吵架而被迫让奶奶请人来劝架,致使贻伯娘残废了,奶奶有难言之隐,脸面无光。但又为什么没让我家赔偿呢?据说贻伯娘是卧床半年多才站立的呀!我虽没再问,心里还是存疑不浅。

贻伯娘是从不散言语的,她守口如瓶,院子里也无人泄漏半点口风,一晃就是几十年。随着岁月前移,贻伯娘岁数增大,她爱打瞌睡了,一坐下来就闭着眼睛说梦话,喃喃自语。她坐姿奇异,脑壳埋在双膝间,犹如鸡公啄白米,一上一下瞌得十分有节奏。她剪起辣椒来,双膝夹着篾筒箕,右手拿剪刀,左手捏辣椒,一边瞌睡一边剪,从未剪着手指头,连辣椒中的虫儿也挑得出,非常神奇,人称她是眼闭神。

驼背精,眼闭神,她还有一个响亮风趣的外号,叫机关枪。这是她爱放屁的缘故。她一起身一迈步,无论从堂屋走进厅堂,还是从厅堂走向菜园,"咕咕咕"的一连放得一二十个,于是有人送了她一个会打"机关枪"的老太婆绰号。其实爱放屁的人是心气顺。

老人一生勤劳俭朴,忙里忙外,一早到晚极少歇息。可她从未讲出半个累字和一丁点痛处。有意思的是爱看戏,无论什么演出,她弓着腰背,执着火把,要步行一两里路去祠堂里看文艺节目,劲火比年轻人还旺盛,连猴子把戏她也要去看一看,从不错失一次。

她是位老寿星,一生极少生病。医生说她心态平和脾气好才会这样健康。她为人和善低调,话不高声,从未发过火,也没与别人发生过口角,平静得如一汪池水,从没有波澜起伏的水泡浮现。

70年代末,她老态龙钟了,自然行动也不那么方便了。好在她是位福太太,儿子是干部,儿媳粗细能干,孙儿孙女一大群,比起其他老人来，她浸泡在蜜罐里，十分幸福。但她毕竟老了，步履艰难了，那背弓得更加厉害了，头几乎挨着了地面，走起路来爬行似的很吃力。有一天，她病倒了，病情一天一天加重，眼看支撑不住了。忽然间，她喉咙里响起了浓痰的"咕嘟"声，一双手伸出被窝，五指颤抖，招手要儿孙们拢来，她仿佛有重要的话要交代。她没有金银财宝，无须遗产分割，大字不识一个的老人不会有什么震撼的遗嘱。但从她脸上的神色看得出，她有话要说，而且很急很急，她预感到生命即将结束。屏住呼吸的儿孙们，围在她床边，边喊边问："有什么话你老人家就说吧，我们都到齐了。"

"你们莫怪干奶奶了！"贻伯娘神志清楚，仿佛她憋在心中的秘密几十年，要一吐为快，心地才安，决不能把遗憾带进棺材里去，"我这腰断了，背驼了，是我自己造成的，不怪干奶奶。是她为我瞒了几十年，为我背了几十年黑锅，冤枉了她老人家。我要把真相告诉你们，不然我心不甘，眼不闭。"她断断续续地从嘶哑的喉咙里吐露着当年的经过。新中国成立前两年，青黄不接，春上村里闹粮荒，没饭吃，下边院子里有人来借谷米，我们都借了，唯独干奶奶说没有谷子了，没有借，只把坛子里仅剩的几升米送了一升给华公公。事后我们说干奶奶小气，有粮不借，见死不救。尽管干奶奶辩白，贻伯娘不相信，硬要去干奶奶家看家底。干奶奶答应了，她们走到楼上仓储看了后才相信真的没有存谷了。下楼梯时，贻伯娘踩空了一只脚，滚下楼梯，摔断了腰脊骨。为了掩人耳目，瞒住儿子家人，便编了一个由干奶奶请她去劝架的谎言，并嘱咐在场人互相保密。一瞒几十年，干奶奶背着黑锅死去了……贻伯娘激动了，重重地咳嗽一声，吞下了噎在喉咙中的浓痰，"不能让死去的干奶奶再背黑锅，背冤枉，不然我心不甘，眼不闭。"说完，慢慢

• 139 •

地闭上了慈善的眼睛。

平地一声炸雷,儿孙们恍然大悟。

其实当年贻伯娘并无恶意,也没有讹诈的歹心,只想编个谎言瞒过儿女家人,免遭责怪。

人之将死,其言也善。人本善良的贻伯娘,连这一点点愧疚都交代子孙们,实在让人钦敬。

1998年清明节,贻伯娘的孙儿建新侄,特地给我们兄弟叙说了这件事,使我们如释重负,长长地吁了一口气。因为和睦恩爱的爹妈,一生相处短暂,别说吵架,据说夫妻间脸都没红过,是村里头一对典范的恩爱夫妻,为何因吵架而使贻伯娘终身残疾,我们心中惴惴不安,总是瘀着一股不顺的惆怅,十分难过,总觉得对不住贻伯娘。但也心生疑窦,如果贻伯娘当初真是为此而负伤,一定有怨恨,一定要索赔。而她没有这样做,这使我们得到了安慰。真相大白了,我们心中的疑团解开了,心气也顺畅舒坦了。

自然,我无限感谢贻伯娘死时吐露真情,澄清了那些不实之言论。感谢之余,也让我们更加敬仰我的奶奶。别以为这是一件小事,奶奶背下了黑锅,让贻伯娘免遭了儿女们的责难而活得阳光,没有压力。

奶奶啊,您一生讲的爱心话,播的善良种,栽的道德花,以高尚的谎言,保护着贻伯娘。

贻伯娘啊,您用真诚之心,还原了往事真相,赢得了后人的无限尊敬。

两人虽有小损,但无大害,揭开了迷雾,阳光依旧光辉灿烂。

远山古树

一

　　远山，有棵古树，驼背弯腰，形态奇丑，夹挤在繁茂的森林里，极受轻蔑。然而它根系庞杂，树冠发达，郁葱的树叶似翠绿的大伞，据守一方领地，独领一族风骚。

　　这棵树无名无姓，它欠佳的形象，是否是常年栉风沐雨和与世抗争而顽强生长的象征呢？从未定论，耐人寻味的倒是鸟儿对它格外青睐。

　　山雀、百灵、画眉、杜鹃……纷纷飞来筑巢搭窝，生儿育女，嬉戏玩乐。古树，是鸟儿的天堂，生命的摇篮。

二

　　早年的古树，是鸟类的乐园，转眼间又成了猎人的福地。

　　大树底下好乘凉，自古都是强凌弱。

　　猎人冲进深山老林，追杀野兽，把古树当成了栖身之所。夏天烈日，乘凉消暑；风雪严冬，抗御风寒。猎人打上野兔、鹿子，在树下烧火熏烤，围着篝火，撕裂焦黄喷香的野味肉，狼吞虎咽。填饱了肚肠后，有的爬上树干打盹，有的躺在树下养神，待恢复元气，又挥动起长矛叉耙，弓箭鸟铳。

　　古树无寂寞，也没有惆怅和忧伤。因为猎人来了，鸟儿飞了；猎人走了，鸟儿又会飞回来。

三

浩浩荡荡的外来移民，执着利斧砍刀进山了，挺拔的大树一棵一棵地倒下，被做成梁柱，锯成板子，运出深山，修架桥梁，建造房屋。一座座村庄诞生了，一山山树木消失了，唯有这棵古树，竖做不得梁，横锯不得板，移民视它为无用之材。

因祸得福，古树侥幸地保住了性命。

四

山间乃有千年树，世上难逢百岁人。古树过了一千岁的生日。也老态龙钟了，叶子稀稀地落满一地，树心也空洞洞的，贪玩的孩子在树心间钻进钻出，嬉戏打闹，趣味无穷，天生一个乐园。

有一日，一个孩子从树上摔落下来，丧了性命，又一日，一个孩子被什么拖进了树心，寻着时只留下衣帽骨头。

古树里出妖魔鬼怪了，山村一片惊慌。

有人发现，树心里，有豹子猫狸出没，有蟒蛇盘缠，有蚂蚁蜈蚣爬行；半夜三更有"呵呵"声号吼，也有人看见黄鼠狼围着古树跳神。

千年古树成精了！这是不吉利的征兆，山民惊恐万状。于是请巫婆道士画符打鬼扫邪，于是在树身上泼尿倒粪洒狗血驱妖，于是钉耙齿插犁头除魔。

古树，成了妖魔鬼怪，恐怖阴森。

五

电闪雷鸣，轰隆一声巨响，古树劈断了主干，雷火烧入了树心，蚂蚁死了，蟒蛇没了，豹子猫狸不见了，正从树下路过的一位疯女被雷电抛去几丈远后，意外地没有受伤，反而神志清醒了，恢复了正常。

菩萨显圣了，神灵降妖了，古树成了神树，村民提来三鲜供品，在树下开始祭祀神灵，不生育的前来求子女，有祸的前来消灾心，年老的跑来讨寿岁，多病之人也来求平安，四面八方的人都涌来求吉利，不好带的孩子都成了古树的寄儿寄女。

恢复正常的疯女到处捐资，在树旁建了座小小的庙宇，神龛上摆了个黑雷公。

从此后，人流如潮涌，香火日日兴。

六

古树的叶子落光了，枝丫朽烂了。数年后，枯木逢春，枝上绽出了鹅黄色的新叶，相继又长出十几种叶子，赤橙黄绿青蓝紫，成了一大奇观。

古树死而复生，是好兆头，还是坏征候？满村风雨。有的人说树色变，有的人欣喜若狂，但更多的人却厌恶这棵古树，甚至嫌它占着一方土地，要求将这棵无用的古树砍掉当柴烧。

白发草医豁出多年积累，买下了古树，然后织篱笆防人扰，架天线防雷击。他一面向人开放参观，一面采下树叶配药，专治当代疑难病症。药到病除，白发草医成了神医，古树成了仙树，甚至说古树是棵摇钱树，白发草医是个活神仙，村民却开始眼皮发红。

消息传开、惊动了不少专家学者名人，纷纷要来采访参观鉴定。白发老人一概拒绝，只是说树上长的是寄生树，祖传秘方可配药，传得太玄了就走神。

人有传奇故事，树有旷世佳谣，这并不是一件坏事。白发草医无暇顾及，依旧护他的树，配他的药，行他的医。

　　远山的古树呢？风风雨雨上千年，只要不死，恐怕还会有更多的好丑评说。

晋祠踏雪

太原古时叫并州,并州古迹数晋祠。

我去晋祠的头天下了场大雪,尘埃凹凸全被深埋在雪底下,白雪皑皑,呈现出一派"北国风光,千里冰封"的壮丽景色。

位于太原西南悬瓮山下的晋祠,建于南北朝以前,是祭祀西周周成王弟姬叔虞的祠堂,已有一千五百多年的历史。它背山面水,山上苍松叠翠,祠区殿宇巍峨,星罗棋布的亭台楼阁掩映在参天古木之中,宛如一幅优美的山水画卷。经过历代的重修与扩建,形成了一组三百多处殿阁的古迹建筑群。

车到晋祠,游人寥寥无几。朝大门仰望,鹅绒一样的雪花铺就着大道,洁白晶莹。我生怕皮鞋上沾的灰渍污染了它而于心不忍,迟迟不敢开步。犹豫之间,站在大门前方两匹高大的枣红马旁有两位大汉,一老一少,朝我憨笑、招呼,不断地指着旁边木架子上的龙袍马褂向我介绍:"先生,穿件龙袍照张相吧。"

"我不想当皇帝,也没有做皇帝梦。"我诙谐地回答。

"做个纪念嘛。"他俩异口同声,"东洋马,穿上皇帝的龙袍多威风。"

我无动于衷。

"你们南方人,不会骑马。"蔑视中夹着讥讽。

"试试吧。"少大汉递上斗篷披风。"骑得上马不要钱。"

这打赌明明是一种赚钱的手段,本想一语道破,可我没有说。我这个人脾气也怪,越说我不行,偏偏要拼拼,一旦得到了承认，冲劲反而没有了。眼前的东洋马，老实巴交、不难驾驭，何况我有过草原练马的经历。二话没说，我斗篷一戴，披风一系，挥脚上马："来，照两张吧。"

马前头的青年女子相机一举，"咔嚓咔嚓"两声，连续按下了快门："一小时取相。"

我跳下马来，甩脱斗篷披风，付了照相的钱。

"我的马租金五元。"老汉伸着手。

"我的服装租金五元。"少汉走上来。

"你们不是打了赌吗？"我瞪着他俩。

"好汉！好汉！"老汉说。少汉"嘿嘿"笑道："早晨出门，开门大吉，先生大款大量！"

纠缠只会费时费劲，我如数付了钱。刚起步，那位女子又过来了："先生，我帮你当导游，景好的地方来一张。"

"谢谢！"我拍着夹克里的相机，"我带了，导游不用了，自我欣赏吧。"

"义务导游，不给你添麻烦。"不管我如何推辞，她硬是跟着我转，还不断地给我介绍。我很不耐烦了，就说："你给我照一张就走吧。"

"好的。"她给我照了一张，可又不离去，仍然追着我。她口才极好，也有耐心，不管我听不听，每到一处都吹得天花乱坠。对现代的龙宫乐园，我一概不进，凡小庙里和尚念经的地方倒留步瞧瞧，录音机播放的佛教音乐也听听。当游到难老泉边地段，她却东指指，西点点，说电视剧《西游记》孙悟空三打白骨精是在这里拍摄的，前边亭子是白骨精的梳妆台。若是别人，会信以为真，对于我，却不会上这个当。因为中央电视台拍摄这些场景，是在我的家乡——湖南冷水江市波月洞里取的景，我还是协助拍摄的人之一。按说我应该让她露底，然而我没有这样做,因为她的目的无非是多照几张相,多赚几元钱。我不想让她失望,再照一张让她走开算了:"再来一张吧。"

"先生站好!"她又朝我举起了相机。照完相,她仍不走,又给我叨开了:"先生好福气,我们太原的地下水抽干了,难老泉也没水了,最近下了雨,降了雪,水又出来了,你看,多清亮。"

平平常常的难老泉,对我的诱惑力并不大,稍稍看看就走到了圣母殿前。此殿正在维修,四周用席子围着,一扇进材料的门由一位老人把守。门上标着"游人止步"。千里迢迢到此一游,不想放弃每一个机会,特别是晋祠三绝的圣母殿中宋代泥塑精品侍女像没看上,是极不情愿的。于是向老人讲好话,求他高抬贵手让我进去。老人挺神气,硬是不开门。无奈,我在一侧徘徊,寻觅机遇,试想还有没有空隙可钻。不一会儿,我发现游人给老人递根烟就打通了关节。平时我从不抽烟,出门办事兜里也塞上包把烟,眼下又派上了用场。转回去,我叫一声大爷,递上一根烟,老人瞟着烟,思量这烟的分量、牌子和价钱。我忙告诉他:"进口的,五十元钱一包。""乖乖,一根烟二块五,70年代一天的工资。"老人的眼睛流溢着光彩。

"是哩,高级烟哩,开开洋荤吧。"那位女人挨了过来。

"进去吧。"老人推开了苇席门。

老人放了行,他虽身居底层,一无大权在手,二无腰缠万贯,但也懂得利用游人的企盼,他把守的这扇材料门也成了他的利益。租马的,照相的,把门的,都学会了赚钱。每一个重点景区,都设立了门卫,处处要钱,且价不低。没想到古老的晋祠,古朴的人心,都在发生着变化。

没有进去想进去,进去的又想出来。正在维修的圣母殿,七零八乱,游览一下就出了苇席门。拐过弯,从挺拔的柏杨树旁穿过，我才觉得人之渺小。当看了叔虞祠、关帝庙、水母楼等古迹，心胸顿觉沉闷，古人的崇高品格，应该说是一种榜样，遗憾的是优良的美德有些人并未传承。

夜过草原

雨停了,风住了。美丽的火烧云染红了天际。落日的余晖透过薄暮照射在辽阔的草原上。

我们三班两部汽车到内地某城市运炸药,返回途中,在兵站吃罢夜饭,正准备洗漱住宿,兵站负责人通知跟车的指导员蓝灿军,说我们部队首长挂来电话,叫我们今晚一定赶回工地,不然将没有炸药而要影响工程进度。

指导员一贯是说干就干的作风,接受任务从来不打半个盹。他二话没说,从食堂快步走出来,朝正在水龙头下冲洗头发的副班长唤道:"三班副,快检查检查车辆,把水箱油箱加满,准备出发。"

车子出发了,天色断黑了。

走在我前头的副班长车速比白天快,我加足马力追赶他,当汽车开到养路班时,副班长的车停靠在一旁,人站在车头前朝我挥手。

我脚手刹双管齐下,"吱"的一声,车子稳稳地停住了。

坐在我身旁的指导员,连忙打开车门,问道:"有什么事呀?"

副班长大声说:"养路班的工人师傅通知我们,上午下大雨,桥梁被洪水冲垮,车子过不去,现在正组织人力抢修,估计明早可以抢修好。"副班长脸一沉,继续说:"前面没有住宿的地方了,他们叫我们住下来,明天再走。"

指导员刷把胡子脸一沉,说:"不!炸药前方等着用,这是项战备工程,必须争时间。"

从蒙古包里出来一个工人,说:"解放军同志,你们是军车,我们不好阻拦,不过今天是特殊情况,桥断了,没法过去。对面还有两车学生,明天一定要赶到北京去参加国庆观礼的,全都阻在河对岸,我看你们还是住下来,别往返这几十里路了吧。"

指导员一听河对岸阻了两车学生,仿佛又增加了一份新的责任,顿时双眉紧锁,竭力思索着。

我们不知指导员想什么,忙问:"怎么办?"

指导员果断有力地一挥手:"继续前进!"

他敏锐的眼睛一闪,站在车门踏板上,对那位工人说:"工人师傅,我们不住宿了,到河边再想办法。"说着朝副班长道:"三班副,你走前面去告诉学生,叫他们等着,不要返回去。"

那位工人师傅说:"你们最好明天再走。"

他这么说,正合我意,我马上补上火:"是啰,指导员,天这么黑了,又刚刚下过大雨,还有几十里沙丘地带,要是车子陷进泥巴和沙丘里就不好办了哩。"

"哈哈,陷了车子陷不了人嘛。"指导员笑笑说,"炸药要运过去,观礼的学生要接过来,这是我们革命战士的责任。"说着,一声喊:"开车!"

我小心翼翼地握着方向盘,眼睛直瞪前方,疾驰向前。

坐在我身旁的指导员,两道剑眉一挑,语重心长地说:"三班长,断了一座桥,就得停下来,打起仗来怎么办?你想想,学生代表要去北京参加国庆观礼,他们有多高兴,能让他们耽误吗?"

"大道理我也懂。"我说,"但汽车不能变飞机。"指导员说:"桥断了,地方在组织人员抢修,我们也可以出力嘛,如果工程太大,一时抢修不好,就搞接力运输,学生上我们的车,炸药拨到他们的车上,这样一对拨,不就两个任务都可以完成?"

"嗯，是。"我明白地点了点头。

穿过漫长的沙丘，进入了泥泞路，雨后的泥巴路，实在不好走，上小山包时，打滑冲不上去，我一换挡，车子后退一下，左后轮陷进了排水沟的泥巴中，我本想加大油门，借力冲出，结果车轮打滑，越陷越深，弄得车子嚎叫着，车轮飞转着，泥浆飞溅着，我累得发开了牢骚："这下可好了，背吧？！"

指导员围着车子转了转，说："有办法。"说着，衣袖一捋，两只大手像十根钢筋插进泥巴里，掰起一块大大的泥坯，"啪"地扔到草地上，"这家伙灵巧嘛。"

于是，我也干起来，手一插进去，沙子土像碎玻璃一样扎得手痛，我赶快跑进驾驶室戴双手套，可是指头插不进去了。

指导员见我这个城里入伍的青年，手嫩没锻炼，就说："戴手套不灵活，你寻根棍子给我撬一撬，土归我来捧。"

土在指导员的手下，简直是翻犁坯，干了好一阵，泥巴挖掉了。填满了一坑石块，一发动，车子"轰"的一声、从泥泞中开出来了。

上车后，我亮开灯光，一眼看见白毛巾上沾有血，怔住了，掰开指导员的双手一瞧，才发现他的手指甲像砂轮打过的一样磨得溜光、冰滑，肉和指甲都分了家，手指头皮被磨破，嫩肉开花，鲜血渗出，我久久地凝望着，一种尊敬顿时涌上心头，这简直是一双钢打铁铸的手啊！而指导员哩，却坦然一笑，说："走吧，时间不早了。"

车子在草原上高速奔驰，来到河畔已是夜间十二点钟了。

河堤上，灯光闪烁，人声鼎沸，歌声口号声连成一片。抢修桥梁的工人、牧民干得多热火，他们见我们的车子一到，呼喊道："解放军的汽车要过河，大伙加油干哪……"

指导员跳下车，领着我们抬石头，扛木料，担沙子，投入了抢修桥梁的战斗。

秋天的草原、夜空明朗,月光似银粉一样撒在绿色的草原上,和牧民、工人一起抢修桥梁的学生,一边谈论着即将见到毛主席的幸福情景,一边抒发自己对毛主席热爱的感情,大伙同声唱起了"从草原来到天安门广场"的歌儿,顷刻间,一股幸福的暖流冲进了我的心田,优美的旋律久久地在夜空回荡,我仿佛也随着亲切的歌声,站到了毛主席的身边。

人心啊,是那样的齐,干劲啊,是那样的足,经过一场艰苦努力,桥修好了。

我高兴地催促指导员:"开车吧。"

"等一等。"指导员对我一摆手,朝站在汽车旁一位穿蒙古族服装的女学生说:"同学们,你们先过桥吧。"

那女学生说:"解放军同志,你们先走吧,我们的车子还在修理。"

卧在车底下修车的司机,无可奈何地说:卓吉斯力玛队长同志,车子一下修不好,没法再送你们了哟。"

卓吉斯力玛一听车修不好了,非常着急,希望的目光一下投向我们。

一群学生涌上来,焦急地问卓吉斯力玛:"怎么办?"七嘴八舌地议论着:"三点去北京的108次火车赶不上了。""如果明天不赶到北京就赶不上参加国庆观礼喽。"有的焦急地主张步行。

指导员的心被牵动了,牧民也被感动了,人群中一个牧民挺身而出,说:"同学们,我们运材料的马车在这里,送你们去吧,把草原人民的心带给毛主席。"

马车赶不到啊!大伙正在为难的时候,屹立在桥头的指导员,激昂地说:"卓吉斯力玛队长同志,请通知全体学生,我们送你们去。本来我们打算用接力运输来送你们的，看见桥快修好了，我们没立即提出来，现在桥修好了，车子又不能跑，我们一定要让你们见到毛主席。来，上我们的车！"

顿时，口号震天："向解放军学习！"

卓吉斯力玛关切地问："炸药怎么办？"

"刚才指导员和我们商量了一下，炸药由我们牧民和工人同志送。"又是那个高个子牧民，赶着一辆马车，从桥上"踢哒踢哒"走过来，鞭子一甩，"啪"的一声炸响在草原。

霎时间，鼓掌声，欢呼声，把寂静的夜空刺破，河畔沸腾起来了！

军民一齐动手，炸药装上了马车，学生登上了汽车。

英姿勃勃的指导员，手一挥，说："三班长，你开了一天的车，疲劳了，留下来和工人同志一起修车，学生由我去送。"

"你的手？"我惊愕了。

"手，捏得钢丝断哩。"指导员握成一个紧绷绷的拳头，神采飞扬，登上了驾驶室。

"嘟嘟"，一声喇叭叫，汽车开动了，指导员熟练地驾驶着汽车，向前飞去。

汽车在飞奔，英姿飒爽的学生在歌唱：

"从草原来到天安门广场，高举金杯把赞歌唱……"

司机两记

在家门口

汽车从我的家门口过,是1959年秋天。据说锡矿山将要修建晏锡公路,结束从晏家铺至锡矿山肩挑背驮煤炭的历史。

汽车一通,山区的孩子又多了一种欲望。看汽车,玩汽车,处处新鲜。当汽车上坡速度慢,他们双手吊在车屁股后头,一吊就是里把路。司机怕出事故,极不喜欢孩子们这样顽皮,经常吹胡子瞪眼睛,骂骂咧咧,甚至扬起大巴掌要扇耳光。他们自然害怕,掉头便跑,但有时也回嘴对骂。玩归玩,骂归骂,但在他们幼小的心灵里,汽车这个庞然大物是大力士,装煤像座山,树木码得有屋脊高,一车坐得几十人。驾驶汽车的司机,魔力无边,一个这么大的东西,到司机手中,上坡下坡,前进后退,左拐右弯,运用自如,听话极了。神气的司机哟,方向盘一打,威风凛凛。因此在孩子们的心目中,司机既像魔鬼,也是英雄。

慢慢地,孩子们对司机的感情转化成了一种敬意。

有一次,生产队运农具,太笨重,累得几个壮年汉子动弹不了,司机主动叫他们把农具搬上车,捎带到了家门口。

有一次,一位老人病在路边,司机赶忙停住车,把他送到了锡矿山职工医院。

有一次,一位妇女难产,司机又救了她。

路上有鸭子过,他刹住车。

路上有牛横道,他下车赶。

……

我一直没有忘记的事是一个阴雨霏霏的春日,浓雾漫漫,汽车白天都亮着灯。泥泞稀烂的路上,滑溜溜的,我们正在门口玩,忽然"吱"的一声,一辆满载焦煤的卡车停住了。司机打开车门,跳下来,躬腰从车底下拖出一只压死的鸡,走到我们身边:"小朋友,这鸡是你们哪家的呢?"

"不是我们家的。"我们异口同声。

"知道是哪家的吗?"司机把鸡举高了。

"不知道。"

司机有点为难了。没过多久,花妹子偏着头,自言自语:"好像是长子婶的。"

"她在家吗?"

"不在。"

"什么时候回来?"

"天黑。"

"你带我去她家好吗?"

"好。"花妹子领着司机走在前头,大伙跟在后边,一同来到了长子婶婶的家门口。

门上一把锁,窗子也关得紧紧的,司机无法把鸡丢进去,便把鸡放在门口,又掏出两元钱,用柴块压在鸡身上,对我们说:"请告诉老人家,压死的鸡放在这里,赔她两元钱,要不满意再找我,我每天都从这里去晏家运煤炭。"随即又留下了他的单位和姓名才走。

他压死鸡,没任何人看见,完全可以溜之大吉,可他没有逃跑,而且找到户主赔了钱。我望着这个司机:矮矮的个子,瘦瘦的脸庞,样子有点丑,心灵却十分美。

在草原上

那位身材魁梧的络腮胡子司机,不知他姓甚名谁,何方人氏,但他的影子却一直印在我的脑子里。

1968年夏天,我在部队当兵,从张家口去内蒙古锡林浩特,乘坐了这位司机驾驶的解放牌大客车。爬坝上,进张北,过古源,经太仆寺旗驶入茫茫草原腹地,人烟就稀少了,汽车跑几个小时都见不到一个蒙古包。然而夏天的草原,蔚蓝色的天空飘着白云,翠绿的草原上间或出现温顺的牛群,奔腾的骏马,雪白的羊群。还偶尔传来几声牧羊犬的嚎叫,百灵鸟的啼鸣,牧民甜甜的歌声。当"得得"的马蹄和"啪啪"的鞭声一响,自然使我钦敬起来。

"嘀嘀"一声,汽车停住,原来前头有位牧民在挥手。待他上了车,司机反过身问:"去哪?"

"哈巴嘎。"刚上车的内蒙古人说。

"三元钱。"司机撕下票,接过钱,转身又说,"旅客同志们,草原上几百里没房屋,也没厕所,大家要方便的请下车,男同志在左边,女同志到右侧。"

随乡入俗,听从吩咐,下车后男的站在左侧,女的蹲在右边,各自放下包袱。

草原的路是十分简便的,糊点泥巴就是路,有的地方由司机自我选择,特别是沙丘地带,一遇大风,成了沙山,又得绕道而行。胡子司机脾气和蔼,技术精湛,总会选最好的路行驶,使你平平安安,稳稳当当。

一路上,他停车次数颇多,见人挥手就停,既开车,又售票,一点也不厌烦。

夜宿桑根达那,他与我住一间房。吃罢饭,洗过脸,我问他:

"累不累？"

"你呢？"司机反问我。

"一天坐一千多里，骨架都快散了，我想你更辛苦。"

"人都是肉长的，谁个都一样。"司机脱口而出，"眼睛都睁不开了，跑这条路胃病都跑出来了。"

"那你还到处停车上人，不嫌麻烦？"

"麻烦是麻烦，但我的车多上一个人就多一分社会主义的感情。"

"你太好了，真是雷锋一样的好同志。

"不能这么比，我不这样做不行。"

"为什么？"

"茫茫草原，几百千把里无人烟，狼也多，个把人丢在草原上冬天会冻死，夏天会渴死。一到晚上狼就会咬人的，我开车十几年，救了遭狼追、遭干渴、遭冰冻的人就有三十几个。"

"有的司机可不是这样。"

"世界之大，什么人都有，各凭各的良心。呼……"他话没说完就打鼾了。

我望着他，久久地睡不着，我唯愿自己睁眼到天亮，生怕睡着打鼾影响了他。让他睡好睡足，明天更加精神。

好人有好报，我想他一定有后福。

风雪夜

人生经历过的事情千千万万，万万千千。然而许许多多的事如过眼烟云，眨眼即忘，留在脑际有意义的事却寥寥无几。

有一次草原行军的事，虽已过去了二十几个春秋，但一想起来就情思缕缕，画面清晰。

那是1968年，春节刚过，我们部队转向内地，全营数百人，分乘二十几辆解放牌篷布卡车，驰骋在辽阔的大草原上。过了正蓝旗，天气突变，大地气温陡降到-39℃，真个是高空滚滚寒流急，天仿佛要罩下来。中午时际，从西伯利亚侵入的寒风穷凶极恶地袭来，裹着天空飘落的雪花，掠起草原白皑皑的积雪，像海浪排空，汹涌澎湃，一泻千里，最后在山包、土丘、沟壑、树林这些障碍物阻拦下停住，填平沟壑，筑起雪墙，公路全没了影子，全凭司机判断方向。加上雪花弥漫，前后看不见几米，开快了怕撞着前车，开慢了又担心后头车碰，又怕掉进哪条深深的雪坑爬不上来，司机精力高度集中，小心翼翼，车子爬得极慢极慢，本来用八个小时可以到达驻地的，行驶了十二个小时才仅仅走了三分之一的路。天色完全黑下来了，行驶更加艰难，车灯一照，积雪反光刺得视线模模糊糊。在人烟稀少的草原上，汽车行驶几个小时看不到一个人影。也没有喧哗的城镇和炊烟缭绕的村庄，连平日欢聚在草原上的成千上万乌鸦喜鹊也无影无踪了，偶尔见到牧民的一两个蒙古包，也是静寂的。我们虽然有炊事班跟随着，但无处可以燃火野炊，只好把自身携带的干粮开水搬出来，然而此时的馒头成了砖头，开水成了冰块，啃不烂,饮不上,真有点饥寒交迫。可战士们仍斗志昂扬,一路歌唱,欢声笑语。

车过正蓝旗后,便进入了沙丘,前进更加困难,爬起小山包来,车轮打滑,发动机哭似的嚎叫,排气管的浓烟熏得人直想呕吐。忽然一阵喧哗,前头的五号车滑入了雪坑,堵住了前进的道路,前不能进,后不能退,车子轮胎都无法套上钢丝绳。大伙正焦急,营长下了命令,要通信员立即向上级汇报并与附近部队联络救援。上级非常关心,要求绝对保证每个战士的绝对安全,并答应附近一支坦克部队前来牵引汽车,天亮后如暴风雪缓下来就派直升机空投食品。

时间就是生命,最近的部队也有数百公里,至少要三个小时以上才可到达,不能等待,必须自救。营长大声喊着:"下车扒雪,推车,所有汽车不许熄火……"

"下定决心,不怕牺牲,排除万难,去争取胜利!"

我们甩脱皮大衣,纷纷跳下车,唱着歌儿,喊着号子,拼命地扒着雪。但也有几个战士说他们感冒了,晕车,不下来。我们车上就有一位,叫王根基,当了三年兵,是个老油条,平日早晨不起来,不出操,干事总爱吃点活水,占点便宜。今天遇上这号恶劣的天气,他又耍开了小聪明,紧紧地裹着皮大衣,蜷缩在车厢里,打着呼噜,装作没听见,班长摇动他,他说晕车感冒,直想呕吐。大伙知道他是这么个人,没再叫他了。

草原的暴风雪是常事,没什么大惊小怪,见多了,习以为常,只是这一场暴风雪比往常的大,是历史上罕见的。且我们行军执行战备任务,在野外,车队又陷住了才有点着急。

我们的战士好像老虎雄狮一样勇敢顽强,又像山羊猴子一样灵活、用力地扒雪,背上还沁出了毛汗。

路扒出来了,大伙一声喊,推着一辆一辆汽车,冲出了雪坑,越过了山包,进入了平地。

当我们的车队快到太仆寺旗时,会上了救援的坦克部队,于是我们一同进了城。

太仆寺旗的汉名叫宝昌,旗里的驻军、武装部官兵、工人、居民、学生,早已接到上级通知,都在等待,把旗里的师范学校空出来接待我们。

汽车停在师范学校的操坪里,当我们搬着背包进入教室时,屋子里炉火通红,热气蒸腾,床铺排得整整齐齐,一群蒙古族姑娘还为我们送来滚烫的姜汤、开水和热乎乎的面条。

一清查人数,还差五个战士未到,我们车上的王根基也是其中之一,我赶快去寻。他还躺在车上,叫他他不应,拉他他不动,打亮手电才发现他露出白白的牙齿在眯眯地笑。我听人说过,热死的人是愁眉苦脸闷死的,冻死的人是龇牙咧嘴笑死的。他冻僵了,脚手已动弹不得,嘴唇麻木得合不拢,已说不出话来了。但还没有死。我立即把他背下车,连忙送进医疗室抢救。另外车上的四位也先后背了进来。经医生检查,发现脚趾全肿了,黑紫黑紫的。医生说这是坐在车上二十几小时不活动,血液不流通,冻坏了。有可能要锯腿,要立即送当地医院抢救。

我们在这里休整了三天,躲过了这场罕见的暴风雪。

第四天天刚亮,我们就起了床,出发之前,去看了王根基。他手术才两个多小时,麻药在他身上还生效,没有醒过来,我坐在他的床沿上正准备写个留言条,他睁开了双眼,望了我们几眼,眨巴几下,几颗晶莹的泪珠滚出了眼眶。他哭了,哭得好伤心,他说他悔恨终生。他说他那天晚上没晕车,也不感冒,是怕吃苦怕挨冻,想占点便宜,结果锯了一双脚。其他几位一样,都进行了手术,有一位更惨,神经损坏,可能要瘫痪。

事到如今,已无法挽回,我们只是安慰他们好好养伤。回来路上,我在深思,人生有得必有失。有时候,得一点小小的便宜,可能失去终身的幸福;有时候失去一点点眼前利益,可能会使你幸福一生。

吃亏是福,切莫拒绝吃亏。

破冰取羊

游移在草地间啃吃的羊群，有如团团乳白的雾，朵朵洁白的云，片片飘柔的帆。

九月的草原，与盛夏相比，原野渐渐褪色，绿草开始泛黄，离寒冬一步一步挨近了。

风来了，这是从西伯利亚刮来的，比往年提前了半个月。

羊群有望风而逃的秉性，却没有那种顶风前进的气概。只要头羊一动，羊群就会紧紧地追着它，刀山敢上，火海敢闯。

风从北方袭来，羊朝南边奔跑。穿越桦树林，展现在羊群面前的是浩渺的湖。

平静如镜的湖，往日碧波荡漾，蓝透见底，天地相照，水天一色。这里是游人的胜地，也是这一带草原人民与牲畜的生命之源。

此刻大风卷来，一下摇得湖翻水荡，怒吼如狮，惊涛骇浪。

头羊跳下了水，群羊也潜入了湖。会游水的羊，仰着头，一头跟着一头，奋勇向前游去，顿时湖中映现出一大奇观。

我们部队的帐篷搭在湖泊边上，战士们一齐从帐篷里钻出来，沐浴着提前到来的西伯利亚之风，凝望着羊群在湖中游动的奇观，惊叹不已。

寒气加重，陡然降到 $-5℃$，水结了冰。可怜的羊群，未能冲到湖的对面，被冰冻锁住了咽喉，夺去了生命。羊临死时，头仰在水面，身子沉在水下，仿佛期盼天上落下救星，然而它脖子上的冰块，犹如古代锁犯人的枷，使它无半点挣扎能力，生还无望。

　　几千头羊嵌在湖泊上，触目惊心。湖岸边的牧民，望湖抽泣，悲声四起，纷纷来到我们部队求援。救灾是人民子弟兵的责任，不能坐视不管。营长一声令下，卸下汽车轮胎，滚来汽油水桶，用铁丝绑住木头，很快做成了几艘船。营长组织好队伍，出发前大手挥舞着说："同志们，羊群冻死了，身子泡在水中，泡久了皮会烂，毛会脱，要尽快把羊捞上岸。现在冰还很薄，可以把羊取出来，寒气一加重，冰冻厚了，就要等到明年4月才捞得上，那样，牧民损失太大了。"说完又安排好了队伍，把船抬到湖边，一齐向湖心驶去。

　　破冰取羊，是一场艰苦的战斗。战士们衣服溅湿了，结了一层薄薄的冰，跳在水中捞羊的战士手脚被冰刮破了，流着殷红的血。经过一天一夜的搏斗，两千多头绵羊从冰下取了出来，拖到了湖边。紧接着，剥皮的剥皮，砍肉的砍肉，整整干了3天才将几千头羊处理完毕。

　　牧民很感激，他们说羊肉全都送给部队官兵吃，不要一分钱，他们只要羊皮就行了。营长心想，这么多羊肉牧民是无法处理的，便当即表示按当地的价格将肉买下，羊皮全部给牧民送回去。

　　破冰取羊在当地传为佳话，可我们吃了一冬的羊肉。

　　爱吃羊肉的人饱了口福，我却从此再也闻不得羊肉的膻味。

　　当地牧民的"乌兰牧骑"从此后常来我们部队慰问演出，一曲悠扬的《赞歌》唱得情意绵长。情，是永恒的，也是有源的。

母亲的乳汁

九月里，秋风煞，妈还只穿一件薄薄的士林布单衫，痴痴地伫立在村口溪畔的井边，披着霞翳暮色，凝神望着井里发呆。此时际，妈不是来捧水止渴，不是来照影梳妆；看得出，妈蜡黄的脸上沁着汗珠，忧伤的眼里闪着寒光，发白的嘴唇颤颤抖抖。她，满腹情愫，另怀一线希冀。

秋水如明镜，清亮的井水里，蓬蓬丝草随流水摆动柔和的身姿，无数的小虾结伴在丝草间嬉戏。妈动心了。她走到井下头出水处，裤脚一捋，衣袖一卷，"咚"地跳下水去，腰一躬，双手合拢，像孩子一样捕捉起小虾来。小虾怪活泼，很难捉上，偶尔捕捉到一只，捧出水面又弹跳出了手心。无奈，妈忙从井下边池子里洗菜的三娘处借来一只篾箕，这下好了，一篾箕下去捞上来就是十几只，妈将篾箕一斜，从箕角里抓起小虾，一把就丢进了口里。

三娘诧异："昆嫂，你怎么吃活虾？"

"发奶。"

"发奶要用甜酒冲。"

一听甜酒二字，妈的心又戳痛了。她低着头，不言语，紧闭的眼皮，像闸门一样关住酸楚的泪水。丈夫病故，七天后生下我的弟弟，在这极度悲痛，家底耗空的时刻，吃口米汤都为难，哪来的甜酒？奶水枯竭了啊！孩子直号哭。妈早晓得甜酒冲活虾发奶是良方，但家里没有，到别人家借，又空手而归，才被迫来到井边。生下孩子才十多天哟，冰冷的井水，妈受得了吗？

产妇是下不得冷水的呀,何况她这虚弱的身体。妈一切都顾不得了,眼下只是小虾太腥,吃到嘴里就想呕吐。为了发奶,为了孩子,妈强忍着往下吞,像吃药一样闭着眼睛,咬着牙齿。

三娘急了:"活虾发奶太厉害呀,骨头都发得空的呢,你的身子……"

"只要有奶就行。"妈依旧捞了吃,吃了捞,直至三娘洗完菜才将篾箕送过去。从此后,三两天妈就去井边捉虾吃,不过不再是白天,大都在星空皓月下。因为妈怕别人不理解,笑话她,同时又怕老人封建,指责她这个月婆子不该去井边。这是块圣地。

乳汁,是母亲的血液,是婴儿的生命。

日复一日,奶水多起来了,弟弟吮吸着妈的乳汁,一天一天大了起来,妈却渐渐瘦了下去。然而妈的脸上绽出了幸福的光彩,挂满了欣慰的微笑。因为她用乳汁,哺育了一个小小的生命,尽到了一个母亲的天职。

母亲啊,您虽早早地离开了人世,可您吃活虾发奶喂孩子的美谈,至今在村里传颂,也深深地铭记在您用奶水乳大的孩子心中。

第一次走夜路

那年我十二岁。

一个秋景灿烂的黄昏，我揣着两张选民证，簇拥在村民的队伍里，披着西天的绚丽霞翳，顺着东去的弯弯小道，蹦蹦跳跳地去乡政府参加县人民代表选举大会；未满十六岁的我是没有资格的，只因公公奶奶老了，派我当代表，才享受了这份神圣的权利，虽不明了它的重大意义，但我乐意去。因为晚上还有戏看。

会议地点设在锡矿山完小，人很多，满满的一操坪，敲锣打鼓，铳炮喧天，热闹得比秋老虎还咬人。主席台设在东北方，倚墙而立，大块大块的树板子搭在课桌上，两侧竖着杉木杆，扎着翠绿的松柏叶，贴着火红的长对联，简陋而又大方。特别是黄金纸写的横批，别在万年红幕布上，闪闪发亮，格外醒目。选举开始，会议主持人交代了注意事项，一发下选票，台下顿时一片喧哗，议论纷纷。我未与人搭话，抽出笔来就画圈，同时给不识字的人代画。选举完毕，乡里的书记又做长篇讲话，我听得实在无味，便溜出会场，跑进教室，往课桌上一躺就睡着了。一觉醒来，已经到了后半夜，举目眺望，窗外远天挂着星星，月亮已经下了山。此时我才知道会已散，人已走，整个学校空空荡荡，鸦雀无声。我翻爬起来，就往外边跑。实在害怕呀，学校隔壁是职工医院，后头马路旁是太平间，一想起就身子发麻。再也不能在这里睡了，只能跑回家去。然而到家有三四里路，还要经过天生和烂崖山。这是个鬼窝窝呀，听老人讲,锡矿山上鬼魂多。我被逼得无法了,鬼窝窝里也要闯,便冲出校门,第一次单独走开了夜路。往日,夜路是走过的,那只不过是夹在大人们和伙伴的行列中,大雪纷飞的冬天上山弯弩打猎,烈日炎炎的夏天下河捞鱼摸虾。可眼下是一个人走路,心里跳得慌,当走到陶塘街背后的天生和烂崖山峡谷之间,怪石嶙峋的石头仿佛成了龇牙咧嘴的妖魔,阴风习习的矿洞里似乎云集着掌叉执棍的鬼怪。刹那间,树影在摇曳,草堆在涌动,静的与动的都成了吊颈鬼、露水鬼、产妇鬼、长脚鬼……还有那迷魂乱路的猪婆精、蜘蛛妖,一切的一切,在眼前隐隐约约,朦朦胧胧。然而我鼓起勇气,壮着胆子,跑步走出天生和烂崖山峡谷,抬头望得见对门山上和河旁的农舍,听得见鸡啼狗叫的声音,闷紧的胸腔豁然开朗,绷紧的神经立时放松,一口憋着的长气从口里吐了出来。夜过鬼窝窝,没有鬼追人,更没见鬼滚石头,鬼撒沙子,鬼呼救命,连老鼠子也没见一个,令人担惊受怕的猫头鹰也未叫一声。

从鬼窝窝里过,没碰到一个鬼影子,真幸运。可我走到村口溪旁洞门边的井泉前,却碰上了鬼。

"喔喔——"

鬼叫得凄厉吓人。静静的黑夜里,微微的星光下,"哗哗"流水的井坑边,一个乌黑的鬼影子在井边蹲着,只见它双手从井里捧着水、不断地朝我泼,嘴里还"喔喔喔"地怪叫。我失惊了,吓得全身发麻,手脚冰冷,心口"砰砰"地跳动,额头上、背心间渗出了毛汗。我要后退,鬼会追赶;我若前进,鬼会拦截;若插小路,要穿过一座坟山。我决心冲过去。但一起步,鬼又"喔喔喔"地号叫,令人毛骨悚然,血都凝固了。好一阵我才从痴呆的状态中苏醒过来,想起了老人们说的话,说鬼打"嗬"不拖腔,人打"嗬"是带长音的。此时我已吓得心脏要从口里蹦出来了，两只耳朵"嗡嗡"叫，哪还分得清长腔与短音哟，只差胆没吓破，瘫软在地呀。停了停，我捏紧拳头，喊道："你是人还是鬼？！"

"喔喔喔。"

"到底是人还是鬼？！"

"喔——"黑影站起来又蹲下，捧着冰凉的水向我猛泼，像支支箭向我射来，不几下我的头发衣服全湿了。

"你到底是人还是鬼？！"

"喔——喔——喔——"它弹跳起来，双手张开，摆出凶恶地向我扑来的架势。

公公讲过，碰上鬼拦路，千万不能跑，鬼和狗一样，你怕它，它欺你；你若跑，它就要追。遇上鬼的时候，抢占地势高的地方，人影子也要高过鬼，而且要前有出路，后有依托，抓得上，棍棒石头随便捞一件，找准时机，猛地向鬼打去，阳气就会上升，邪气就被压下去了。我记住了公公的话，向里移了几步，紧倚石坎，反手扳了两块石头，左右开弓、愤怒地朝鬼打去。

"哎哟——"鬼举起右手，紧紧地捂着额头，吼道：

"你为什么打人？"

"你为什么装鬼？"

"我是开玩笑的，试试你的胆量。"

"问了你好几次为什么还吓人？"

"我……"他额头砸破了，鲜血直流，支支吾吾，"我要你给我诊伤。"

听清楚了，他叫孟公爷，住村西桥头庙里，过去讨米来到这地方，如今分了田土安了家，在村里的煤矿挖煤，眼下是从煤矿里下班回来。他头发稀乱，全身乌黑，煤渍巴巴。听说他常装鬼吓人，有一次藏在坟山里装鬼叫，丢沙子，吓得一个道士屁滚尿流,魂飞魄散,丢落的雄鸡大肉由他捡回去吃了……莫非他又想发鬼财?

我趁他揩擦伤口血渍,一气跑回了家。

奶奶知道后,怕我受了惊,走了魂,带着我去井边喊了三天魂,还找到孟公爷家说了几句闲话。

俗话说,胆子是吓大的。从此后,我敢走夜路了。因为我已经晓得,世界上并没有鬼,要说有鬼的话,那也是人装的,人造的……

龙故事

龙的故事很多,我也有龙的故事。

大人盼插田,小孩盼过年。过去的孩子穷怕了,苦够了,企盼过年吃餐白米饭,穿件新衣裳,自在情理之中,但更多的孩子还是迷恋那种热热闹闹的节日气氛。

我就喜欢新年热闹的龙故事。

位于锡矿山西北角的洞下村,杨家院子的地方叫老锡矿山,是"世界锑都"的发祥地。每逢春节元宵,锡矿山的矿工与毗邻的农民兄弟要互相拜年,热闹一番。陶塘街上的居民也组成文艺队伍,舞着龙,化装成"渔翁戏蚌""老汉背妻"等,打着花灯,踩着高跷,走村串户拜年。我们洞下村也有戏班子、龙狮队、武把式,浩浩荡荡,威武雄壮,历来新年的"龙故事"颇有名气。有一首歌谣唱道:"洞下虎,潭家店,欧家冲,纺纱线,大谋山,金銮殿……"号称洞下虎的含义是出过一些好拳师,因此正月里的龙故事里就有一支威风的武术队。我记得那些打拳的各有一手,什么"南拳""北拳""醉拳""猴拳""鹰爪拳"等等,个个十分英俊。舞剑的,耍铳的,精神抖擞;舞关公青龙偃月刀的出手不凡,刀风"霍霍",动作敏捷,围观者一片喝彩;当耍耙的人将一杆耙射向半空翻过筋斗,耙尖朝地,"呼呼"的擦背脊而落,牢牢插在耍耙人的脚后跟而未破一点皮时,全场惊呆了,好一阵才发出"好!"的赞叹声。

这些功夫好的人都是以前在祠堂里练出来的,后来祠堂拆了,我们这代没练功夫,差些了,所以轮不到我们,我们只是跟在后头凑热闹,每到一个村子舞龙狮、耍刀剑时,我们便围成圈,偶尔也替大人看看衣物,执执旗子。慢慢地,听龙故事,看龙故事又不过瘾了,我们便开始组织起自己的龙狮队伍。不过我们的龙不是布做的,是用稻草织的,叫草龙。狮子是纸糊的假面具,身上裹着破旧的印花被,伢子们舞起来倒神气。锣鼓也没配齐,只有两只小钹,一面小抛锣,小鼓是零星客卖针线用的,响声极小。

好事开了头,年年不得断。一到大年三十前的一两天,我们聚集在仓楼上,抱来稻草织草龙。草龙的身子是三股辫子,龙头用上唇下唇舌头组合而成,眼睛安两粒炸了丝的电光泡,胡须由苎麻染上红珠,神气十足。龙身不长,一般做五拱,最长的七拱,但至少不得少于三拱。老辈说过去也有人只举一个龙头舞的。龙织好后,把龙摆到神龛案前,摆上花生瓜子,祭祀完毕,就头在中,卷拢来,放在厅堂角落里。待到大年初一,吃罢年饭,小伙伴们陆陆续续都来了,互致新年问候,按分工,各司其职,等着任总指挥的孩子王下令出龙。

队伍井然有序,走在前头的端茶盘,然后是放鞭炮的,舞龙狮的,打锣鼓的,耍武术的,一个接一个,最后的是挑箩筐的大力士,凡打发的瓜子糍粑鸡蛋都倒进箩筐里。

端茶盘的嘴巴子要甜,进门就得讲赞言,新年大吉,讲了不好的话不但要不上红包,弄不好还得挨骂。

我们首先放在茶盘里的红包是双富贵,或是红四喜,人家打发起来一般都加倍,爱面子的富人家还有翻上几番的,我们不太计较打发钱多少,意思到了就行。给故了老人的家去拜新福,不要打发红包,到孤寡老人家去拜年是怀着敬意,打发红包也不收。不过对作恶的人,我们就整他。村里有位作威作福的乡长的爹,不许草龙进门,老远就来阻我们的龙狮队,到了门边还用门板挡起来,碰到这号人,我们冲进去,在屋里舞龙、打拳、乱敲锣鼓,不停地在厅堂里放百子鞭,打发了红包又要加喜,气得他嘴皮紫黑,最后说尽好话我们才出门。按规矩进门龙头在前,出门龙头在后,由于他待我们不好,我们的龙不退出来,而是龙头走在前,尾巴还要摇摆几下,意思是用龙尾巴把他家里的钱财福禄扫个精光,气得这家人不得了。当然,这些主意是孩子王焕哥出的。我年龄最小,常舞着龙尾巴,不知其中奥妙,只是跟在后头走而已。

"正月里好耍龙狮灯呀,

耍起那个龙狮灯,

拜个新年——"

唱歌的是跟在队伍后的几个妹子,中途自觉参加进来,无疑又壮大了队伍的声势,增添了队伍的光辉。

日头西下,回到家门口就结账,分多分少没人计较,图个快乐。几天下来,每人分了十几二十元钱,大伙自然高兴,劲头十足。初五那天,到陶塘街上去拜年,有家米店老板在米里掺砂掺水,把霉变的米做好米卖,尽赚黑心钱。我们用同样的法子惩了他,弄得他哭笑不得。从水口山到兔子凼,经过一家门口时,屋里有人在哭,门口堆满了烧黑的东西,打听才知道失了火,家里烧了不少财产,幸而当地村民救火及时,才没使房屋全部毁掉。见了这副惨景,我们没再舞龙狂闹,停下来,把红包送给了遭灾的人家。这一天的红包是最多的,三十几元,一分没留。可我们碰到了一位乱烂子,他傲气十足,指名要和我们队伍里两位小拳把式比武,并打赌,输者为赢者放鞭炮,还要四季发财的红包。我们答应了,但不出几下,他就被放翻在地,使他一位赫赫有名的烂子在孩子眼前不仅丢了面子,而且赔了红包,放了鞭炮,气得他唉声叹气,我们却个个喜笑颜开。

在新年里，村里召开文艺晚会，草龙算一个节目；乡里举行舞龙比赛，草龙进入了决赛圈；村口大坝落成，草龙摇头摆尾参加庆典；公路通车，草龙簇拥着彩车奔驰向前。凡是村里有喜庆，草龙阵阵都在场。

过了元宵节，村里的大人不许我们舞了，说这是过去叫花子干的事，丢人现眼，只许新年舞着玩，同时又说龙不能乱丢，要到河里去烧了。

听了大人的话，正月十六日下午，根据大人的意思，把草龙拿到小河的沙滩上，头在中，尾在外，像蛇一样盘卷着，摆上供果，烧上纸钱，祈祷它回归大海，别在这河里兴风作浪，千万要保佑村里风调雨顺，人兴财旺，五谷丰登，下大雨涨大水时，万万别作恶，永保一方平安。然后，一把火烧了草龙。

时代更新，家乡巨变，现在仍有孩子正月里舞草龙，而且有许许多多新奇美丽的龙故事。

因为，龙是吉祥的圣物，兴旺的象征，乡情的纽带。作为龙的传人，是永远有龙故事的。

谁不说俺家乡好

"床前明月光,疑是地上霜。举头望明月,低头思故乡。"

李白这首《静夜思》,应该称得上思乡的千古绝唱,不知牵发过多少人的缕缕情思。然而一曲《谁不说俺家乡好》的歌儿一唱,乡思乡情的波澜更会飞起浪花。尤其在部队,这种情感表现得更加突出。

同一个村,上冲与下庄,都会老鼠爬秤钩,自己称自己;在乡里,东村与西村,也要比比高低;到县里,甲乡与乙乡,不吹自己就不自在;到了省里,县与县更是要表现一番。到了部队,小则分省,大则划为南方北方西南西北,没有哪个人不夸家乡的。

来自五湖四海的战士,一有时间,夸起家乡来没完没了。

在这方面给我印象较深的要数胡子排长了。他是位东北大汉,一张四方脸,蓄着小平头,络腮胡子三天不刮就像马克思。他口才挺棒,一口流利的普通话,极会讲演,说话抑扬顿挫,幽默感也非常强。他与战士常混在一块,一块讲故事,舍得感情投资,战士们都喜欢他。而且他嗜好读书看报,知识面比较广,总会在讲话中道出点新名堂,很有吸引力。但他锋芒毕露,尖刻辛辣,刺起人来不管上级下级,从不轻饶人,所以也造成过不少误会,得罪过不少人。

夸家乡,湖南人也不示弱。什么湖广熟,天下足,唯楚有才啦……

四川人是不会服输的,他们一出口就是天府之国,巴山出英雄。

江浙人引以为自豪的是上有天堂,下有苏杭,还有个大上海。

人说山西好风光,其实山西是煤海煤都,产煤全国第一外,风光倒不见得有特色。

江西景德镇的瓷器名扬世界,井冈山这块革命圣地更是灿烂辉煌。

云南有昆明四季如春,还有西双版纳和石林奇观。

东北有大庆,更有长白山。

陕西有延安的宝塔山,还有西安这座长安城。

新疆吐鲁番的葡萄甜蜜蜜。

一代天骄成吉思汗出在内蒙古。

有人端出名人,自然有人抬出名山,更有人捧出名产。九华山、五台山、峨眉山、普陀山,还有庐山、黄山、泰山、华山、衡山、嵩山、恒山、武当山……

名果名烟名酒名茶,也在吹牛之中,连江西的滕王阁、湖南的岳阳楼、武汉的黄鹤楼也是谈话的资本。

吹牛不犯死罪,何况这些都是有据可查的东西。

湖南人说无湘不成军,政治领袖多,将军元帅多,英雄模范多。

广东、上海人说他们的学者多、华侨多、票子多、轻工产品多,还有科学家多。

北京是首都,无人贬它,也无法贬它。

胡子排长从古代的四大美人讲至今天的电影演员。

他说风水出美女。

桂林山水奇,妹仔多俊秀;昆明四季春,尽是大美人;巴山蜀水暖,姑娘添国色;南粤景色新,女子添艳丽;苏杭风景好,自古出美女。

战士们争得面红耳赤的氛围被他一席话又搅活了，立即缓和了下来。

吹来吹去，湖南人总不想吃亏，比起城市来，湖南人骄傲地宣布城市数量最多，居全国第一。

胡子排长一通赞扬后，反话正说了："湖南城市确实多，数量是全国第一。"

湖南人正高兴，胡子排长补了一句："不过湖南城市多是多，但加起来不及东北一个吉林市。"

湖南人不服气，据理力争，结果屈指一算，全省的城市加起来确实不及一个吉林市的人口。

是输了还是赢了，我无法定论。但我佩服胡子排长的同时，更感激他提醒湖南人，未来湖南不仅要有更多的城市崛起，争个数量上的全国第一，也应有真正值得炫耀和像样的美丽城市屹立于神州大地。

谁不说俺家乡好呢？我作为湖南人，内心总期待湖南多几分自豪，少几分遗憾。

太阳城里两颗星

喜　报

一九九〇年高考揭晓

冷水江市第一中学应届毕业生

彭　炜　获湖南省高考文科总分第一名

曾新潮　获湖南省高考理科总分第一名

两个第一,两颗星星,在湘中大地、世界锑都、被誉为发光发热的太阳城——冷水江市,迸发出了耀眼的光芒。

金榜题名,许多人的情思牵动了,热血沸腾了。他们默默地沉思,深深地钦叹,久久地寻觅,仿佛想从这大红喜报上找到一把神秘的金钥匙,打开星星亮起的奥妙之锁。

"小博士"之歌

"小博士"彭炜,眉清目秀,甜甜的嗓音,流利的普通话,讲起故事来,妙趣横生。有一次,全市举行小学生故事演讲比赛,他演讲的《小博士的故事》获头奖。他也由此而得了个外号——小博士。

1984年,小博士在《小蜜蜂》杂志发表他的作品《难忘的战斗》,福建人民出版社又选上了这篇作品做日历。风俗画《龙和龙的传人》,1985年入选"长白山儿童画邀请赛展",获铜奖;同年,《湖南日报》又刊登了这幅画,还评上了优秀作品。

但老师发现,他有一边倒的苗头,偏文。

果然,他进入初中后,偏科表现得更突出了。此时,他既是班长,又是文艺骨干,每次校办大型文体活动都归他主持,活动能力和组织才干非常强,语文成绩也很好。但他过早地做了选择,偏爱文科而忽略了数学,致使数学成绩不及其他科好。开始并没引起老师重视,上初二时,班主任老师潘立庭,决心纠正他这种偏向,不然这棵苗子就会"跛脚"。

一天,风和日丽,潘老师把他们领到操坪里去做游戏。

游戏是"打湃湃"。初中生还做小学生的游戏,未免太没趣,但潘老师是别有一番心计。首先他安排彭炜主持,然后又让他做跛子,去捉两条腿跑的同学。捉了好一阵,他累得满头大汗也没捉到一个。这时潘老师借题发挥:"彭炜,跛脚还是不及两条腿吧?"

"嗯。"彭炜笑了一下。

"语文数学是基础,跛哪一只脚都不行的。"潘老师严肃而又语重心长,"光是语文好,如数学拉了分,只怕连高中都考不上哩,不能凭兴趣读书呀。选择是可以的,可现在是初中,是打基础的时候,必须全面发展。"

彭炜有些震动,脸上泛起了红云。

潘老师仍没有放过。紧接着,他与老师研究了一个方案,一面用过去有人语文第一名、数学拉了腿而高考落榜的事例启发他,一面又在班里开展趣味数学竞赛,有意识地让彭炜主持。渐渐地,他对数学提高了兴趣,成绩有所上升,一进入三年级,跃升到前几名。当他的数学以一百二十分的高分考入高中后,他深有感触地对班主任潘老师说:"没有您的精心培养,也许我还是个'跛子脚'哩。"

个人的爱好是不能强求的。彭炜考入高中后,读完一年级,他毅然选择了文科。搞了一辈子文艺工作的父母，不知是对文艺工作厌倦了呢，还是认为文不如工，他们都希望自己的孩子学点硬技术，立志搞自然科学。由于有了这种想法，老大老二都被强迫学理科，虽已双双从大学毕业，但不如人意，不太理想，两个儿子至今埋怨父母，不该逼他们学理科，没有进入重点大学。现在这个老三，又违背父母意愿，选择了文科，怎么办？强扭只会适得其反，相信孩子的选择是对的，再也不能下禁令，还是让他走自己的路吧。

他记忆力特好，考试成绩总是全班第一，作文也是首屈一指的，要他谈经验，他笑了笑，即刻搬出一叠日记本，一箱课外书籍。《小溪流》《儿童文学》……一共几十种。究竟哪种课外读物对他影响最深呢？他说吃饭吃菜吃鱼吃肉喝牛奶，样样都是营养，已经分不清哪块肉是吃哪种营养长的。不过他觉得使他成功的课外读物要数《小溪流》。他从小学三年级开始与它交朋友，直至高中，从未疏远过《小溪流》，在众多的刊物中，他觉得《小溪流》办得有特色，它那绮丽的文字，精美的插图，以及那许多美丽的童话，清新奇妙的传说，儿童味很浓的小说故事和优秀习作，深深地吸引着他，使他不得不爱它，订阅它。回过头看，他感觉到自己语文成绩能有今天，《小溪流》是首要功臣。

"学习任务这么重，你还有时间读《小溪流》？"

"时间这东西挤一挤就出来了，放一放就过去了。"

他不仅要博览群书，而且肩负着繁重的社会活动。学校组织"小记者站"，他出任站长，率领小记者们去工厂、下农村、进机关，进行广泛的社会调查、连街道商店招牌上的错别字也进行鉴别，用调查报告的形式写出材料，还开展评比竞赛。市报还常发表他们的文章哩。

学校"黑板报编写小组"成立,他是积极分子,并有效地配合学校的工作。

"五四"、国庆、元旦举行文艺晚会,他是主持人、报幕员,同时又是演员。

作为班长和学生会主席,他尽职尽责,有人说他能者多劳。家长、老师都怕他影响学习成绩,他自己也觉得时间很紧很紧,小学初中时是体会不到的,上了高中才知道时间如此地不够用。

时间啊,金子般的时间。

"我们要有能工巧匠的本事,把时间分分秒秒地焊接起来,就可以'集腋成裘',几十分钟不嫌多,三五分钟不嫌少,一点一滴汇集起来,就是浩瀚的时间海洋,你尽可以扬帆远航!

时间哟!易得也易失,来也匆匆,去也匆匆。既然如此,我们就不要虚掷光阴,就得抓紧'焊接',持之以恒,让生命在'焊接'中喷发出青春的火花。"

这是小博士的日记。

"历史故事演讲比赛""中学生日常行为规范比赛""三热爱"为主题的爱国主义教育和"当代最可爱的人"的研讨会、艰苦朴素"的辩论会、"学习竞赛""社会调查",春游、秋游……搞得全班学习、娱乐丰富多彩,生机勃勃。

活动这么多,不仅不影响学习,而且使他们开阔了视野,学习到了许许多多课堂上学不到的知识。他就是会巧用时间。

在学校里,他的名气很大,威信也很高。然而他从不骄傲,非常尊敬老师、爱护同学。因此老师们喜欢他,同学们喜欢他,搞什么活动都很有号召力。

他是冷水江市团市委委员,曾获《半月谈》杂志中学生奖金。1990年,湖南省又授予他优秀中学生干部称号……

高考前夕,同学们个个摩拳擦掌,准备考场上一试高低。

而彭炜呢？此时还在外地参加全省家庭音乐会的比赛，还着手组织"爱我中华"迎亚运中学生足球赛。

聪颖和汗水，换来了他的成功。高考分数一出来，北京有的大学打来电话，发来电报，询问他填写了什么志愿，并表示欢迎他去他们的学校。

彭炜聪明是无疑的，但他们的父母说："后天是主要的，自身刻苦勤奋相当重要，但好花还靠园丁育，老师对他的培养花了不少心血。家庭、学校、社会的影响都至关重大。"

这，就是他成功的秘诀。

讲"塑料普通话"的伢子

1985年9月，冷水江市第七中学转来了一位新生，叫曾新潮。这名字时代气息挺强，而伢子的模样却蛮土气。他穿件要白不白的衬衣，系条要蓝不蓝的短裤，一张黑中泛红的脸蛋，一副憨里憨气的神态，貌不惊人，语不压众。调皮的学生唱起"乡里伢子进城来"的歌子，欢迎这位土里土气的同学。

曾新潮没生气。他本来就来自乡下，何必与他们计较。母亲常教他："出门三步低，莫与人争高低，为人让一点，做人弱一点，但在学习上要当强人。"

从此，他和和气气待人，认认真真读书。别看他外表生得粗，内里却很秀，灵气一点不比嫩皮细肉的城里孩子差，成绩挺耀眼的，班里的头名归他包了。只是乡音难改，学着讲的普通话土了点，同学笑他"塑料普通话"，不过更多的人叫他"土秀才"。

俗话说，水中藏灵气，山野蕴风光。

他七岁那年上学了，学校在乡下，校舍极简陋，门上无门页，窗儿无玻璃，地上泥巴坨坨滚，一遇下雨就四十八个天井，上课要戴斗笠，课桌是长桩凳，凳子由学生带，竹筒筒、木墩墩、小板凳，五花八门，千姿百态。曾新潮就在这里发了蒙。读四年级那年，县里举行语、数比赛，限额一百人，每个乡去头名，经过选拔赛，他获得了参赛资格。

第一次去县城，而且是去参加竞赛，母亲兴奋得一夜未睡，激动得热泪盈眶。她给儿子准备了洗得干干净净的衣服，还安排了车费和吃中饭的钱粮。

鸡啼二遍，曾新潮爬起床，母亲问他为何起得这么早，他说赶早凉快，还说去迟了怕买不上车票。哪知他吃过饭，斜挎一个小书包，没坐车，抄小路，汗淋淋地跑到县城时，参赛的同学正好进入考场。

比赛完毕，饭也没吃，他左拐右问寻到新华书店，选了几本作文书，还有一叠科学家的故事，其中还有《小溪流》，才快步往回赶。走到家里时，月亮已经挂上了树梢。

焦急地等着儿子的母亲，一把拉住他的手，问长问短，连忙又给他热饭热菜，曾新潮一边答复母亲，一边大口大口吃饭。

"你呀！"母亲知道他爱书，但没想到他用车费和中饭钱去买书。这伢子呀！真是……她既埋怨，又疼爱，好一阵才说了一句："书当得饭了，我家要出状元了。"

不几天，比赛成绩出来了，他获得了第三名。从此，他更加勤奋了。

时来运转，喜从天降。1985年夏天，他家"农转非"，有了城镇户口，父亲把他们一家人接到了城里。

从农村到城市，环境换了，条件变了，校舍是高楼大厦，窗明几净；校园犹如花园，绽绿流红。这里校有阅览室，市有图书馆，还有书高如山的新华书店，资料应有尽有。一下子，他仿佛潜入了书籍的大山，知识的海洋。他勤奋地读书，孜孜不倦地学习。他语文成绩好,作文常夺标。这在读理科的学生中不多见。奥妙在哪里呢?在于多读,他订阅的课外读物几十种,特别是《小溪流》,从小学订阅到初中,从未间断,高中后也没少读,只不过这一份是他妹妹的,常常两人争着看,并且在有的文章上写下评语,记下笔记心得。他说他来自农村,从小喝的是山泉水,而《小溪流》是从千山万壑间流出来的清冽甘泉,喝了长智慧,长知识,他深深地体会到,《小溪流》杂志是滋润他茁壮成长的重要源泉和营养甘露。

有了成绩不骄傲,受了挫折不气馁。读初中,成绩都是全班第一,又以全市第一名的成绩考入高中,可他参加全国比赛多次,总是榜上无名,清华大学预科班也未考上,这里还有文章可做。一进入高中,数学老师童仕贤采用的创造性思维教学法,对他很有效力。本来脑子就聪明的曾新潮,经过一些日子,脑瓜子更活了,成绩直线上升。

他钻劲十足,有时忘了吃饭,下课铃响了他还坐在教室里做习题,有一次他去厕所里,好长时间未出来,老师怕他出了什么事,跑去一看,才知道他在解一道数学难题。

他认真听课,自我钻研,同时他还喜欢与同学、老师展开争辩、讨论,要是哪一道题没弄懂,下课了他就拉着老师不许走。他对老师是非常尊敬的,但也敢于进言,提出不同见解,连高中代数书中的一道题有错,他也敢于提出来,连高考英语中的答案有错,他也要向上写信提出自己的观点。

班主任童老师说:"伢子很聪明,但给我印象最深的还是扎实。他是人人喜欢的学生,纯朴、无私,无私到高考前夕还在帮助同学。"高中三年,考试十二次,他十次全班第一,获得省、地、市、校各种奖二十多次,1989年奥林匹克化学比赛荣获三等奖;全国高中数学比赛获湖南优胜奖。

当他以 614 分的总成绩名居高考湖南省理科第一，被中国科技大学录取，给奖学金 1000 元时，他首先拜谢的是七中和一中的老师们。

他不会花言巧语，只是憨憨地一笑，用浓厚的乡音，讲了一句"塑料普通话"："感谢老师的栽培！"

难得有心人

——为传鸿同志《乡情》而作

传鸿同志与我相识已有二十多年历史了。有道同船过渡都是缘,何况我们的友情凝结于20世纪70年代之初。东奔西走几十载,绕来转去,最后竟同一个办公室共事,更是一种天赐的缘分了。在我的印象里,传鸿同志属于务实那一类人,他工作扎实,勤奋好学,为人忠厚,其人品与才思兼备,可以说有德有才。

《乡情》的付梓,既是他才思的凝聚,也是他品德的升华。这种成功,是他多年的积攒,并不是一时的感情冲动。记得他当图书馆长期间,就留心搜集资料,拟编一本世界伟人热爱图书的专著,还自发组织过全市的对联大赛。他与众多的文化人一样,爱祖国、爱人民、爱故乡。这本书,就是他的风雨故乡情。字里行间,无不怀着对故乡山水的依恋,对故乡凡人小事的酷爱。《聪老太祖母》一文中的祖母三十六岁守寡,以勤俭治家,孝敬公婆,教子有方而闻名乡里,连新化县志上都书她一笔:"勤劳致富"。其实更令人尊敬的是她利用积攒的金钱建了一座八角楼,聘请了当地有名望的老师教课,在乡间开始了兴教办学的事业,使一个小小的石湾出了四个大学生,培育了一批有识之士。在她的影响下,这个村至今崇尚读书,年年有人考上中专、大学。《泽田医师传》中的泽田医师,一生行医、以德为重,对于今天那些制假贩假,丧尽天良,从病人身上发大财的奸商劣医,无疑是挥甩有力的一鞭。还有《一个修善积德的好老人——郭福生》《悼念凤芝先生》等都是匡正世风之作。《吵新娘》虽表现的是当地民俗风情，看后仿佛内涵还不仅仅是这一点。在昨天的传说之前，好几篇写的是今天的故事，所歌颂的人物自然是当代的先进典型。特别是《我们的马书记》一文，即刻让人产生共鸣，猛然唤起我的一些回忆。关于小车换大车之事，我不想从中谈及始尾，可我知道用小车从246队换来的大车，首先是给新建的电石厂运煤，但仅运了几车就停止了，原因是当时的市革委里有人提出异议，自然是马书记使他们少了一份享受而有些不满。大概马书记也迫于无奈，未能如愿以偿，恐怕马书记的内心是存留一份遗憾的。为了解决电石厂的运力，只得另辟新径，亲自向省委于明涛同志要车，不久又派我去省化工厅。因为他打听岳化有批旧车要换下来，便派我去联系。出发那天他正在开会，见我要走，立即停住讲话，交代了我的事以后便顺手拿一张纸，用铅笔给省化工厅一位厅长写了两句话，一是求他给几部旧车；二是要他接待好我。我去了，化工厅领导立即给我安排好住宿，就餐时让我与从上海请来的工程师同桌，这种待遇，无疑沾着马书记的光。第二天，那位中等个子的厅长嘱我向马书记问好的同时，说旧车不太好，劝他不要买，早先招呼要的司机倒可以给几个，还答应允他几部新车指标。回到家里不几天，从岳化就调来了几位司机，新车指标也到了，只因电石厂无钱买车而转给另外几家厂子。提到修桥的事，曾记得那是春寒料峭的二月，山上积着白雪，马书记在电石厂立窑边，身穿背心，与工人们一起搬石头、做煤饼，趁接电话之际坐在办公室门口说：桥本该定在沙塘湾，地区硬要放在新化。放在新化也好，正好我们缺少劳动力，我们以后再造一座。从他的谈话中显然还有点火气。不久他向省里打了修桥的报告，然后他上调当厅长又批了这座桥，真不知是一种巧合还是上天的安排，恐怕这样的事世上极少极少。马书记是十足的实干家，开会从不讲大话，有一次电石厂开会，他开口便说："有人说电石厂是我的私生子，私生子也不怕，长到十八岁自然要认账的。"那时是计划经济，电石厂是未批先办的，地区不认账，有人也帮着起哄，马书记以此来安定人心。果然言中，随着电石厂试产成功，批文也下来了。投产之前，生产用的电极糊紧张，他派我这个不是采购员的人出门采购，并亲自给我批了几条三门峡烟，给了我一把空白介绍信，出发前仅讲了一句话："小童，拜托你了！无论如何哭也要给我哭三十吨电极糊回来。"郁明高同志补一句："电极糊就是电石厂的生命，希望寄托在你身上，到了上海就要发电报回来，要什么给你什么。"非常幸运，一到上海吴经化工厂就弄了三十吨，电报告知厂里，马书记说我行，又叫我再去吉林。当我从吉林回来，已是大年三十，炊事班姜师傅立即给我送来鸡鱼肉和饭，并说："厂里放假了，马书记交代厂领导安排我等你的。"

面对着香喷喷的饭菜，我一口都没吃，心里直想说："马书记，感谢你记得在外帮助采购电极糊的小秘书……"

马书记的几个细节，在此叙述出来，相信不会使人厌倦。因为对清官的褒奖，就是对贪官的贬斥；对伟人的歌颂，就是对小人的鞭挞；对英雄的敬仰，就是对小丑的鄙夷。

传鸿同志在《我们的马书记》一文结尾处，说：如果选举在冷水江工作过的一把手的最佳人选，马书记无疑会排在最前面；反过来说，选举最差人选时谁会名居榜首呢？我想，市民心中一清二楚，一定会泼洒出有力的一笔。

人以善为本。传鸿同志的这些作品中充分表现了这一点。与人为善，对于百姓，可能是行得通的，当官的恐怕还要加一条：替天行道。传鸿同志虽未身居高位，可他任职基层领导多年，毕竟关照过好人，痛斥过顽劣，多少有点恩恩怨怨。因此爱憎分明的观点在他的作品中十分鲜明。

　　当然，作品也有些不足。我觉得"今天的故事"就是介于文艺通讯和报告文学之间的文章，充满了现代气息；"昨天的故事"却是些地方掌故，多少有点陈年腊味。这么一陈一新拼凑在一块，风格自然不甚合拍，仿佛就像流行歌曲与古曲音乐统在一起。还有一些传说在整理中提炼不够，本可弄得更好些的题材淡了一点。但无论如何，本书有它的独特价值，别的什么都无法取代。总之，想法和目的达到了，形式也就自然吻合了。

　　传说故事处处有，只是难得有心人。如果多有几个李传鸿，对故乡的山水、故乡的人物，怀着一腔热爱，把自己熟悉的那一村一乡的传说故事整理出来，对前人是一种慰藉，对后人是一种激励，岂不是一件大大的好事吗？

　　逢人说故乡，传鸿同志做到了，而且感情极为深沉、真挚。我期待传鸿同志再孕奇葩。

话说《老子、儿子、刀子》的作者

"咚咚咚。"

深夜一点钟了,谁还来敲门?我没喊叫,即去开门。啊,原来是范国姿。一身汗渍巴巴。

他与我同住一座楼,平日天天见面,只是近月来忙于拍摄他创作的电视剧《老子、儿子、刀子》,每天天未亮出门,深夜才归,故而见面机会少了些。此时此刻他来叫门,必定有事,我正欲问起,他却先开了口:"你有时间吗?"

"有事吗。"我问。

"我请你到我的戏里顶个角色。"

"什么角色?"

"老乡绅。"

我笑笑:"像吗?"

"像。"他摸摸光秃秃的头,"你看我都理了发,顶了个老乡绅。"

真有点像那回事,本来就瘦的他,头发一剃,样子就出来了。要是化了装,披上长袍马褂,端上烟枪,往那雕龙刻凤的古式木床上一躺,乡绅的神态是活灵活现的。

他见我只望着他,久久地没表态,便说:"不顶角色也同我们去深入生活嘛。"

"去哪?"

"建新电站,你推荐的地方。"他津津乐道,"导演很满意,景观奇特,画面有特色,而且可以节省大笔经费开支。"

"只要满意就行。"我说,"拍戏我就不去了,近两天我有点别的事要办。"

"那好。"他转身就下楼。

我说:"再坐一会儿吧。"

"不了。"他说,"我还要去文工团物色两个配角当群众演员,明早五点就要出发。"

"祝你成功!"

"那也不会忘记你的。"他习惯地吧上一根烟,咳一声,挥手道:"回头见。"

说实话,我从内心里为他祝福。创作一部电视剧,多么的不容易呀,从1984年起,到现时开拍,历时三年多了。人逢喜事精神爽,怪不得他满面春风。尽管一个多月来,从场景选择,群众演员的安排寻找,车辆船舶及道具的组织,以及演员的生活、病痛样样由他处理,一天工作二十来个小时。人比以前更瘦了,但他仍然干劲十足,反而显得更加精神了。记得他写剧本之初,常与我谈话至深夜,谈构思立意、人物设计、情节铺排,直到细节语言。当时我认为这个题材有现实意义,希望他尽快写出来。剧本脱稿后,定名"后患无穷",我多次看过,并提过一些意见。我知道他四次上北京,几次去省里,十几次去地区,经中国国际报告文学学会影视部鞠盛、北京电影学院老教授于文仲、尹一芝,北京电影制片厂著名演员高放,北京文化艺术音像出版社总编张和平,中国剧协《剧本》编辑方少华,中国剧协办公室主任兼《剧本》编委曾宪平,宋庆龄基金会对外联络部部长等,先后面授他修改,几易其稿,最后由湖南剧协秘书长朱力士定稿。1986年2月,冷水江市文化局同北京文化艺术音像出版社签订了联合拍摄合同。1986年5月,因国家政策有些变化,冷水江市不能在北京领取拍摄许可证,被迫中止合同。1986年6月,市有关领导叫他把剧本送到湖南音像出版社。

1987年元月，湖南音像出版社同娄底地区文化局、冷水江市文化局签订合同，由娄底地区和冷水江市各提供剧本投资四万元，联合出版音像带。

从《后患无穷》到《老子、儿子、刀子》，历时数载，几经磨难，能够问世，除得到众多的专家老师帮助外，娄底地委、行署、军分区，冷水江市委、市政府及文化部门的领导给予了巨大的关怀和支援。

然而如果不是作者范国姿呕心沥血的创作，孜孜不倦的奔波，一个无名之辈，要想拍摄一部电视剧，在当今社会是非常不易的。

我佩服他的这种精神。

因为他开始创作时我是积极支持的，但见他到处碰壁，我却又泼过冷水，劝他别拍了。可他铁了心，硬有不到长城非好汉的气概。

人各有志，他有他的追求。1964年，他从大学地理系毕业出来，却自带电影剧本《资江浪花》走进南县花鼓戏剧团任编剧。在此期间，他参与改编过《海防线》《南方来信》等剧本，演出后反响极好。

1979年与朱剑宇合作的剧本《三只手》，参加省十市调演，荣获二等奖。故事很简单，就是权力、关系、金钱围着一个招工指标抢，由于针砭时弊，影响较大，人民日报内参、工人日报、湖南日报等七家报刊做过报道和评介。

1981年他又在《湖南戏剧》发表了喜剧《一千三百六十度爱情》。

多年来，他勤奋创作，目前手中还有多部电视剧，被多家电视部门认可的《无名小卒》，又在筹拍中。

他作为文化馆的戏剧专干,除自己创作外,辅导作者是主要的。他为人正直,个性豪爽,对作者是满腔热血,有时既帮作者修改作品,同时还要负责餐宿。在他的帮助和辅导下,有几部作品演出均获好评,有的还获了奖。

《老子、儿子、刀子》出来后,反响不错,走向了欧美诸国,为了扩大影响,湖南电视台文化台安排在 1989 年 10 月 25 日 8 时黄金时刻播放。可身为作者的范国姿,却不愿看到自己的作品,立即给省电视台打了长途电话,要求停播,第二天又去长沙。24 日,他深夜从长沙返回,又来敲开我的门,说省电视厅党委做出决定:《老子、儿子、刀子》停播。

一个作者,不愿看到自己的作品,真是不可思议。其实不难理解,正像一首歌谣中唱的一样:牛作田,马吃谷,我养儿子他享福。

因为,他的作品已不再是他个人的成果了。

野趣十题

城里孩子有城里孩子的幸福,
乡下孩子有乡下孩子的野趣。

捉石蟆

石蟆和青蛙形态相似,但个头比青蛙大,皮是皱巴巴的,乌黑粗糙,小的每只一二两,大的达半斤。生活在阴凉潮湿的小溪涧、洞口旁的石蟆,炎炎夏夜,天气闷热时,"波波"地叫唤,好远就听得见。

久叔很会捉石蟆,一听到石蟆的叫声,他就三脚两步往那地方跑,也不怕踢了脚趾头,摔了膝盖骨。他常去的地方是龙子冲、陈家冲、淹塘冲、新龙冲这些小溪里。捉石蟆的工具极简单,一个手电或一个火把,再就是一根黑乌乌的柴棍棒。

我常跟他出去,除帮他打火把背篓子外,很少观察他捉石蟆的技巧。在一个月光黯淡,天气暴热的夜晚,我跟他来到了炭山湾。湾里有个溶洞,一股清亮亮的泉水从阴森森的洞口流出来,经过杂树丛生的石壁崖,流进了绿浪滔滔的稻田里。

石蟆又在洞口"波波波"地叫着。我们小心翼翼地上去,几只石蟆分别蹲在几块页岩上,鼓鼓的眼睛瞪着洞外,随时都会冲上来,捕住它的猎物。久叔未作声,电光首先照着眼前不远的一只,大概电光强烈,刺得石蟆眼睛花了。接着久叔把手中乌黑的棍棒朝石蟆伸去,石蟆后肢一用劲,蹦向前,两只前脚一合,紧紧地抱住乌黑的棍棒,箍得比铁丝扭的还紧,再也不愿松开。

久叔把棍棒收回来,伸手把石蟆捉住,丢进了我的竹篓。

接着他又捉了第二只,第三只……直至天气转凉,石蟆才返回洞内。

久叔满载而归,自然兴高采烈。

我问久叔:"为什么石蟆这么傻?"

久叔说:"石蟆是吃蛇的好手,我的这根烧得发了黑的棍棒朝它伸去,它在电光的刺激下,误以为它猎住了蛇,便死死地不松开,我们就像捉死的一样捉住了石蟆。"

嘿,动物毕竟是动物,人还是人啊!

扳螃蟹

祠堂门前的小河,像一棵大树,上头从各个山谷间飘来的多条小溪,就好似树干上的枝枝杈杈,充满了生气。在这流动的清亮亮的溪水中,活动着一群群小鱼、泥鳅、虾米,深水的潭边还有乌龟团鱼,石块下还生活着许多螃蟹。村里头的孩子常打着赤脚,光着膀子在溪水里扳螃蟹,有的嘴里咬根狗尾巴草或树枝,翻开石块,抓住了螃蟹。把硬壳剥脱,往狗尾巴草和树枝上一穿,又咬在牙齿间,继续翻石头,扳螃蟹。一天下来,每人都要穿上几串,带回家去做菜吃。但我们队伍里有位华伢子,不兴树枝穿,扳上了螃蟹,壳一剥,丢进口里就"喳喳"地吃起来,开初大伙觉得他怪,生吃螃蟹,他却说:"螃蟹自带油盐,生的好吃。"

我们试了试,有的也说好吃,有的就吃不下,放到嘴边就呕吐。

大人说：生螃蟹有虫，吃了会中毒。但也有人持相反的意见，说生螃蟹有营养，吃了人聪明。

我也跟着吃了几只，不见呕，还觉得有味道。不过我吃的生螃蟹一定要是清水中石头下扳出来的，凡在田坎边打洞或泥洞中钓出来的和挖出来的都不吃，生怕有蚂蟥或虫子沾在螃蟹身上。

吃了螃蟹会使人中毒，还是会使人聪明？至今无法验证。只是仍然有人吃生螃蟹。

捞蟆虾

八月里，秋阳如猛虎，白天火辣辣，夜晚才开始降温。躲藏在山溪岩下闷了一天的蟆虾，趁着爽爽拂动的河风，纷纷来到岸边河滩游弋觅食。

蟆虾个头粗的有手指头大，外壳坚硬，颜色黑红，两把叉子举在前头，武士一般威风。它别于海虾、对虾、龙虾，其他地方叫什么不知道，反正我们那里叫蟆虾。这种蟆虾味道鲜美，营养丰富，只是吃起来要剥壳，稍稍有点麻烦。

村中那条小溪里，蟆虾很多，下河捞虾的人自然不少。夜幕降临，村民三三两两背着鱼篓，执着丝网朝溪里去。没有月亮的夜晚还带上电筒或火把，爱吼两声的快活人还号几句粗犷的山歌，自有一种山乡情韵。

捞蟆虾的能手要数武伢子。但他不与旁人为伍，总一个人拖在后头，仅背一个鱼篓，从来不带网子。可他总比别人捞得多，村民对他简直嫉妒死了，有人说他学了邪法。怀疑他并不是没有根据，从我懂事起，武伢子就没务过农，常年在外游荡，每年仅七八九几个月在家度炎天,吃喝来源就靠捞蟆虾。他有些捞蟆虾的技术我承认,有没有邪法不敢妄下定论,我心里时时刻刻想的是揭开这个秘密。

在一个月白风清的夜晚,我跟着他来到了潭坝洞。这晚月光柔和,小溪悠悠,流动的溪涧被摇得银波碎涛闪闪烁烁。他指使我坐对面石头上,自己高捋起裤脚,在小腿上下擦了擦,屁股往石块上一坐,双脚伸入了一湾平静的水中。

"索索"几声水响,蟆虾在水面跳跃,慢慢沉入水底,不见了动静。我做好了捞虾的姿势,等了好久不见一只蹿到我的眼前脚下,他却耍魔术般手忙脚乱捉不赢。我跑过去一看,他鱼篓里装了半截,大约有一两斤了。我挨近他,他推开我,我问他他不说,可他的脚下的水在动,双手伸进水中就会摸上几只。我看清了,他脚上爬满了蟆虾。我开始琢磨,细细观察。他入了神,只顾捉虾,忘记了我离他仅一步之遥。我发现了一点线索,他的手反向后,把一个小包解开,摸出点什么,双手一搓,拖出脚来,在腿上擦了几下,又放进水中。那个纸包是什么?我轻轻伸过手去,从他屁股底下拉出纸包,一看,是炒菜的盐。秘密发现了,当我放回去时,手被他抓住了。

"武哥,你告诉我,这是什么?"他比我大十多岁,同辈,我叫他哥,想趁机问个明白。

他不说,还骂我,扬言要打我。

我不怕,威胁他:"你不告诉我,明天我到处讲,让大家知道你捞蟆虾的秘密,你以后就捞不到这么多了。"

他怕我让大伙知道了,就对我说:"这是我在外边走江湖学的,师傅只许传一个人,我就教给你,但不许再传别人。"

"好。"我应上。

"你要叫我师傅。"

"行。"我叫了他一声师傅。

他先给我讲了一个杀貂鼠的故事,说的是有一个人去海里捕貂鼠,他脱了衣服,身上喷上酒,然后叫喊冷冷冷。貂鼠来给他送温暖,一爬到他身上就吃了酒,醉了,一网捕上。这就是有名的杀貂鼠的人的故事。捞蟆虾也要有那人的智谋和狠心。

他接着说:"这其实没什么秘密,知道了十分简单。我们这山溪里是淡水,蟆虾喜欢咸味,在脚上擦点盐就是诱饵。如能加点甜酒最好。虾子被诱拢来后,它爬到脚上吃了酒拌的盐就不动了,任你捉,像死的一样。"

他的经验是不是全告诉了我,我不知道,不过,我照他的法子捞得的蟆虾就比往常多了起来。

听说武伢子是个百事通,有好多的门路子谋生。不知是吹牛还是真的,没人知道其底细,但他没偷没抢,活得比人轻松倒是事实。

武伢子并不比别人聪明,别人也不是笨蛋,但武伢子游荡四方,见多识广,连捞蟆虾都有一套特殊办法,远远胜过闭守在山村里的耕家人。

人,还是要出门见世面。

刮田猪

田猪胖溜溜的,灰色毛,皮光滑,像个肉坨坨,个头也不大,几斤一只。它生活在高山密林间,住山洞。洞是自己打的,往往选择在石缝间,人挖它很困难。特别是田猪的爪子,虽不及穿山甲,可也锋利如刀。有经验的猎人一寻到田猪的洞,不好开锄挖的就用烟火熏出来再打,可以挖的就用锄头挖,田猪掘土快,没两个强劳力做不到,你在外头挖,田猪在洞内掘,挖慢了田猪进得快,使你无法抓上它。

我们小孩子用挖洞捉田猪力气小,办不到,我们就开动脑筋想办法。有一回跟大人上山打猎,看见了一个田猪洞,我们怕离了人田猪跑了,就留一个看洞,我就跑到家里,寻上几个钉子,磨快,从板子上钉过去,钉尖子朝上。拿到山上。在洞口安好,上头撒点土,待田猪出来觅食时,用力往外一拨,田猪肚皮被钉子划破了,负了伤,疼痛难忍,叫得直打滚,伤口沾上土后肿大了,进洞就为难了。这时我们守在洞口,等负伤的田猪准备拱洞,伸手就捉住了。用这个法子一连捉了好几个,大人们好眼红。不久他们也用这个办法刮田猪,可我们又进行了改进,在木板上加进了刮胡子的刀片,成功率更高了。

因此有人说哑力不如巧干,张飞不及孔明,人还是应该开动脑子。

金樱子

"高山岭上好多米坛子,年年装麦种。"

这则谜语是大人给小孩子猜的,猜多了,一出口就有人抢先答上:金樱子。

金樱子,枝条多,节弯曲,钩刺锐利,叶背主脉及叶柄上一般都长有钩刺。它的花,纯白色,很好看,一般五瓣,果似花瓶,熟时红黄色,拇指粗大,密生小刺,香甜可食,也叫"黄茶瓶""糖罐子"。

霜降后,就可采摘吃了。一到山上,我们总是小心翼翼地摘下来,放在草地上,用穿草鞋的脚踩上来回滚动,把刺擂光了,放在口里咬破,挖掉肚里的麦种似的籽,就可吃起来。没经验的人不会吃,他们不知道如何把刺弄干净。如果赤脚去踩踏,脚板底下沾满了刺，痛得钻心，上当的人不少。这种金樱子吃不了几个就不想吃了，更多的是做药用。熬糖煮酒，可治哮喘腹泻痢疾自汗盗汗诸症。

院子里有位伯父，患有哮喘病，什么药都吃过，不见效，只有金樱子熬的糖吃了效果好。因此他年年叫我们上山去摘，等价交换，帮他摘的到他家吃饭，我们也乐意干。

九岁那年，我们不给他摘了。因为供销社代药店收购，还有的收购去煮酒，于是村里头好多人上山采摘。我们也凑热闹，而且手脚麻利，不会比大人们差多少，一天下来，少则几斤，多则十来斤，到供销社一卖，票子兑现，交学费买纸笔的钱就不愁了，也给家里减轻了负担，自然受到支持，妈妈极高兴。

长在荒山秃岭上的金樱子，既不要施肥灌溉锄草，也不要年年松土下种，毫无怨言地粉身碎骨，供人享用它果实的香甜液汁，让患者消除痛苦，福泽人间。

金樱子，我虽没什么疾病需要治疗，可它给我积攒了学费，使我没再为学费而忧愁。

我感谢金樱子。

捉黄鳝

我的家乡属高寒地带，插不得双季稻，一年只种一季禾。有钱难买的四月天，是种子落地就生根的季节，插下的秧苗，不出一周，禾苗就发根竖苋。生活在稻田里的黄鳝，也开始寻欢作乐。它们沿田坎边、禾下打洞做窝，在洞口上吐一堆泡沫，将自己隐蔽起来。此地无银三百两，黄鳝自作聪明，恰恰给要它命的人一种暗示。有经验的人晓得：吐白泡的是黄鳝，浮蓝泡的是水蛇。

黄鳝卷，钻田埂，手指尖，插进洞，给你舔，舔过莫后悔，外头好世界。

捉黄鳝的人都随心所欲地哼着顺口溜，心中充满了无限遐想。

到稻田里捉黄鳝，主人巴不得。因为黄鳝讨人嫌，钻田埂，打洞孔，往往钻穿放水缺口，水流田干，禾苗旱死，特别是靠雨水的天水田，放干了水就会误阳春，故而从未有人阻止捉黄鳝。

有一次，我也跟大人们去捉黄鳝。

那天，我腰系鱼篓，头戴斗笠，与贻芳伯爷来到了石桥边的葫芦丘。围着田埂一转，发现稻田中浮了一团团的泡，于是下了田。他是里手，尺多深的水捉得到鱼，泥鳅到手死的一样。古时新化称梅山，据传有梅山法水，学好了，谋得生，人称上峒梅山高山使狗公（赶山打猎），中峒梅山街头拉胡琴（看八字），下峒梅山水里做相公（捞鱼摸虾）。有人说贻芳伯爷是学了梅山术的人。他捉黄鳝的经验极丰富，伸手就捉了一条麻黄鳝。我右手食指插进浮白泡的禾蔸下，往洞孔一推，手指被黄鳝咬了一口，吓得我用力一拖，黄鳝没捉住，手却不敢往洞孔里伸了。贻芳伯爷告诉我，咬人的黄鳝是青黄鳝，体积小，咬了手指不要紧，没有毒，就是水蛇也无毒汁，而且水蛇在水中不轻易开口咬人，要我不必惊慌失措。我壮壮胆子，再一次把手伸进去，往里一推，黄鳝从后头的禾蔸下退出去，往前一冲，飞快地跑了。我一连摸了几个黄鳝洞孔，条条如此，一条也没捉上。贻芳伯爷挥手叫我过去，指着一堆白泡说，黄鳝十分狡猾，为了保护自己，一般都有三个以上的洞孔，进退都有路线。他躬腰给我做着示范：比如右手从前头插进洞孔，左手就要从后一个洞孔顶进去挡住它的退路，黄鳝一见退路受阻，它会灵活地潜进第三孔，迅速溜之大吉。这时你必须动作敏捷，迅速将左手抽出来，堵住第三孔。黄鳝退路全部被堵住后,急得往前猛冲,这时你右手顺势从洞孔里追击,左手食指与拇指张开,等待黄鳝的头冲上来之际,两个指头用力一挟,紧紧地钳住黄鳝头部下的颈子,拖出水面,用力地在右手肘关节或小腿上重重一甩,黄鳝再滑也软弱得无力从你手中挣脱了。

我领悟了他的诀窍,开始摸索。尽管技巧不甚熟练,基本方法已掌握了。一连摸了五个黄鳝洞孔,也捉了好几条,技巧也越来越娴熟。

黄鳝是狡猾的,捉黄鳝也有奥妙。黄鳝营养丰富、味道极美。但我捉黄鳝不仅仅是为了吃,而是与最狡猾的黄鳝在水中戏耍有玩味、有乐趣。

我愿意有这种乐趣。

龙船苞

顾名思义,龙船苞是五月端午时节结果的。这种苞的藤蔓不粗。也不长,属攀援藤。叶对生,光滑无毛,藤上有刺,果实椭圆形,红里带黑,甜酸味美,蚂蚁最爱吃。一到果实成熟时,蚂蚁就爬在上边吃。我们摘龙船苞时,凡有蚂蚁爬过的不摘,摘了也不吃。但村里有位老公公,全身起鳞,有说是皮肤病,有说是蛇变的,还有人说他是穿山甲还的魂。人有遮丑的本能,因而他从不打赤膊,裤脚衣袖从来不挽,犁田插秧都不捋起来,任凭裤脚在水中漂,天晴落雨都是湿淋淋的。

只有他,最爱吃蚂蚁爬吃过的龙船苞。有时见人来了躲躲闪闪,后来他一点都不回避,连蚂蚁吃掉了半边的苞他都摘着吃了,且吃得有滋味。我们知道了,把蚂蚁吃过的苞摘下来,送给他去吃。开始我们似乎在捉弄他,觉得他怪,慢慢地我们和他更亲热了，他还夸我们是好孩子，尊敬他。

年年有五月，我们依然把蚂蚁吃过的龙船苞摘来奉献给他。他多多益善，来者不拒，不知他究竟吃了多少蚂蚁爬吃过的龙船苞。

日复一日，年复一年，后来他打赤膊了，裤脚也捋得高高的，身上看不见半片鳞甲，和常人一样，肌肤壮实而光滑。

村里人问他吃了什么药，他不说，只是依旧年年吃那蚂蚁爬吃过的龙船苞。

但是有人说，这叫以毒攻毒。

三月苞

三月苞也叫早禾苞，系攀藤灌木。茎、枝、叶柄、花梗有毛及钩刺。小叶卵圆形，有锯齿，背面白色，顶端一片较大，叶互生，为羽状三小片，很少有五片的。

清明过，谷雨到，三月苞就开始暴芽，叶腋或枝顶就绽开了白粉色小花，不上十天半月，结出形如球状的红果子，味道酸甜。

三月苞还可做药，能治感冒发烧，咽喉肿痛，祛风除痰，慢性急性传染性肝炎，肝脾肿大等数十症，医生称它是神苞。村里有位草医常用三月苞的根叶茎做药用。我们并不明了这些用处，只知道摘来吃。每当这结果季节，上山放牛，下田耕作，总要摘几树三月苞吃，多了吃不完，就用土茯苓叶子卷成三角筒，装上苞，一包一包包起来，带回家给弟弟妹妹老人吃，有的还摘来上城里卖钱用。尤其怀孕的婶婶嫂子们更是爱吃，据说吃了男孩子摘的苞可以生个胖伢子，千方百计要我们这些男孩子上山去摘三月苞。她们一方面图个吉利，恐怕解馋还是主要的。

因此，上山割麦、挖土、锄草什么重活，她们不要我们干，专给她们去摘苞，我既不用干活，又能吃上苞，心里极为乐意。

我们那地方的三月苞是蛮多的，坡地、路旁处处皆有，特别是新荒芜的地里的草丛间，灌木中尤其多。

给我印象最深的有一回到槐花岭去摘苞。突然下起倾盆大雨，山溪水暴涨，木桥冲跑了，过不了河，我们两三个孩子就躲在灰棚里过夜，饿了就吃三月苞，直至第二天中午退了水才回家，把家里的人急得一夜没合眼，生怕出了事。然而我们淋了暴雨，谁也没感冒，不知是三月苞有药效，还是我们的抵抗力强。

山里的苞很多，糯米苞、粟米苞、乌公苞、桑叶苞……可我偏爱又酸又甜的三月苞。凡吃过的人一讲起就流口水，一想起就似眼前浮动着红红的苞，挂满了荒地里的枝枝蔓蔓，令人眼馋。

三月苞象征吉利，三月苞象征丰年。我企盼年年三月绿，岁岁有红苞。

山茶苞

三月里，春光明媚，鸟语花香。穷快活惯了的村民们，不是粗言俗语地说笑话，就是扯开鸭公喉咙唱山歌，情哥情妹的歌子是不厌其烦的，但有时也吟几句哀苦调："荞麦开花，报春子黄；青黄不接，饿断饥肠。"

过去乡下，青黄不接的春三月是难熬的，山果野苞摘来充饥度荒也是常事。我就用山茶苞充过饥，也用它救过人。这种本不属苞的山茶苞，结于油茶树。《山海经》中就有"员木（即油茶），南方油食也"的记载。到如今已有两千多年的历史了，

1958年前,我的家乡山山岭岭有油茶树,只是没有享誉神州大地的油茶树王。不过老百姓喜欢栽种油茶树,代代有"千年棕,万年桐,油茶世代不得穷"的家训。

油茶树为常绿灌木或小乔木,树皮淡褐灰色,有绒毛,树干平滑坚硬,指头大的枝条站得人摇摆摆,吊得起男子汉打秋千。

茶园里,齐颈界的油茶树多的地方,我们常攀爬在油茶树上打野仗,荡秋千,摇摆摆。

喜爱阳光的油茶树,也适应于阴湿地带。在阳光充沛的地方,树冠发达,枝繁叶茂,花果多,种子含油量高,树的寿命极长。据记载:陕西郑县塘口乡有棵三百多年历史的老寿星;浙江有棵"茶树王",高达5.5米,占地64平方米,最高年产茶籽500多斤,产油33.5斤。

花香飘十里,花白洁如玉。一到花开季节,花蕊的糖汁甜蜜蜜,引来蜜蜂飞满天。凡采茶子花酿的蜜格外甜,营养价值特别高,老中医配药总选油茶花开季节的蜂蜜。油茶花有时春秋两季都开,我们村里的孩子上山放牛,放学回家,常去山里吮吸茶子花糖吃。吃茶花糖,首先折一截麦秸或稻草,一头含在口里,一头插进花蕊,用力一吮,糖就吸进了口里,极香甜,极有味。九月里,寒露过,家家户户,男女老少都上山摘茶籽。按当地习惯,去摘主人没开摘的是偷盗,主人摘过后漏下的叫捡野茶籽。当然也有夜里偷摘的,没让人抓住也就算了。我妈是摘茶籽的好手,她也常带我上山去,因我年纪小,身子活,会爬树,树尖顶端的茶籽都摘得到。开始是屋前屋后捡,慢慢就延伸到温塘杨家山十几二十里远的地方去摘。一年下来,油茶籽至少捡上几担,晒干、炸口、脱壳,打成油后,茶枯可以肥田种菜洗濯衣物,最常用的是毒杀小溪的鱼和田里的泥鳅。茶子壳也是引火的好燃料,现代还可以制烤胶、糖醛、活性炭;

木质极坚硬,是做小料的上等材。茶油又是优质的植物油,既有药用价值,也是上等食用油,村民们说菜油吃了上火,茶油生崽的月婆子都可以食。我们通常用来炸糯米粑、炸豆腐、煎鱼,吃不完的卖钱。油茶树全身都是宝,是不准砍伐的。这种树也和楠竹长笋一样,有顺年背年之分,顺年油茶籽大丰收,背年就结得少。但背年山茶苞结得多,这是孩子们所喜欢的。

长在油茶树上的山茶苞,幼果红红的,长着毛,有点像桃子,吃起来又苦又涩。长大了,成熟了,皮一脱,白生生,水灵灵的,大的如拳头,吃起来甜脆脆,下过雨后就清淡无味,烂起来就布满黑斑。

还有一种茶耳子,味道与山茶苞差不多,是长在砍伐的树上的嫩叶子,大的手掌大,素称猪耳朵。

有一年,村里闹灾荒,家家户户上山摘茶耳子山茶苞吃,株株树上都摘光了。我们上学都带几个山茶苞当饭,要不是搭帮山茶苞,说不定还饿死了人哩。

但山茶苞给我印象最深的是杨树湾放牛那一次。太阳落山的时候,我们赶着牛回家,走到戴家湾清水塘边,只见一个人躺在路边草丛里,旁边摆担猪崽笼,汗如雨注,脸色惨白,叫他都不应了。

过去常听人说清水塘有邪气,曾出现过落水鬼、饿死鬼,晚上还有鬼扔沙子,人到清水塘边有鬼扯脚。简直阴森可怖。

他这个人是否碰上了什么鬼?

年长的连叔吩咐大伙不要怕,他捋起衣袖就去摸他的脉。连叔胆大是出了名的,早年他住在坳上,独家独户,曾经点一根香进煤窑背过死人,半夜三更一个人守过坟山,还不知送过多少人过清水塘。他也懂些急救的小方法,此刻他给那人掐人中、抓麻筋、用辣蓼草刮痧,嘴里还不停地念阿弥陀佛,祈祷各路菩萨保佑他平安无事。

连叔说:"他饿了。有呷的吗?"

"有山茶苞。"我忙从衣袋里抓出几个来。

"他吃不下了。"连叔说着,掰开了他的嘴唇。

"给他吃山茶苞汁。"我双手捏紧山茶苞,挤出液汁,一滴一滴喂进了他的口里。

慢慢地,他的嘴唇嚅动了,眼睛张开了,汗珠敛去,脸色开始红润。我们一个接一个的给他挤山茶苞汁。

"喳喳"两声,一只喜鹊飞过头顶,进入了杉树山。预兆大吉,他说话了:"救命恩人!"他说他是安化人,姓康,到锡矿山卖猪崽,丢了钱,一天没吃一粒米,一路上靠喝水,想赶回家去,不料走到这里寸步难行了,蹲下去就起不来了。

山茶苞救了他的命。我们把山上摘来的山茶苞茶耳子全掏出来。他大口大口地吃着,有劲了,慢慢地站起来就要走。我们留他进村住下,他不肯,无论如何也要走到温塘,那里有他的亲戚,只恳求我们再给他一些山茶苞。

他硬要去,我们没法留,把山茶苞全给了他。

他十分感激,挑起那担猪崽笼就走了。几天过去,他又上锡矿山卖猪崽,专程找到连叔家,一再致谢,说救了他的性命,就是救了他一家老少,硬要送连叔一头小猪崽酬谢,还要拜他做干爹。

"我救人不图恩报,千万莫这样。"连叔摇摇头,撕下一片棕叶,一连穿了十几个山茶苞,像一串佛珠,往猪崽客脖颈上一挂,"晴拿雨伞,饱带饥粮,饿了吃几个山茶苞。"

我明白了连叔的意思,眼望着那串山茶苞在猪崽客的胸前不停地晃动。

胭脂菌

又是一个阴雨绵绵的秋天。

树林里,潮湿阴沉,落叶腐烂。野蘑菇遍地丛生,真是赤橙黄绿青蓝紫,千奇百怪,仿佛林间添了一派新景。

捡蘑菇的人上山了。他们提着筐子,背着扁篮,走进了林中。我也跟了去,手中捏根棍棒,一来用它扒树叶找菌子,二来防卫野物蛇蝎的侵害。过去我仅跟奶奶捡过一次,今日是独入深山,企望捡回一个奇迹。

坯菌子、雁鹅菇是季节性极强的,眼下已经过了世,秋天长的大多是杂蘑菇。

展现在眼前的一片黄金宝地,到处是五颜六色的蘑菇,也许还无人踏入这块圣地。我挑着最好看的捡,丑陋的抛在一边。篮子很快满了,我眉开眼笑,心想今天一定可以受到夸奖了。走进门,篮子刚放下,妈妈就唠开了:"十来岁了,还不会做事。"

"怎么啦?"我凝望嗔怪我的妈妈。

"没人要的你都捡回来了。"

"怎么没人要的。"

"不能吃的。"妈说,"这是有毒的。"

"我不信。"我指着篮子,"你说哪些有毒嘛。"

妈蹲下地,伸手往篮子里摸:"这是小毒红菌,也叫胭脂菌,吃了闹死人;这是毒黄菌,好看不能吃,吃了呕吐发癫;这是红乳菌,这是白帽菌,这是火炭菇……都是毒菌子。"

"怎么有毒的都是好看的漂亮的呀?"我说,"那些丑陋的,难看的我都没捡,我想漂亮的好看的一定是好蘑菇。"

"丑陋的不一定都不好。"妈说,"好看的漂亮的就不见得都是好的。"

我吹了吹嘴巴:"你怎么知道?"

"这是别人试过了的。"妈说,"你外公是草医,他教给我识良莠,分丑恶。长大后看人看事看物,都不能只看外表好看,有些东西外表越好看内里越毒。你捡的这胭脂菌,吃一点点就闹得死人!"

我稍稍明白了些,便点点头,把满满的一篮子蘑菇全倒进了竹山里,一点也不觉得可惜。

好多年以后,我重新咀嚼那次捡一篮子好看的毒蘑菇的往事,体会又深了一个层次。

祠堂捉鬼

鬼这东西，来无影，去无踪，说起来活灵活现，听起来毛骨悚然。究竟世界上有没有鬼，从没得到证实，只是一直以来这么传，故而就有了一串又一串有关鬼的故事奇闻。

1960年春天，我在湘黔铁路指挥部三大队做通信员。大队以公社为单位，三大队即新化县矿山人民公社，下辖三个中队，每个中队承担一个工程标段施工，相隔几里几十里路途不等，沿途分布，各公社与各公社相互交叉着绵延上百里。

三月清明前夕，我从沙塘湾仁山冲大队部送通知去郭家桥老屋场二中队。途经毛易柳溪桥长铺子，再过资江渣洋滩到达郭家桥老屋场。中队部设在郭家祠堂里。天色已经黑下来了，把通知送给中队领导后，吃罢晚饭，领导安排我睡祠堂西侧的阁楼上。床是两张方桌拼凑的，垫了少量的稻草，掀开印花被后是一床粗糙的竹席。步行二十多里路，疲倦了，躺下就酣然入睡。由于方桌没有床沿，睡到半夜，"哗"地滚落，自觉好笑，双手一撑，迅即爬上去继续睡觉。震醒了，翻好几次身都睡不着了。上半夜天气十分闷热，下半夜却落起了大雨，霎时间，夜深人静的祠堂里，听得外边吹着窸窸窣窣的风，飘着淅淅沥沥的雨，天气顿时凉爽起来。忽然间，死一般寂静的祠堂里响起了"噼噼啪啪"的响声，断断续续，久久不息。早有传闻，祠堂是有鬼魂的。每年清明节前后，安放在祠堂里的祖宗神位灵牌显圣，先人魂魄都要回宗祠来领受后辈的香火祭祀，年年会有鬼魂出没，传得活灵活现。

屹立在田垄间的祠堂,左右古木参天,背后坟堆层叠,大门前头一条青石板路倚着清亮的小溪流水绕过,上吞村头岩山底下的井水,下泄浩渺的滚滚资江。"噼噼啪啪"的响声此起彼伏,时而伴有"咕咕"的叫声,响声不大,但恐怖阴森,我开始忐忑不安了,惊恐和胆怯使我害怕起来。忽然我壮着胆子,翻身起床,冲出阁楼,飞快地从板楼梯上跑下去呼叫住在这祠堂里的人。左边住着炊事员宋师傅,右边住着中队干部,会计保管住戏台两侧,挨着我阁楼不远的是钟技术员夫妇。于是我快步走到他的门边就大喊起来:"钟技术员!"

"谁?"钟技术员问。

"我,通信员小童。"

"什么事?"

"有鬼叫!"

"别瞎说。"当过兵的钟技术员不相信。

"真的。"我说,"不信你听着。"

"啪啪啪啪……"又一阵响声在乌黑的祠堂中间响起。

钟技术员起身拉开门,寻上手电,划根火柴点上马灯,跨出门,抬头问我:"在哪?"

"在那边。"我接上点亮的煤油马灯。

"走。"钟技术员又叫醒了炊事员宋师傅、保管员吴继凡等人,一齐跑向祠堂中间,开始找寻鬼影。四周寻遍,除看见几只老鼠从食堂窜出来外,没发现任何东西。我们正要往回走,"啪啪啪啪"的响声又一串串传来了。这次都听清了。

"好像在天井里。"我提示着他们。

"往天井里看看吧。"钟技术员拿着手电筒的光柱早已射向了天井中间。

大伙一齐拥向天井。刹那间,手电光扫射着,马灯光照耀着,看见了天井里闪动几条黑影,转瞬间不见了,只留下凹凸不平的青石板。祠堂里又平静如常。四周一察看,仍没发现什么,大伙断定是老鼠之类的小精灵在闹腾嬉戏,再没什么兴趣寻鬼了。炊事员老宋说:"是鬼就不会现身的,现身的就不是鬼,别怕!再说我每天夜里起来做饭菜,从没见过鬼。"接着他拿把菜刀出来,叫我放在枕头下枕着睡,说身上带了四两铁,什么恶鬼都不敢缠。刀是驱鬼除邪的,叫我胆大些,有鬼他来捉。他把菜刀交给我,我没接,提着马灯又四处打量,心想不察看个究竟不去睡了。

"啪啪啪啪……"又一串响声传来。这次听准确了,响声来自天井的下端,那里堆了许多柴块块,视线很差。大伙走过去一察看,表面没发现什么,但发现了一个秘密,柴块后边有左右两个涵洞,泄漏祠堂天井的雨水时,直通外边小溪。刚才闪动的黑影是不是从这两个涵洞钻出去了呢?我卧着看了看,青石板上有滑溜溜的痕迹,涵洞里"喔喔喔"的响声向外传递,紧接着,"啪啪啪"一阵声浪,从涵洞里飙出了一条乌黑乌黑的鲶鱼,接着又飙出好几条,尾巴左右扇动,不停地拍打着天井的青石板。

"哦,原来是鱼!"平日爱钓鱼的钟技术员脱口而出,"上半夜天气燥热,刚下过雨,鱼就从这里钻出来乘凉解闷了。"他沉思一会又说,"过去说祠堂里鬼打架,今天证实了也是鱼,不过天气热,下了雨解了凉就不会这样往外钻了,可能还有其他原因。"

悬念没有了,我抢先上去,用柴块挡住涵洞口,说:"捉吧,鬼也好,鱼也好,都捉了它!"鱼很滑,捉不住,好一阵才捉了几条鲶鱼。接着,吴继凡拿来一只箩筐,炊事员宋师傅抓根柴块块,用力向鲶鱼砸去,不多久,蹦在天井里的鱼全捉住了。

不一会,挡住涵洞口的柴块块被鱼冲开了,鲶鱼一条接一条地往天井里飙,手脚麻利的宋师傅左右开弓,一只手抓块柴棒棒,上来多少他砸多少,大约两个来小时,一只箩筐装了半截,此时天也发亮了。走出祠堂一看,小溪里有数不清的鲶鱼在蠕动乱蹿,尾巴拍打得更有力度,还有不少鲶鱼从小溪的石洞间往祠堂天井的涵洞里拱。

"这么多的鱼,莫非真是有鬼魂了?"吴继凡说。

"是不是露水鬼?"炊事员宋师傅也疑惑地附和着。

"管它什么鬼,捉吧,是鱼是鬼都捉着煮了吃,今天让全队民工打牙祭!"钟技术员说着,跳过小溪捉开了鱼,箩筐满了,没地方放,就把鱼全丢在祠堂门边的青石板路上。

周边的社员知道了,不少人围上来看热闹,七嘴八舌议论着,说这鱼吃不得,是祖宗的魂魄,每逢清明节前后回来领受香火的。也有的说千百年来第一回,是怪鱼!更有甚者是说修铁路开山放炮挖断了龙脉,扰乱了龙神,是龙神不安了……

他们说他们的闲话,我们捉我们的鲶鱼。不过我们也觉得奇怪,这条小溪,上头接着田垄中冒出的井水,下边连着郭家桥资江的激流,这些鱼上可吮吸清泉,下可投身大江,进退自如,缘何偏偏集合在祠堂边这截溪流间?必有其他原因。

钟技术员不信鬼,但也疑窦重重。他一边想问题,一边又和大伙举的举扁担,执的执铁夹,握的握菜刀,把滑溜的鲶鱼打的打,夹的夹,戳的戳,仿佛进行一场战斗。待到大天亮时,小溪里的鲤鱼、鲫鱼、黄鳝、泥鳅……什么都蹿出来了,仿佛谁放了毒药,纷纷浮出水面求救,刚才还乱蹦乱跳的鱼,有的已经死了……也有的翻了白,漂在水面上。

鱼,又足足捉了两谷箩,全部担回了祠堂的食堂。

看热闹的人议论纷纷,好些人说这鱼不能吃,是怪鱼!吴继凡说:"管它怪不怪,鬼不鬼!现在过苦日子,缺营养,让民工吃一餐饱饭吧。"他对围着看热闹说闲话的社员说,"中午一起吃吧!"

"我们不吃,我们不敢吃!祠堂里有祖宗……"不过有些社员也捉了一些鲶鱼回去了。

一直没有说话的钟技术员,围着小溪和祠堂绕了一圈,兴奋地发表了高见:"这些鱼不是鬼,过去它们钻在小溪两边的石缝间,有的躲在祠堂排水的涵洞里,正常出出进进地觅食,不会这么集中活动。这一次为什么这样疯狂出没呢?我发现了其中的奥妙,因为我们的炸药箱和包炸药的纸堆在祠堂门边,昨晚上下雨淋湿了,含有硝酸铵化学物质的炸药和沥青油的包装纸经过水浸泡流进了小溪里,鱼吃了这种水受不了,纷纷涌向这里,因为这里上头有活井水,它们吮吸了井水舒服些,生命力强的鲶鱼蹦得厉害,其他生命力弱的鱼虾已经无力了。不过这不是鬼,也不是龙神不安所致,完完全全是炸药箱的炸药和炸药沥青纸硝酸铵和沥青水造成的……"

谜解了,大伙可放心地吃鱼了。中餐时,民工喜滋滋吃了一顿丰盛的鱼宴,个个欢欣鼓舞。在那时,这种美餐是稀罕的,也是难得的,是天赐之福呀!

事后,不少人还幽默地说,"鬼肉"还挺鲜美,期盼常有"鬼肉"吃,遗憾的是这样的好事是不可能天天发生的。

飞来石

青龙桥渡槽工地记工员小孙,气呼呼地从采石场跑回来,找到负责运输料石的民工队长王明辉,劈头盖脸就问:"王大个,你怎么不做老实人,不干老实事呢,唉!"

"什么事把你急成这个样子?"武高武大的王大个,仿佛挨了一闷棒,莫名其妙。

"你虚报冒领工分!"小孙跳起来,脖子涨得通红,只差没有动手。

"谁说的?"王大个一愣,问。

"我说的。"小孙理直气壮,"你讲,料石你们没有运完,为什么领那么多工分?!"

"你说话要有凭据!"王大个见小孙两眼冒火星,越说越认真,两道浓眉慢慢拧成疙瘩,双手叉起了腰。

"跟我去看看吧。"小孙拉着王大个的手,霸蛮往采石场上拖去了。

大清早,只见工地上到处是水利大军挥银锄,舞铁镐,铁锤"叮当"响,号子震山川。真是人多士气高啊,仿佛半山腰间飘拂的薄雾,就是这愚公们哈出来的热气哩。小孙拉着王大个,来到一堆料石旁,摆出一副十足威风的架势,说:"王大个,你看看这堆料石吧,这难道是飞来的?"

此刻,一块块料石在王大个眼前晃过,他半天也说不出一句话来。真冤枉呀!明明昨天下午把验收好的料石,全部运完,为什么今早又堆了那么多呢?他糊涂了,心里难过了,他不是怕扣工分，而是戴不起虚报冒领、不干老实事、不做老实人的大帽子。他有生以来，从没说过假话，没干过不老实的事。今天莫名其妙地挨了小孙一顿批，落个不好的名声，心里像擦把辣椒粉一样麻辣火烧。过了一阵子，他手一甩，一气蹲在地上，双手抱着脑袋，翻来覆去想呀想：是不是粗心大意，把这堆忘记了？嗯，全队那么多人，也有可能的。好吧，不管小孙怎么说吧，反正我姓王的没虚报工作量，没冒领工分，以后会清楚的，还有大多数群众嘛，怕什么呢。想到这里，他纵身跳起来，喊上几个队员，就要把这堆料石立即抬完。

这天下午，他交代全体队员，石工们方多少料石，天黑也要抬完，采石场不留一块料石，抬完后，他又检查了一遍，才放心回去取了报工单。第二天清早，小孙又发火了，他说王大个确实没负起责任，总是不运完就领工分。一连几天，天天如此。这就怪啦，王大个怎么也想不清了，这是怎么一回事呢？他提出了一些疑问，但小孙火气冲天，硬说王大个耍滑头，尽管石工们提出采石场有痕迹，小孙还是坚持说王大个不光明正大。本本分分，老老实实的王大个啊，实实在在是光明正大的，可是谁能证明呢？他想了想，提了个建议，要小孙跟着运输队去抬，抬完请他验收后再记工分。小孙答应了。

这天，阳光普照，空气爽朗。王大个他们运完料石，经小孙检查后，才领上报工单。

次日，王大个清早跑去采石场看，哎哟！又有那么多料石，究竟这是怎么一回事呢？一时里，七嘴八舌，议论纷纷。有位上了年纪的民工，一边抽烟，一边风趣地讲起了"飞来石"的故事：这里在修青龙桥的时候，请了九十九个石匠，开工以后，每天有一百个石匠做工，吃饭只有九十九个。白天方好的料石，晚上就飞到了砌桥的地方。负责这座桥的石匠，非常嫉妒，生怕那个不吃饭的石匠抢了他的饭碗,竟千方百计地把他赶跑了。到了拱桥完工那天,合龙的料石不是大就是小,怎么也不合适,于是,好多人说开了负责的石匠的风凉话来了,他受不了,气得发火走了。最后,在一个狂风大作的夜晚,飞来了一块不大不小的料石正好合龙。从此,青龙桥是"神仙"运来的"飞来石"修成的神话故事一直流传。

神话毕竟是神话,谁也没有看见过"神仙"。可是,眼前这些运不完的飞来石是怎么一回事呢?

参过军的王大个,暗暗下决心:一定要揭开这个秘密。

夜,黑黑的,王大个一个人来到采石场,他怕惊动什么似的,用一捆稻草垫上,躲在采石场旁边的一条沟里,他等了一会儿,睡着了。"砰"的一声,他被惊醒,睁开眼睛一看,只见场中心,燃着一堆火,火的四周,围着几个上了年纪的人在方料石。其中有一位,年纪约六十开外,古铜色的脸,被火光照得容光焕发,斑白的眉毛胡茬上,染上了汗珠。他精神抖擞,劲火棒棒地拿着一根长钢钎,往石缝里一插,用力一撬,一块门板大的石头翻了个身。他随即放下撬棍,甩脱棉衣,穿件毛背心套的蓝衬衫,抓起一把大锤,一阵流星舞,火星四处溅,"砰"的一声,门板大的石块砸成了数块。老头毫不觉得累,放下大锤,又抓把小锤,顺手抹把汗,一屁股坐在石头上,"叮叮当当"凿起来。这时,王大个兴奋地跳起来,叫道:"哎哟!神仙那么多呀!"

"快,快把火灭掉,不要让他们看清我们。"那老头手脚麻利,提起旁边一只水桶,向火泼去,"吱"的一声,火熄灭了,老头们借着腾起的烟雾,闪进了荆棘丛生的树林里。

王大个麻木了,他痴呆地看着这情景,泛起了疑团:他们是人,为什么怕人?……难道真的有神仙?王大个本想追上去,但由于他是外公社的人,修青龙桥渡槽才由县里调来的,不熟悉这里的地形；况且，天又黑，只好返回。回到屋里，他把所见所闻给大伙一讲，更加传得神乎其神。老年人说，八洞神仙下凡了，还问王大个看没看见吕洞宾。只有小孙，还是那么固执，仍然说王大个是骗人，是为他虚报冒领工分制造假象，迷惑群众。但是，也有人指责王大个不该把神仙吓跑，以后不会来打料石了。果然，从此以后，采石场上再也没有飞来石了。

没过几天，渡槽工地上又有了飞来石，连运都不要民工运了啊！是不是"神仙"又来了哩？王大个决心一定要揭开这个秘密，他把小孙拉去了。

夜幕降临了，一轮蛾眉月挂在中天，月光银粉一般撒在原野上。王大个和小孙来到青龙桥料石场，躲在桥底下。这次，他们有了新的办法，两人预先商定了。他们两人等呀等呀，等到半夜，几个老头推着几部板车来了，领头的就是王大个那天夜里看清了的那一个。他们把车子推到堆料石的地方，停下来，一个个捋起衣袖把料石搬下来，码好后，又推着车子回去了。

神仙来了怎么不抓啦！王大个和小孙一点也不着急，紧紧地跟着老头们前进。拖板车的老头们拐了一个弯，笑笑哈哈地聊开了天。

翻过青山坳，来到仙鹤矿务局。几个老头没进矿区，他们插小路，把板车拴在一栋房子里，朝着一盏太阳灯光底下走去，这里就是仙鹤矿务局的工人疗养所。王大个和小孙没挨拢去，躲在一边看着。老汉走到门边一推，门上了闩，里面的传达老头问他们是谁。

外面的老头没报姓名，只是说老熟人。

传达老头拉着电灯，埋怨道："每天都是深更半夜的做贼一样偷偷摸摸干什么。"

"我们在玩哩。"老头们捂着嘴巴答。

"莫扯谎，你们瞒得了别人瞒不了我！"传达老头说，"你们一定在外边干坏事吧。"

"那就没有喃！"

"没有，那为什么白天不干呢？"

"白天医生要查房，如果医生发现我们白天外出了，他们就会报告领导'软禁'批评我们的哩。"

"到底你们在干什么事？"传达老头说，"你们不讲我不开门，还要报告领导；讲了嘛，我就保密。"

几个老头见传达老头硬不开门，只好把实况说了。事情是这样的：附近几个公社调动了大批人马修建大青山水渠，他们几个老头合计了一下，没什么贡献的，决定把他们井下干过几十年的石工经验使出来，给砌青龙桥渡槽打些料石。开初，他们是在采石场上打的，后来民工发现了，他们怕民工告诉疗养所的领导后，不让他们干，所以他们就在矿区附近搬运队借了几部板车，在金鸡坪打好料石，连夜运去，这样就难发现了。他们每天是查完最后一次房出去，早晨六点钟之前赶回查第一次房。

传达老头说，"你们这些硅肺壳子还能活几天呀！"

"活一天就要干一天嘛！"领头的老头说："如果是旧社会，我们早死了，现在党关怀我们，叫我们疗养，身体一天比一天强壮了。如今全国人民都在奔四化，我们还能干点事，怎么能闲得住哩。"

传达老头感动了，"吱呀"拉开了门……

此刻啊！王大个和小孙的情思牵动了，顿时，滚烫的热泪迸了出来，多么崇高的思想，多么可贵的精神，从这几位老工人身上，看到了中国工人阶级的高尚品德；从这里，他们看到了"春蚕到死丝方尽"的战士。

"走,回去。"王大个拉着小孙。

小孙不解:"回去,难道这飞来石的活神仙找到了,也不问名和姓?"

"他们还会来的。"王大个眉梢一挑,说:"我们回去报告工地党委,告诉全体民工,让大家都认识认识这些'飞来石'的活神仙吧。"说罢,两人肩并肩,步套步,迎着放亮的东方,踏上了归途。

在闹市的岔路口

一个星期六的上午,阿翠准备去买电影票。她刚从屋里出来,迎面就碰上了放学回来的弟弟阿松。胖胖的阿松忽闪忽闪着一对溜活的眼睛,问道:"姐姐,到哪里去呀?"

"去买戏票。"阿翠小辫一甩。

"我也要去。"阿松拉着阿翠的手。

盛夏的中午,太阳火辣辣的。阿翠拉住阿松手肘,穿过福星街,来到"红旗"影院门口。买票的人真多呀,长长的队伍,从门口一直排到好远的地方,阿翠怕弟弟晒着,便说:"阿松,你去卖冰棒的凉棚里乘凉去。给,拿一角钱去买个雪糕吃吧。"

"好。"阿松接上钱,高兴地走了。

他跑到卖冰棒的凉棚里,买了一个雪糕,正吃着,岔路口的樟树下,围了一堆人,吵吵嚷嚷,喊喊叫叫。阿松见了这么热闹的场合,哪能闲得住呢,他顾不得停留,口里含着雪糕,飞跑过去了。

人围了好多呢,阿松来得晚,看不着,心里痒痒的,恨不得从人们头上飞过去。

后来,他像猴子一样"嚓嚓"地攀上一株梧桐树,两眼朝人群中望过去。这下好啦,全看清楚了。原来人群中有个老头,双脚的膝关节向后弯,两只手抓着两个木垫子,趴在地上,走起路来,四肢落地爬。啊,这是个残疾人。可是周围有好几个顽皮的小孩一个劲地逗他,取笑他,有的还用烟头、果皮、瓜壳去打他;还有的朝他身上吐口水,洒鼻涕,弄得残疾人无可奈何，哭丧着脸，发出古怪的喊叫。骑在树上的阿松，也觉得有味，就想把吃剩的雪糕和包装纸，向那个残疾人扔去。他刚一抬手，树下一声吼："快下来，寻得我好苦呀，你跑到这里来做什么哩？"

"这里有好把戏看哩！姐姐呀，你快来呀。"阿松在树丫间挥着手，兴高采烈地叫喊着。

阿松以为里面是那些流浪街头卖狗皮膏药的人在耍魔术，便没好气地说："看什么把戏，还不快下来！"

阿松见姐姐发了火，就"沙沙"的滑下来，歪着脑袋说："里面有个四只脚的人，很好看，有个穿喇叭裤的人还叫他动物哩。"

阿翠明白了，她非常生气。怎么能这样没有道德呢？人家也是人呀，不能侮辱人家啊。她想了想，就拨开人群，用力往中间钻，费了好大力气才挤到中间。

阿松以为姐姐去看热闹，便紧跟在姐姐的后头，也挤进去了。

挤到了中间的阿翠，走到四肢落地的人身边，弓着身子一看，见是个年老的残疾人，面黄肌瘦，好像还有别的疾病。阿翠很同情，亲切地问道："老爷爷，你怎么在这里哩？"

老人仰起头，看见是位和蔼可亲的、戴着红领巾的小姑娘，便把情况告诉了她。

老人是个五保户，从小残疾了，行走时手脚同时落地，从前是讨吃的，后来没再出门，搭帮党，过上了好日子。

今天，生产队的手扶拖拉机进城，顺便送他进医院检查身体，由于拖拉机要往下边卸货，驾驶员便把他背下来，留在这树下乘凉，卸完货再回来接他。想不到拖拉机一走，一伙小孩和看热闹的人围拢来，把他当作动物一样戏弄起来，搞得他走不开，爬不动，无可奈何。虽说也有些好人同情，骂那些戏弄他的人缺德，但只说几句就走开了。

阿翠听了,气呼呼的狠狠地盯了周围那些戏弄残疾老人的人一眼,急忙搀扶起老人:"老爷爷,我妈妈在医院当医生,从这里过去才三百多米远,我和弟弟两个扶你去,转来再招呼开拖拉机的叔叔到医院接你。"

"姐姐,我们又不认识他,你怎么叫他老爷爷,还这么关心他哩?"阿松觉得奇怪。

"别人的爷爷和自己的爷爷是一样的嘛。"阿翠说,"妈妈经常给不认识的病人治病呀,你没看见?要是我们的亲爷爷在马路边被人戏弄,你不气?老师和妈妈常讲,要尊敬老人呀。"

阿松觉得姐姐说得有道理,羞愧得红了脸,也对残疾老人说:"老爷爷,来,我和姐姐扶你去医院。"

残疾老人很感动,含着泪花凝望阿翠和阿松,仿佛看到了两颗美丽的星星……

旁边的人见了阿翠和阿松的举动,有的红着脸走开了,有的也就帮着搀扶老人。顿时人群里发出一声声"啧啧"称赞:这两个学生真是好孩子。

贪财之心不可有

金秋八月，火城长沙热浪滚滚。10月9日上午，我去火车站买票回冷水江，慢了几分钟，火车已经开出。我正寻思坐下午车走呢，还是改日再回，身边突然出现了一位眉清目秀的年轻人，操一口常德口音，问我去哪。我随口告诉了他真情实况，他对我非常热情，说同一个方向，同一个地方，正好有伴，约我下午走。我答应了。他邀我到售票室外边走走。刚转身。迎面走来一位大汉，英俊潇洒，提着保密箱，问我们去哪。口音也是常德那边的。没等我开腔,要与我同行的青年人把去向讲了。

大汉说："坐我们的便车走吧。"

我问："你是哪个单位的？"

"轻纺公司的。"

"多少钱？"我不认识他，怕杀猪，先讲好价钱再搭他的车。

"讲什么钱，一个地方的。"大汉豪爽地挥着手，"你们两个只帮我把几捆布搬上车就可以走。"

我俩跟着他拐了弯，一路上我问他轻纺公司的情况，他一点也讲不出来，最后他支支吾吾道："我是在轻纺公司租门面做布匹批发生意不久，许多人还叫不出名字。"

我们继续往前去，来到一扇铁门旁，大汉说："你俩先等一下，我的车加油去了，一会就来。"说罢，他朝前走去。

大汉刚走不远，一个瘦猴似的青年，穿着黄旧军衣，肩背黄挎包，问我们："同志，去长沙纺织印染厂走哪条路？"

"我是外地人，不知道。"我说。

操常德口音的青年人说:"你去长沙纺织印染厂干什么?"

"不瞒你说,我是部队复员的,有一个战友在大连当海员,带了点增白剂,他见我在农村,经济困难些,匀我一点出来跑跑生意,今天特地给我一个在长沙纺织印染厂当副厂长的战友送去。"

"真不简单,你还有这号门路。"常德口音的青年人惊喜地望着瘦猴,"给我看看货真不真。"

"这还有假。"瘦猴从挎包里拿出一包仿佛是调墨水的颜料小纸包来,"你看吧,这是原装货。"

"嗯,不错。"常德青年啧啧赞叹,朝我一亮。"你看,这才是正宗产品,一包可染一吨白布,这号东西好俏哟。"

"我不懂,认不得。"我冷冷地说。

常德青年对瘦猴说:"长沙纺织印染厂我告诉你,但我俩要等价交换,你得卖给我一些,不然我不告诉你。"

连问个路都要敲诈,这青年真卑鄙!我在心里想。

瘦猴答应了:"送你这包做纪念,只给一条烟钱。"

"给你四位老人吧。"常德青年抽出一张百元票,"给你。"随即给瘦猴指点去长沙印染厂的方向。

瘦猴刚走,大汉走上来:"加油的车排队排了几十辆,我怕你们难等,特地来告诉你俩一下,还要稍等片刻。"

常德青年说:"不要紧。"说着,把刚才那包增白剂不停地在手中拨弄。

大汉看见了,惊奇地一手抓过去:"你哪来的这号东西?"常德青年把刚才的事讲述了一遍。

"给我吧。"大汉说。

"不不,我等着要用。"常德青年不肯。

"给你两百元钱抽烟。"大汉从怀里掏出两张老人头,哀求着,"我们批发部缺货,省轻工业厅分配我们200包国产的还提不上货,家里等着用哩。"随手把两张老人头塞到了常德青年手里。

常德青年问:"你们需要多少呢?""每年400包。"大汉说。

"不知能不能追上那位,要是他匀一些出来就好了。"常德青年说。

"你给我去买吧,一包两百,有多少买多少。"大汉拍拍密码箱,随后又打开,亮出大把大把的老人头票面,"我这里有四万元,给你们带去买。"他把密码箱给我。

"我不要,我不要。"我连忙推着他的密码箱。

"这样吧,我们买回来再给钱。"常德青年拉着我,"走,发财去。"刚走几步,他递给我五十元钱,"给你抽烟吧。"

"我无功受禄,不要。"我挡回去。

"这是我们两个赚的,两个得利。"

"我绝对不要。"

"那今天吃我的。"常德青年把钱塞进了口袋。

走前头不远处,瘦猴站在那里买烟。我们走过去,常德青年说明来意,求他匀一点,开始瘦猴不肯,磨了好一阵后答应让给一百包,特别优惠,每包只收100元,条件是常年进他的货,并互换名片,草签几条协议。之后,瘦猴拿出一百包,常德青年买了50包,给了一扎票子,对我说:"我买50包,你也买50包,转手就是几千元,该我们运好,有财发。"

"你一个人买上吧,我不买。"我站在一旁。

"这号财还不发?"

"我没有钱。"

"你骗我,出差的人谁不带钱呢?"

"我真没钱,就够一张车票。"

"我不信。"常德青年拉着我的手,"你是怕上当。""不不,我真没钱。"这时我预感到了一点什么,便心生一计,赶快脱身:"这样吧,那位轻纺公司的同志要买的,我去叫他来,你们等着,我就无钱发这个大财了。"说罢,抽身就往回走。待我走到原来那扇铁门边时,大汉已无影无踪。这时我已完全明白,那三个人是一伙的骗子。幸而我这个人不贪财,不然身上几千元的票子早已落入了他人之手。

美丽的白鹤

太阳西斜的时候，文明学校初中二年级学生韩梅梅，背着书包，兴致勃勃地拉着她的同学秦珊珊，向月亮湖跑去。她们是特地绕道来这里看白鹤的，听人讲，昨晚上从远方飞来了一群白鹤，栖息在月亮湖。好奇的小姑娘，怎能不猎猎奇呢？她俩一放完学就跑啊，跑啊，一气跑了半个多钟头哩。

这里风景多美丽呀，简直是百花盛开，蜂飞蝶舞，虫鸣鸟叫，生命都充满了无限欢乐。

韩梅梅和秦珊珊，跑到月亮湖东侧的小小牛角山上，站立在荆棘花草丛中，望着正在湖中梳洗征尘的白鹤，高兴地叫喊起来："白鹤，白鹤——"

多美呀，白鹤的头上长着红顶子，嘴壳子很长，雪白的羽毛像白绸缎，高高的脚杆呈姜黄色。它们在水中嬉戏欢乐。有的一只脚踩在水中，另一只脚弯曲着露在水面，抬起头眺望湖边的风光，有的大概远途飞来，身子疲劳了，懒洋洋地把头搁在翅膀上打瞌睡；还有的把细长细长的脖子往水里一伸，尖长的嘴夹条鱼儿，狼吞虎咽地往肚里挤，鱼大喉咙小，细长细长的颈子胀得大大的，真是蛮有味。

春天的湖水，蓝得发绿。微风里，水面跳动着无数金闪闪的太阳光点，湖边树丫茂密，不时地飞起一只只小鸟，在空中"叽叽喳喳"地叫几声。湖里映着蓝天，阳光映在水里，袅袅舒展着艳丽的身段。平静的湖水，有时被白鹤摇动得泛起了波纹……

美丽的景色，迷人极了。望着这景色发痴的韩梅梅，转身对秦珊珊说:"白鹤真美,我们家里就经常挂一幅白鹤戏水的国画。可我除了在动物园见过外,还是第一次在野外看到真白鹤。"

"我也是的。"秦珊珊天真地说,"要是它们不飞走,这里就成了天然的动物园了。"

"要是没有人侵扰,它们会长期住下来的。"

"谁侵扰它们呀。"

"你不侵扰,还有别人呀。"

"我不相信。"

"你不信?"韩梅梅说,"听爸爸讲,白鹤以前很多,就是有人欺侮它们,才飞离这里的。"

"那就好好保护呀。"

"是得好好保护呀。"韩梅梅说,"你没听老师讲,说白鹤是一种珍贵动物,在世界上已濒临绝迹,好多研究部门都很重视,我国也已经把它们列为国家的保护动物了。"

"你看,对面来了一个人。"秦珊珊听着听着,叫了起来。

真的,对面湖边小路上,走来了一位青年。他腰背竹篾鱼篓,肩扛一杆鸟铳,快步流星地朝牛角山方向走来了。

"他一定是来打白鹤的。"韩梅梅看着来人的样子,判断得出来。

"嗯,怕是的。"秦珊珊附和着说。

"要是真来打白鹤,我们就制止他。"

"他是大人,我们是小孩,制止得住吗?"

"怕什么,和他讲道理嘛。"韩梅梅神气地手一挥,"下山拦他去!"

她们俩从牛角山上飞奔而下,向背鸟铳的人跑去!韩梅梅跑得快,头上那朵红绸子花一飘一飘,闪耀在绿草丛间。

近了，近了，那青年的脸模子越来越清楚了："那是我哥哥呀。"韩梅梅认出来了。

她哥哥叫韩仁，是市里金江电厂的工人，每逢下班回来，就扛着鸟铳打猎玩。

"真的？"秦珊珊边追边疑问着。

"嗯。"韩梅梅点着头，"没错。"

对面了。韩梅梅走上前，双手一拦："哥，到哪里去？"

"你没看见，湖里那么多野白鹤呀。"韩仁手一指，头一歪，"我一下班回来，好多人对我讲，说湖里飞来了一群白鹤。嗨，算我有口福，我进门饭都没吃，拿起鸟铳就跑来了。"

"白鹤是受保护的动物，不准打的。"秦珊珊说。

"谁说的？"韩仁瞪着两只牛眼似的大眼珠子。

"学校老师讲的。"韩梅梅补上。

"老师讲有什么用？"

"报纸上登过了。"韩梅梅应上。

"我没看报纸。"韩仁无所谓地手一挥，"月亮湖没有立禁碑，这里是飞来的野白鹤，又不是谁养的。"

"哥哥。"韩梅梅大声吼道，"白鹤是受保护的珍贵动物！"

"什么珍贵不珍贵，打上了有口福。"韩仁说，"妈有偏头痛的病，吃了只麻雀都当只参，我要是打上几只大白鹤，不知要当多少参。妈妈正需要吃哩。"

韩梅梅一听他要打给妈吃，心头一动，嗯，硬阻是阻不住的，干脆来个顺水推舟。便问："哥，你真打给妈吃？"

"嗯。"韩仁应上。

"那好，那我就帮你去打。"韩梅梅说，"你的鸟篓子给我背吧。"说着，一把抢过了鸟篓。

"怎么？你也同意他打了。"秦珊珊问。

"嗯，我妈妈有偏头痛病，要吃飞禽肉，要是打上几只大白鹤，可以顶好多好多麻雀哩。"韩梅梅笑眯眯地说。

这一下，把秦珊珊给气坏了，秦珊珊想：韩梅梅在学校里那么积极，如今看到要打给她妈妈吃，不但不拦阻，还帮她哥哥背鸟篓。哼，想不到你韩梅梅是个假积极！秦珊珊噘着嘴，气呼呼地手一甩："我回去了！"

"回去干什么，看着我哥哥打白鹤呀。"韩梅梅拉着秦珊珊的手。

"我不跟你们去干坏事。"秦珊珊犟着。

"治好了别个的病也是好事嘛。"韩梅梅嘴上这么说，眼睛却对秦珊珊眨眼皮。

"别讲了，快把身子隐起来，别把白鹤吓跑了。"韩仁端着鸟铳，猫着腰，轻手轻脚地一步一步朝前移动，眼睛盯着湖中的白鹤，仿佛一下就要消灭这些生命。

"哎哟——"

"韩梅梅摔倒了呀！"秦珊珊大声叫喊，一双手使劲地去拉她。

韩梅梅躺在湖边一个水凼里，不肯起来，拼命叫唤："哎哟，哎哟——"

"叫唤什么，还不快起来。"韩仁吼着。当他转过身去看时，只见韩梅梅躺在水凼里，花的确良衣浸湿了，米黄色尼龙裤子沾满了泥巴，竹篾鸟篓全浸在水中。他气呼呼地跑拢去，人倒不拉，只伤心地拾起鸟篓，抓出鸟篓中的硝角一看，塞子松开，他发火道："你把我的硝全打湿了，叫我用什么打白鹤呢？"

"好啊，没有硝打铳了，白鹤不得死啦，哥哥气死啦。"韩梅梅翻身爬起来，兴奋地叫喊，蹦跳。

"原来，你是害得我打不成白鹤，故意把硝打湿的，好，

美丽的白鹤

看我打个好的给你看看。"韩仁气得举起了拳头。

"咯咯咯。"韩梅梅笑着和韩仁兜着圈子,"我就是要你打不成白鹤。"

秦珊珊见了,心想:"韩梅梅有心计,我差一点错怪她了!"

不过,又听到韩仁讲:"哼,这硝打湿了难不倒我,我铳里还装好了硝药和铁子咧!"韩仁把铳一举,向前迈开了大步。

韩梅梅没想到他哥哥有这么一手,急了。怎么办呢?她追了上去,死死地拉住韩仁的衣襟,求情道:"哥哥,打不得呀,你千万别打了呀。"

"什么打不得。这又没有鬼,我打给你看看。"韩仁甩脱韩梅梅,愤愤走去。

"给他讲好话也不行的,得另想办法。"韩梅梅拉过秦珊珊,轻轻地说了几句,就向前跑去。

天空,湛蓝湛蓝,湖中的白鹤,快快活活。它们哪里知道有人要它们的命呢,一点警惕性也没有。韩梅梅和秦珊珊赶过韩仁,跑到离白鹤不远的地方抓上沙子、泥巴,朝白鹤扔去。她们害怕白鹤不走,还大声喊呀,跳呀。白鹤见了,不知出了什么事,吃了一惊,翅膀一亮,腾空而起,飞到湖的上空。

"好啊,打不着了啊!"韩梅梅和秦珊珊拍着手,高兴了。

韩仁瞪着眼,嘴一咧,骂道:"鬼妹子,你们再吵,我一个耳光子打死你们。"

"你敢!"韩梅梅双手叉腰,头一歪,向韩仁示威了。韩梅梅知道,自己是个满女,是爸爸妈妈的心头肉,哥哥说要打人,只是吓吓而已,不会动手的。

白鹤在空中飞了一阵,在牛角山前边又落下来。

希望又来了。韩仁没有再和韩梅梅纠缠,端起鸟铳就往挨近白鹤的地方跑。

· 231 ·

"喽喽……"韩梅梅和秦珊珊又紧追上去,喊呀,跳呀,扔沙子呀,丢泥巴呀,因为隔得较远,白鹤当作没听见,站在水中动也不动。她们好急啊,白鹤再不飞走,韩仁就要开铳了!韩梅梅急得双手乱拍,拍着自己的书包,她停住,笑了,书包里有张弹弓,是一个男同学打学校里的路灯被没收的,她还没有交给老师处理哩。"用弹弓去赶白鹤,一定有用。"她在心里对自己说着,就一边从书包里拿出弹弓,一边猛跑,紧接着,她又从头上扯下扎头发的红绸子,撕开,用小石子扎上一头,用弹弓向湖中射去。"砰"的一声,小石子带着红绸子,拖着长长的红尾巴,掠空而过,飞向白鹤中间。白鹤看见一条红红的东西飞来了,怕是怪物,又惊飞了。

　　白鹤展开大大的翅膀,在空中来回飞呀,飞呀,和白云融为一体了。韩仁只是望而兴叹,恨自己手脚太慢。

　　不过,白鹤在空中飞了几个圈,又飞到湖西的沼泽地上落了下来。那里离岸边更远,不仅砂石打不上,弹弓也射不到。"不过,铳还可以打上呀!不懂事的白鹤,你们怎么不飞到湖中的小岛?那里风景优美,饿了可以下湖吃鱼,饱了可以回岛上去玩。又安全,又快乐,多好哇!"可是,白鹤并不理解韩梅梅这种心情,若无其事地站在水中,动也不动。韩梅梅不禁叫出声来:"白鹤呀,你们也胆子太大了!"

　　这时,韩仁却嘿嘿一笑,说:"鬼妹子,这下你们赶不跑了吧。"说着,他端着鸟铳,猫着腰,悄悄地沿着湖堤外边向前走去。

　　秦珊珊着急了,一把拉住韩梅梅:"梅梅姐,怎么办?"

　　一时里,韩梅梅也没有法子了。她想啊,急啊,不过,急中生智;她想出主意了,她在秦珊珊耳边说了几句,并把帽子交给小秦。小秦故意站得高高的,让韩仁可以看到,还在一个土墩上放着韩梅梅的帽子。而梅梅呢,这时已隐着身子,转一个弯,迅速地走到了堤内。在堤内沿堤追赶韩仁。韩仁在堤外走,韩梅梅在堤内走。韩仁走到离白鹤不远的地方时,韩梅梅也走到了。韩梅梅见秦珊珊做了个停下的手势,知道哥哥停下来了。她也刹住了脚步。又见秦珊珊把手向上一扬,知道韩仁上堤了……

韩仁轻轻地爬上堤,隐在一块石头后边,慢慢地把鸟铳架到石头上,铳口瞄准了湖中间的白鹤,他趴卧在地,指头去扣扳机。

屏住呼吸的韩梅梅,手里捏根树杈杈,躺到石头底下的草间,仰望着从石头上伸出来的鸟铳,当韩仁扣扳机时,她把手中的树杈向上一顶。

"砰"的一声,铳响了,白鹤却飞走了。

韩仁定神一看,只见铳杆被一个树杈顶起,铳口朝天。他一蹦跳起来,吼道:"这是怎么回事?出鬼了?谁干的?"

"我干的。"韩梅梅欢喜地一跃而起,哈哈大笑,说:"好啦,哥哥打上空气啦,天打了个大窟窿啦——"

"鬼妹子,我打死你!"

韩仁真的动了气,摸过那根杈杈,来打妹妹。妹妹笑着跑开,他就追。

这时,站在那边打望的秦珊珊已快活地赶了拢来,挡住韩仁。韩仁的树杈一停,秦珊珊护着韩梅梅飞快地跑了。韩仁追了一阵,只听见她们银铃般的笑声,人不见了。

美丽的白鹤呀,却在月亮湖上空飞啊,飞啊,悠悠自在,它们发出清脆的叫声:"嘎——嘎——好!——好!"

感 谢

　　我感谢这方土地，因为它给了我太多的故事，太多的感悟，太多的乡情。养育我的这方土地，让我有了酸甜苦辣而回味无穷的人生轨迹，丰厚扎实的生活根基，我才拥有攀登崎岖文学之路的本钱，更有冲击文学独木桥的勇气。如今崎岖之路登到了顶头，独木桥也冲到了彼岸。虽然没有鲜花簇拥的花海，但还是步入了芳草茵茵的绿地。

　　我还要感谢众多的文朋好友，没有这些相亲挚友的支持与鼓励，崎岖之路走不通，独木之桥冲不过，留下的恐怕只有梦一般美丽的彩虹。

　　20世纪80年代，著名作家莫应丰曾给我八个字的条幅，曰"多士之林，不扶自直"。今天，与大家共勉。在强者如林，竞争激烈的当今时代，这八个字自有它的深刻意义。不扶自直吧，谁长得快，谁就会吮吸到更多的雨露，沐浴到更多的阳光。谁长得直，谁就是顶天立地的大树，谁就是祖国大厦的栋梁。

　　祝愿更多的文朋好友长成大树，成为栋梁。

　　感谢！深深地感谢！感谢扶持教诲我的众多友人、老师和乡亲！

2006年12月6日在市文联
授予我德艺双馨荣誉时的发言

后 记

人在路上走,路在世间绕。

翻读蹉跎岁月,觅道前行,魂牵梦绕,思绪绵绵。学步乡间小道,初识野花小草,泥泞砂砾,鸟语蝉鸣。登攀崇山峻岭,方知悬崖峭壁,荆棘顽藜,猛禽烈兽。涉足江河湖海,历经惊涛骇浪,汹涌洪流,才幸览水天辽阔。踏入市井城垣,置身于茫茫人海,几经磕碰,千般锦绣收眼底,万象传奇入心扉;笑谈间,怀揣几分惊喜,收获几分情谊,积聚几分感悟。善者行走天下,春风化雨,爱洒人间,偶遇乌云翻滚,骤雨狂风,寒流雪浪,天上依旧有吉祥的云朵,闪亮的星辰,光明的日月,美丽的彩虹。

人间世道路漫漫,结缘你我他,无论幸遇贵人巨子勇士,还是凡人庶子亲朋,都让我仰慕感恩。

人行正道,德铸忠魂。道路虽有曲直,人生彰显善举德行,路遥知马力,日久见人心。行走天地间,察世间百态,有的让我肃然起敬,兴奋不已。有的让我愤愤不平,沉思苦闷。在捕捉审视各自人生轨迹的运行中,我选择有如朝露笑迎阳光亲吻的吉象,也有如小花绽放诱惑行人目光青睐的痴情。虽不足以惊艳天地,光彩照人,但那风姿绰约的展示,不可再生复制,而剪辑粘贴在时光岁月的长长画卷上,也会添彩增色,自放光芒。